I0627784

LE MEURTRE À SERENITY

SÉRIE « LES MYSTÈRES DE LUCA »

DAN ` PETROSINI

DAN PETROSINI
MYSTERY & SUSPENSE AUTHOR
www.danpetrosini.com

Copyright © 2025 Le Meurtre à Serenity par Dan Petrosini.

Tous droits réservés.

Aucune partie de cette publication ne peut être reproduite, distribuée ou transmise sous quelque forme que ce soit ou par quelque moyen que ce soit, y compris la photocopie, l'enregistrement ou d'autres méthodes électroniques ou mécaniques, sans l'autorisation écrite préalable de l'éditeur, sauf dans le cas de brèves citations incorporées dans des critiques et pour certaines autres utilisations non commerciales autorisées par la loi sur le droit d'auteur. Pour toute demande d'autorisation, veuillez contacter dan@danpetrosini.com

ISBN imprimé : 978-1-960286-69-7

Naples, FL, USA

LIVRES DE DAN PETROSINI

ART OF PAYBACK

Course à la vengeance

Bien au-delà de la vengeance

Toujours pas fini...

AUTRES ŒUVRES DE DAN PETROSINI

L'Ennemi final

Témoin complice

Résistance

La Falaise de l'ambition

REMERCIEMENTS

Un merci tout particulier à Julie, Stephanie et Jennifer pour leur amour et leur soutien, ainsi qu'au sergent Craig Perrilli pour ses conseils sur le monde réel des forces de l'ordre. Il m'a aidé à coller à la réalité.

1

GIDEON BRIGHTHOUSE

J'AI ENTENDU LES MOTEURS DU YACHT S'INVERSER TANDIS qu'il manœuvrait pour s'amarrer, et je me suis levé de ma chaise longue. En marchant jusqu'au bout de la terrasse qui faisait le tour de la maison, je voulais m'assurer que c'était bien Marilyn. Et c'était elle, qui posait le pied sur le quai, suivie de deux matelots en uniforme blanc, ployant sous le butin du jour. Son addiction au shopping était la seule chose qui n'avait pas changé depuis le jour de notre rencontre.

Sachant que son euphorie temporaire retomberait une fois ses achats rangés, je me suis imprégné de la beauté de l'île de Keewaydin une minute de plus avant de me diriger vers la maison principale. En descendant le sentier de pierre, j'ai contemplé mon coin de paradis ; c'était le seul endroit où je me sentais en paix depuis le début de mes crises de panique. Passer des jours seul ici ne me dérangeait pas ; en fait, j'adorais ça. Pendant la journée, j'écoutais de la musique sur la terrasse, je parcourais des livres d'art, et j'alternais les plongeons dans la piscine avec les baignades dans le golfe scintillant. Les jours filaient, et quand le soleil commençait à glisser sous l'horizon, je dînais sur la terrasse avant de filer dans mon atelier.

C'était une existence épanouissante, et le fait était que je n'avais jamais eu de crise de panique à Keewaydin durant toutes les années que j'y avais vécues, même après ma crise cardiaque. Cependant, une fois que je quittais l'île, tout pouvait arriver. Je priais pour que ma bonne étoile reste intacte aujourd'hui avec le stress de devoir affronter Marilyn.

La maison principale, surnommée Villa Sérénité, était un bâtiment bleu clair de deux étages, de style Key West. Elle était coiffée d'un toit en métal gris argenté et arborait de larges vérandas à chaque niveau. Au cours des cinq dernières années, j'avais passé de moins en moins de temps à la Villa Sérénité. J'avais fini par échanger ma chambre là-bas contre la dépendance près de la piscine quand les choses avec Marilyn s'étaient détériorées, il y a environ deux ans.

En réfléchissant à notre relation, je pouvais honnête-ment dire que je ne savais pas comment nous étions passés de l'amour fou à la haine. Ce n'était pas moi, du moins au début, qui avais tout fait basculer. Ma carrière de conseiller principal du sénateur White était à son apogée quand Marilyn et moi nous sommes rencontrés. Il m'avait fallu un certain temps pour trouver quelque chose d'épanouissant à faire en dehors du monde de l'art. Bien que la politique et l'art soient des univers aux antipodes, j'avais pu mettre ma créativité à profit pendant la campagne et j'avais rapidement gravi les échelons.

La combinaison du pouvoir et des portes qu'il ouvrait a été une drogue qui a dynamisé notre relation. Alors que nous nous délections tous les deux du flot incessant d'évé-nements, de fêtes et de dîners d'État à la Maison-Blanche, je ne réalisais pas à l'époque que c'était la pierre angulaire de notre mariage. Quand le sénateur White s'est retrouvé au cœur d'un scandale pendant sa campagne de réélection, Marilyn a pris ses distances avec moi. Au début, j'ai mal interprété son attitude, croyant qu'elle était juste déçue et que ça passerait. Cependant, alors que les sondages montraient que White était à la traîne derrière son adversaire novice, elle est devenue de plus en plus irritable et s'est transformée en reine des glaces avant même que les derniers bulletins de vote aient été comptés. Nous ne nous en sommes jamais vraiment remis.

J'ai monté les marches menant à la véranda où, à l'ombre et rafraîchi par une brise constante du golfe, il faisait bien dix degrés de moins. Malgré le formalisme et la richesse de la famille Boggs, la maison dégageait une atmosphère accueillante et détendue. C'est cette ambiance qui m'avait poussé à convaincre Marilyn de quitter Port Royal pour l'île. Elle avait d'abord résisté, puis avait accepté, en disant que c'était pour me faire plaisir, mais je savais que ce qui l'avait finalement convaincue, c'était le fait que personne d'autre ne vivait sur sa propre île privée. Elle a utilisé l'excuse de l'isolement pour justifier l'achat d'un penthouse de quinze millions de dollars sur Gulf Shore Boulevard et a ajouté un appartement sur la Cinquième Avenue qui a coûté trois millions. C'était excessif et parfois écœurant, mais il ne faisait aucun doute que c'était pratique et diablement amusant pendant un certain temps.

Marilyn était dans la cuisine et donnait des instructions à Shell, une femme de ménage. C'était un mardi. Le personnel de maison était en congé le mercredi, car Marilyn voulait la maison vide pour ses interludes de milieu de semaine. Je me suis arrêté pour admirer l'œuvre de Jasper

Johns qui était accrochée au-dessus de la cheminée en calcaire blanc. Le tableau, intitulé *Map*, était une expression vibrante et richement travaillée qui marquait le passage de Johns de l'abstrait à des choses plus concrètes. C'était l'une des premières pièces que j'avais recommandé d'acheter, et sa valeur avait grimpé comme toutes les autres, me fournissant une minuscule épée pour défendre ma prétendue paresse.

Avant que je ne puisse pleinement m'imprégner d'une peinture de fleurs fantaisiste de Murakami, Ruby, une autre employée de maison en uniforme noir et chaussures à semelles de crêpe, est descendue des escaliers. Sachant que nos salutations alerteraient Marilyn de ma présence, je suis entré dans la cuisine. En plein milieu d'une phrase, Shell a hoché la tête et est partie.

Le dos tourné, Marilyn était vêtue d'une tenue de sport bleu foncé qui moulait sa silhouette mince. Le silence a été rompu lorsqu'elle a allumé sa dernière obsession, un extracteur de jus sophistiqué. Cela m'a fait gagner trente secondes pour reconsidérer ma décision, et j'ai dû faire un pas en avant pour m'empêcher de partir.

Les légumes dûment liquéfiés, elle s'est retournée et a dit : « Tiens, tiens, la climatisation est en panne dans la dépendance ? »

« Il faut qu'on parle. »

« De quoi ? »

« De nous. »

Elle a planté une paille dans la soupe verte et a bu une gorgée avant de dire : « Ce n'est pas le bon moment. J'ai un cours de yoga avec Gerard dans quelques minutes. »

« Allons, Marilyn, on sait bien tous les deux que ça ne marche plus. »

Ses yeux verts lançant des éclairs, elle a dit : « Peut-être que si tu t'engageais dans une activité utile au lieu de te morfondre sur la propriété comme un fou, les choses iraient mieux. »

« Ce n'est pas juste. Tu sais à quel point c'est dur pour moi de quitter Keewaydin. »

Elle a marmonné : « Comme c'est pratique et pathétique. »

J'ai eu envie de lui faire avaler son verre. « C'est ce que tu penses ? Eh bien, as-tu jamais envisagé que les crises que je subis ont commencé juste après la première fois où tu m'as trompé ? »

« Alors, c'est de ma faute si tu es dysfonctionnel ? »

« S'il te plaît, je ne veux pas me disputer. »

« Ça me va. »

Marilyn a bu une longue gorgée, a posé son verre et est sortie en disant : « Il faut que j'y aille. »

Je l'ai suivie. « Allons, Marilyn. On ne peut pas en discuter ? »

« Je n'aime pas plus que toi cette situation, Gideon. »

Elle a ouvert la porte d'un studio aux murs recouverts de miroirs et s'est dirigée vers un râtelier rempli de tapis colorés. Elle en a saisi un rouge et l'a déroulé pendant que je disais : « D'accord, d'accord. Pourquoi ne négocierions-nous pas un accord de divorce ? »

Les mains sur les hanches, elle a dit : « Qu'est-ce que tu veux dans ton soi-disant accord à l'amiable, Gideon ? »

Je n'arrivais pas à la regarder dans les yeux et j'ai fixé par-dessus sa tête les reflets infinis de nous deux dans le miroir. Une oppression grandissait dans ma poitrine.

En souriant, elle a dit : « Dis-moi, ça m'intéresse tellement de comprendre ce que désire mon Gideon chéri. Ce n'est certainement pas du sexe, n'est-ce pas ? »

Elle avait raison. Je la trouvais suffisamment répugnante pour que nous n'ayons pas fait l'amour depuis trois ans.

« Je ne sais pas pourquoi tu dois toujours être si... si cruelle. » L'air me manquait. « Laisse tomber. »

« Ne t'enfuis pas maintenant, Gideon. C'est toi qui as commencé, alors finissons-en. »

Inspirant profondément, j'ai dit : « Je ne veux rien d'autre que le droit de vivre ici, et quelques-unes de mes œuvres. »

« Tes œuvres ? Tu veux dire celles que le trust a payées ? » Elle a ri. « Je ne crois pas, non. Et pour ce qui est de l'île, c'est complètement hors de question. »

J'avais la bouche complètement sèche. « Alors, tu préférerais qu'on continue à vivre comme ça ? »

« Je vais faire la concession et accepter le divorce, mais tu n'auras que ce que prévoit le contrat de mariage. C'est tout ce à quoi tu as droit, et je ne lâcherai pas un dollar de plus, surtout pour toi. »

Son père, Martin Boggs, avait fondé la troisième plus grande société de fonds communs de placement d'Amérique et avait bâti une fortune de plusieurs milliards de dollars, mieux protégée que les codes nucléaires. Le trust de six milliards de dollars profitait actuellement à Marilyn et à ses deux frères, et contenait des clauses qui permettaient au vieil homme de contrôler ses enfants d'outre-tombe. Il savait à juste titre que les mauvais mariages ruinaient les vies – et les fortunes – et avait fait insérer une clause qui entraînait une pénalité de dix pour cent en cas de divorce et une réduction paralysante de cinquante pour cent si le contrat de mariage requis était violé.

Escalader le Kilimandjaro pieds nus avec une girafe sur

le dos serait plus facile que de faire bouger Marilyn d'un iota.

« Je... Je suppose qu'on va laisser les choses comme elles sont. »

Elle a secoué la tête. « J'ai bien peur que ça ne soit pas possible. »

« Qu'est-ce que tu veux dire ? »

« Je vais demander le divorce, Gideon. C'est ce que nous voulons tous les deux, et tu devras quitter l'île. »

La gorge nouée, je me suis agrippé au comptoir tandis que la voix de Marilyn commençait à s'estomper. Mon esprit s'embrouillait dans la panique montante et j'ai essayé de me souvenir des instructions de mon coach. C'était quoi, déjà ? Une poupée, oui, faire comme une poupée de chiffon, une poupée de chiffon toute molle.

J'ai laissé tomber ma tête en avant, j'ai affaissé mes épaules et j'ai pris une profonde inspiration abdominale. Je l'ai retenue en comptant jusqu'à cinq, puis l'ai relâchée lentement par le nez. Alors que je commençais à répéter le processus, la voix de Marilyn est redevenue nette et je l'ai entendue dire : « Tu es pathétique, tu le sais ? »

De la bile m'est remontée au fond de la gorge. Je la détestais depuis des années et j'avais pensé mille fois à la tuer. Il était temps de passer à l'acte.

2

BARNET S'ÉTAIT RENDU UNE BONNE VINGTAINE DE FOIS AU penthouse de la Cinquième Avenue. Il s'est garé sous l'immeuble, plaçant sa Porsche blanche à côté de la Bentley bleu ciel de Marilyn. Le garage était plus luxueux que son premier appartement à Los Angeles, mais, alors que la porte de l'ascenseur se refermait, il n'a pu s'empêcher de penser que les prix de ces endroits étaient ridicules. Il a vérifié sa coiffure dans le reflet des portes chromées juste avant qu'elles ne s'ouvrent sur l'appartement spacieux de Marilyn.

Accueilli par Simon et Garfunkel qui chantaient à plein volume, Barnet s'est dirigé tout droit vers la console audio de la cuisine et a baissé le son. Comme d'habitude, Marilyn n'était jamais prête à l'heure. Il savait qu'elle profitait de chaque occasion pour prouver qu'elle était supérieure au reste du monde. Elle avait la vie bien trop facile, pensa-t-il. Jamais travaillé un seul jour de sa vie. Marilyn avait tout eu tout cuit dans le bec, et avec des couverts en platine, pas en argent.

Elle ne comprenait pas la chance qu'elle avait, pensa

Barnet en examinant le penthouse de près de 650 mètres carrés, qui était aux antipodes de Keewaydin Island. Ici, le décorateur avait utilisé une combinaison audacieuse de styles de Miami, New York et Los Angeles qui vous donnait l'impression de ne plus savoir où vous étiez. Barnet aimait l'ambiance du lieu et adorait pouvoir descendre flâner sur la Cinquième Avenue quand il arrivait à saturation de Marilyn.

Il a pris un seau à glace en verre dans un élégant meuble du bar, y a mis le champagne et l'a rempli de glace. Saisissant une bouteille de chardonnay Aubert dans la cave à vin, il s'est rappelé que ce rendez-vous hebdomadaire était vital pour maintenir l'équilibre. Remarquant que le vin provenait du vignoble Ritchie, Barnet a retiré le bouchon. Après l'avoir humé profondément et y avoir goûté, il s'en est versé un grand verre.

Une légère ivresse était ce dont il avait besoin pour tenir toute la soirée. Tout en sirotant son vin, il a fait le tour de la pièce, appréciant l'art contemporain qui ornait ses murs. Il s'est demandé combien ces œuvres valaient, s'émerveillant de la façon dont elles s'intégraient parfaitement au lieu. Il a vidé le fond de son deuxième verre au moment où Marilyn faisait son entrée.

« Tu commences sans moi ? »

Barnet a passé un bras autour d'elle et l'a embrassée.

« Laisse-moi faire sauter le bouchon du champagne. C'est quelque chose de spécial. Tu vas aimer. »

« Qu'est-ce que c'est ? »

Tout en retirant la feuille d'étain et le muselet du bouchon, il a dit : « Le Mont Benoit Extra Brut. C'est ce qu'on appelle un champagne de vigneron. Emmanuel Brochet est le producteur et le vigneron, et ses champagnes sont élaborés uniquement avec des raisins de son vignoble. La plupart des champagnes, comme Moët et même Dom Pérignon, achètent des raisins dans toute la région et les assemblent. Ils assemblent aussi des champagnes de différents millésimes pour créer un champagne qui correspond au style pour lequel ils sont connus. Les vignerons ne font pas ça ; ils font des champagnes qui représentent le terroir et la météo de l'année. »

« Ils sont plus chers ? »

Il a fait sauter le bouchon en disant : « Parfois, et ils devraient l'être. Je veux dire, si le temps est mauvais, ils jouent le tout pour le tout. C'est risqué, et j'aime cet engagement. Tiens, goûte. »

« C'est bon. »

« Tu sens à quel point c'est frais ? C'est incroyable. »

« Je crois, oui. »

« Brochet est un génie, et son domaine est totalement bio. »

« C'est bien. On devrait peut-être acheter un vignoble. »

« Ce serait sympa, mais tu ne peux pas faire ça en Floride. »

« Pourquoi pas ? »

« Le climat. Bref, qu'est-ce qu'on mange ? »

« Gemma nous a préparé du poulet au romarin et des légumes grillés. »

———

APRÈS LE DÎNER, Barnet a retiré le bouchon d'un Brunello Biondi Santi et s'est versé un verre.

« Tu en veux ? »

« Pas maintenant, je n'arrive pas à te suivre. »

« C'en est un que je t'ai déniché. » Il a levé son verre. « Et il est délicieux. »

« Je suis contente que tu l'apprécies. »

« Je dois dire que j'adore les œuvres d'art ici. Surtout cette toile rose. »

« C'est d'un artiste allemand. Je n'arrive pas à me souvenir de son nom. Je crois que c'est Richter ou quelque chose comme ça. »

« Où l'as-tu trouvée ? »

« Gideon l'a achetée à une vente aux enchères chez Sotheby's. »

« Très jolie pièce. C'est lui qui a eu les autres aussi ? »

« Oui, toutes. Il est vraiment passionné par son art. »

« Il a fait un travail formidable. Je n'aurais acheté aucune d'entre elles, si j'avais eu l'argent à dépenser dans l'art, mais elles vont si bien ici. »

« C'est la seule chose pour laquelle il est doué ces derniers temps. »

« Eh bien, il a vu juste. »

« Gideon a dit qu'il voulait divorcer. »

« Et alors ? Pourquoi pas ? »

« La fiducie réduira mes allocations si je divorce. »

« Waouh. Papa continue de mener la danse alors qu'il mange les pissenlits par la racine. »

« Je sais, c'est fou, mais que puis-je faire ? Je veux m'éloigner de lui, mais ça va me coûter cher. »

« Gideon pourrait peut-être disparaître. »

« Quoi ? Qu'est-ce que tu racontes, John ? »

« Juste ça. S'il venait à disparaître, tu serais libérée de lui et tu n'en subirais pas les conséquences financières. C'est une bonne solution, tu ne trouves pas ? »

3

BARNET ÉTAIT ASSIS À SON BUREAU, REGARDANT LES FLUX DES caméras de surveillance de sa boutique. La fréquentation intermittente, au compte-gouttes, le préoccupait. S'extirpant de sa chaise, il est sorti de son bureau et s'est mis à faire les cent pas dans le magasin vide. Forçant un sourire aux quatre vendeurs qui discutaient, il s'est promis de réduire le personnel à deux employés à l'approche de l'été.

La perspective d'un nouveau ralentissement à l'approche de la fin de la saison a forcé Barnet à se réfugier de nouveau dans son bureau. Peut-être était-il temps de se concentrer sur les ventes en ligne. Les concurrents sur Internet grignotaient ses ventes, et passer à l'offensive lui rapporterait des commandes. Il a pensé que l'idée de monter une campagne mettant en avant sa boutique atypique n'était pas mauvaise.

Se connectant sur Winesearch.com, il a parcouru des rangées d'offres. Comment diable ces types gagnaient-ils de l'argent ? Les marges qu'il voyait étaient minuscules. Barnet était convaincu que le métier consistait à faire des suggestions, à présenter et à convaincre les clients de découvrir de nouvelles régions et de nouveaux cépages. Rester à l'écart des produits de base vendus en grandes quantités par les gros acteurs du marché était non seulement bien plus intéressant, mais cela offrait aussi la possibilité de réaliser un profit décent sur chaque bouteille.

Il s'est dirigé vers le réfrigérateur et a attrapé une bouteille de Red Juice Press. Alors qu'il dévissait le bouchon, il a aperçu une bouteille vide de Château Margaux 2000. Se remémorant les arômes de fruits noirs et rouges présents dans ce vin d'exception, il a eu une illumination. Il a bu une grande gorgée de jus et a appuyé sur le bouton de l'interphone.

« Bridgette, je peux te voir un instant ? »

Avant qu'il ait eu le temps d'avaler une autre gorgée de la boisson rouge foncé, la directrice du magasin est entrée.

« Qu'est-ce qui se passe ? »

Barnet était dégoûté par le bourrelet de graisse autour de sa taille. « Assieds-toi. J'aimerais qu'on se lance à fond dans la vente de vin en primeur. »

« Les Bordeaux, c'est ça ? »

« Évidemment. Ça nous aidera à tenir pendant l'été. »

« C'est une bonne idée. Il y a beaucoup de collectionneurs dans le coin, et si on s'y prend bien, on s'emparera d'une belle part du marché. »

« Pour autant que je sache, Jacques de Bleu Provence a le programme de vente en primeur le plus solide, mais tu es ici depuis bien plus longtemps que moi. »

Elle a hoché la tête. « Ouais, Bleu Cellar fait ça depuis un moment, et ils ont la plupart des acheteurs de Port Royal. »

« C'est ce que je pensais. Écoute, tu me connais, je ne veux jamais rien brader, mais pour le coup, positionnons nos prix en dessous de tous les gros acteurs. Pour l'instant, il s'agit de se faire une place sur le marché des collectionneurs, et le flux de trésorerie ne fera pas de mal non plus. »

« On a une liste d'e-mails correcte sur laquelle on peut s'appuyer pour le marketing. »

« C'est un excellent outil. On devrait faire faire deux ou trois bannières pour le magasin, et j'aimerais faire des publicités sur Facebook en ciblant les buveurs de vin et surtout les francophiles. On fera aussi deux ou trois pubs dans le *Daily News.* »

« C'est une bonne idée, mais est-ce qu'on va pouvoir obtenir du Margaux, du Haut-Brion et du Petrus ? »

Barnet a hoché la tête. « Pourquoi est-ce qu'on ne pourrait pas ? »

« On a eu un... euh... un problème l'année dernière, si tu te souviens bien. »

« Tout a été réglé, mais s'ils ne veulent pas coopérer, qu'ils aillent se faire voir. On n'a pas besoin d'eux de toute façon. »

« Je n'en suis pas si sûre, John. Il faut qu'on soit prudents. Beaucoup d'acheteurs passent toutes leurs commandes en primeur auprès du même détaillant. »

Barnet savait que ne pas avoir ces domaines viticoles éliminerait une grosse part des acheteurs potentiels, mais il a dit : « En combien de temps peux-tu monter une campagne ? »

« Rapidement. Les visuels ne sont pas un problème. Disons, en une semaine. Mais il faudra qu'on définisse les producteurs et les prix qu'on va fixer. »

« Renseigne-toi sur les prix de vente de Bleu Cellar, ABC et Total Wine et place-nous cinq pour cent en dessous du plus bas d'entre eux. »

« Ça attirera certainement l'attention, mais il faut vraiment que je sache pour Margaux, Brion et Petrus. Est-ce que tu vas voir s'ils acceptent de nous vendre cette saison ? »

« Pars du principe que oui. S'ils nous cherchent des noises, je leur agiterai la pile de commandes qu'on aura sous le nez. »

« Tu en es sûr ? »

« À cent pour cent. Maintenant, au boulot. »

Barnet savait que les prestigieux domaines ne lui vendraient jamais, mais il avait besoin du flux de trésorerie que les ventes en primeur allaient générer. Les dix-huit mois avant l'arrivée du vin lui donneraient le temps d'explorer d'autres moyens d'augmenter les ventes et de réduire les coûts. Quant aux acheteurs mécontents, il s'occuperait d'eux le moment venu.

———

EN QUITTANT SA BOUTIQUE, Barnet a pris à gauche, est passé devant les fontaines dansantes et Lululemon, et s'est engagé dans le couloir qui abritait les bureaux de la Forbes Company. Il savait que la réunion avec les propriétaires des Waterside Shops serait difficile. Avant d'ouvrir la porte aux lettres dorées, il s'est rappelé de ravaler sa fierté.

Les bureaux de la direction étaient fonctionnels, contrastant vivement avec l'ambiance opulente du centre commercial en plein air. En attendant qu'Albert Chesny, le directeur général, soit disponible, il est resté debout.

Conformément au principe de maximisation de l'espace de vente, le bureau de Chesny était plus petit que la plupart des îlots de cuisine de Port Royal.

Ils se sont serré la main par-dessus un bureau en acier croulant sous les dossiers.

« Content de te voir, John. »

« Moi aussi, Al. »

« Hé, merci pour la recommandation que tu m'as faite sur ce cabernet. »

« Avec plaisir, je suis content qu'il t'ait plu. On a deux ou trois nouveautés sympas de l'État de Washington que tu devrais essayer. »

« Ma femme organise un dîner la semaine prochaine. Je passerai prendre quelques bouteilles. »

« Je peux m'en occuper pour toi. C'est notre travail, chez Barnet's. »

« Merci, mais on fait simple, donc rien d'extraordinaire. Qu'est-ce que je peux faire pour toi ? »

Barnet s'est agité sur sa chaise. « L'activité ralentit vraiment tôt cette année. Je suis sûr que tout le monde ici ressent la baisse. »

« En fait, la fréquentation est en hausse de près de six et demi pour cent ce mois-ci. »

« Vraiment ? Tout le monde en ville semble se plaindre. »

« On ne se préoccupe pas du reste de la ville, John. Waterside est une expérience de shopping unique. »

« C'est un endroit spécial, c'est pour ça que j'ai pris le risque d'installer ma boutique ici. »

« Et nous apprécions cette marque de confiance. Tu as pris la bonne décision. »

« Je l'espère. C'est un emplacement peu commun pour un magasin de boissons. »

Chesny a dit : « Barnet's, c'est plus qu'un simple magasin de boissons. Tu vends une expérience. C'est pour ça qu'on était si contents de t'accueillir dans la famille Waterside. »

« Je continue de croire que Waterside a le passage et le cachet dont nous avons besoin, mais je ne vais pas tourner autour du pot, Al ; les charges d'exploitation sont exorbitantes. »

« Nous pensons que notre grille tarifaire est à la hauteur de la visibilité et du passage dont bénéficient nos locataires. Tu sais bien qu'on est les meilleurs sur la place, John. »

« Je ne conteste pas le caractère unique de Waterside, mais ça nous prend plus de temps que prévu pour lancer notre affaire. J'aimerais que tu envisages une réduction de notre loyer. Ce serait temporaire, juste pour nous aider à passer le cap. »

Chesny a secoué la tête. « Je suis désolé, mais nous ne pouvons pas accéder à ta demande, John. »

Barnet s'est penché en avant. « On aurait vraiment besoin d'un petit coup de pouce, Al. Tu sais comment c'est, l'été. »

« Je suis sûr que tu comprends qu'il n'est pas si simple de modifier les baux. Je comprends ta situation et j'ai une idée à laquelle je pourrai probablement rallier tout le monde. »

Barnet s'est avancé sur le bord de son siège. « J'apprécie vraiment ton aide. »

« Actuellement, tu occupes trois locaux commerciaux côté sud. Pourquoi n'envisagerais-tu pas de nous en rendre un, ou même deux ? Je suis sûr qu'on pourrait s'arranger pour annuler les frais de modification du bail, et tu pourrais réduire tes dépenses d'un tiers, voire des deux tiers. »

Barnet s'est laissé retomber dans son fauteuil. « Je ne peux pas faire ça. Ce serait le baiser de la mort. »

« Redimensionner, c'est malin, John. Je pense que tu devrais y réfléchir. »

4

GIDEON BRIGHTHOUSE

J'AI FERMÉ LES YEUX EN SERRANT LES PAUPIÈRES, ME MASSANT doucement les globes oculaires et les sourcils avant de retourner à l'écran. Quelques idées intéressantes avaient émergé pendant ces trois heures de recherche, me donnant largement de quoi débattre. Le concept le plus intriguant impliquait un poisson venimeux. C'était insensé que des gens puissent ne serait-ce qu'envisager de manger un poisson-globe, mais pour les Japonais, c'était un mets délicat. Marilyn aimait les sushis, donc il était plausible qu'elle essaie, surtout vu que c'était si cher et que ça donnait de quoi se vanter.

Chaque année, de nombreux décès survenaient, principalement au Japon, à cause du poison contenu dans le poisson-globe. Ça semblait parfait, car à moins d'avoir un chef hautement qualifié qui savait comment fileter correctement le poisson, on mourait. Il ne fallait qu'une infime quantité de poison pour tuer un humain, et il n'y avait pas d'antidote connu. La mort arrivait rapidement, par insuffisance respiratoire. J'ai chassé de ma tête l'image de Marilyn suffoquant et j'ai repris mes recherches.

Une recherche Google de restaurants japonais a affiché une petite liste. La plupart étaient des restaurants de sushis thaïlandais qui parsemaient Naples, mais aucun ne proposait de poisson-globe. Il n'y en avait ni dans le comté de Collier, ni dans celui de Lee. Le plus proche se trouvait à Miami, et ça ne marcherait pas. Peut-être y avait-il un moyen de provoquer une contamination croisée. Bon sang, ça mettrait la police sur une fausse piste.

Notant que le poison du poisson-globe était la tétrodotoxine, j'ai continué mes recherches et j'ai découvert que les poulpes à anneaux bleus en contenaient aussi. Marilyn mangeait tout le temps du poulpe grillé ; elle disait que c'était très faible en calories et plein de nutriments. Ne serait-ce pas ironique ?

J'ai tapé « poison mortel » dans la barre de recherche et j'ai été surpris par la longue liste qui est apparue. Du polonium ? Qu'est-ce que c'est que ce truc ? C'est 250 000 fois plus mortel que le cyanure d'hydrogène ? J'ai retiré mes mains du clavier. C'est une substance radioactive. Les suivants étaient des gaz qui devaient être inhalés, ce qui les rendait inacceptables. Et ce cyanure d'hydrogène ? Oh, c'est un autre gaz.

Et voilà de nouveau le poison du poisson-globe. C'était bon de le voir classé sixième sur la liste, mais je savais déjà que c'était une bonne option. Ensuite, il y avait l'amatoxine, un poison que l'on trouve dans les champignons. Ça semblait parfait et je me suis imaginé glissant les champignons dans sa centrifugeuse. Après l'avoir ingéré, Marilyn serait prise de vertiges, essoufflée, et aurait mal à la tête. Puis son foie et ses reins cesseraient de fonctionner et elle tomberait dans le coma, mourant quelques jours plus tard. Au départ, je croyais chercher quelque chose d'immédiat. Mais en y réfléchissant le fait que ça prenne quelques jours, le coma, l'arrêt des organes, j'ai réalisé que ça fournissait une certaine couverture.

Quand quelqu'un meurt de façon inattendue, tout le monde commence à poser des questions, et c'est dangereux. Si Marilyn présentait des symptômes et agonisait pendant quelques jours, les choses deviendraient plus floues. Il serait intéressant de savoir si le poison se dissiperait pendant qu'elle était dans le coma. Normalement, c'est ce qui se passe, non ? Son corps fonctionnerait encore, métabolisant le poison. Cela fournirait une forme de camouflage en cas d'autopsie. Je me suis adossé à mon siège : ça pourrait bien être la solution.

J'AI RELU. Comment cela pouvait-il être aussi facile ? Tout ce qu'il fallait savoir pour tuer quelqu'un était disponible avec une recherche Google. C'était dangereux. Et il y avait toutes sortes d'informations sur la façon de cacher le fait qu'on l'avait fait. J'ai fait une autre recherche et j'ai fixé l'écran, sous le choc. J'ai compté : il y avait onze sources pour acheter les champignons vénéneux.

La première sur la liste était Xiamen Enterprises, et ils avaient un site web aux allures de bazar proposant un assortiment d'articles promotionnels dignes d'eBay. La dernière chose dont j'avais besoin était du faux poison, alors j'ai quitté la page et j'ai fait défiler jusqu'à un lien au nom anodin : Beatrice Solutions. Une page web sommaire en russe est apparue. J'ai cliqué sur l'icône du drapeau britannique et le texte a été converti en anglais. Le titre vantait leur confidentialité et affichait une photo d'Edward Snowden. Ils proposaient une longue liste de produits chimiques à vendre, et j'ai cherché parmi eux.

Bingo. Ils proposaient de l'amatoxine au dixième de milligramme, à cinq cents dollars le dixième. Ça semblait cher. Ouvrant une autre fenêtre, j'ai vérifié la quantité létale dont j'avais besoin, qui était de 0,7 milligramme. C'est minuscule : le plus petit comprimé que je prenais pour mon anxiété était de 10 mg, et c'était quinze fois plus petit. Se pouvait-il que ce soit tout ce qu'il fallait ?

5

GIDEON BRIGHTHOUSE

Il était un peu plus de dix-sept heures quand je suis parti me promener sur la plage. C'était l'un de mes moments préférés de la journée ; le soleil était à mi-course dans le ciel et son intensité avait diminué. J'ai observé un couple de pélicans planer juste au large, étudiant l'eau scintillante à la recherche d'une occasion de dîner. L'un d'eux a soudainement piqué et plongé sous la surface. Après qu'il est remonté, j'ai commencé à repenser à toute la situation.

Je devais être absolument certain qu'il n'y avait pas d'autre solution. Autant je méprisais Marilyn, autant la tuer sortait considérablement de la norme. Vous avez besoin de conseils en art contemporain ? Je suis votre homme. Des conseils politiques ? Eh bien, le Parti démocrate de Floride me considérait comme son homme de la situation, mais c'était avant que le sénateur White ne soit battu par un quasi-inconnu.

Mais ce n'était pas de ma faute, et les médias sont passés à côté du fait qu'une révolution était en marche. Les gens en avaient assez des mêmes vieilles têtes qui vantaient de grands projets, mais qui étaient si égocentriques que rien ne se faisait jamais. White n'a jamais eu aucune chance, non pas qu'il la méritât. Après deux mandats, il n'avait même pas une seule loi à son actif. Douze ans de soi-disant service public et il n'avait même pas parrainé un arrêté de stationnement. Puis sont venues les accusations de corruption, et nos deux carrières ont été finies.

Pour être honnête, cela ne me manquait pas, mais à Marilyn, si. Elle adorait côtoyer les puissants, et s'il y avait un centre du pouvoir en Amérique, c'était bien Washington, D.C. Le profil de sa famille était déjà élevé, donc le tandem que nous formions en tant que couple nous a ouvert beaucoup de portes, et nous avons été invités à de nombreux événements à la Maison-Blanche. La famille distribuait son argent un peu partout, ce qui a maintenu Marilyn sur la scène sociale pendant un certain temps après la défaite de White, mais le vent tournait pour le secteur financier, et les politiciens évitaient leurs donateurs en public.

C'était dur d'accepter qu'elle ait été si superficielle, mais avec le recul, cela ne semblait faire aucun doute. Quand j'ai eu ma crise cardiaque une semaine après l'investiture du nouveau sénateur, Marilyn s'est ressaisie, passant la nuit avec moi au NCH. J'avais quatre obstructions qui étaient graves, et Marilyn a exigé qu'on fasse venir le chef de la cardiologie pour l'angioplastie.

Le rétablissement physique a été rapide, mais mentalement, j'étais en vrac. Les médecins disaient que la dépression était courante avec les crises cardiaques. Non seulement j'étais abattu, mais j'avais une peur bleue. Je ne sais pas pourquoi, mais j'avais soudainement peur d'être avec des gens, surtout dans des endroits bondés. Recevoir des visites à l'hôpital puis à notre maison de Port

Royal me faisait transpirer. Il m'était impossible de parler, à part répéter comme un perroquet que je me sentais bien.

L'anxiété que je ressentais a diminué de façon spectaculaire lorsque nous avons décampé sur l'île de Keewaydin. Quand j'ai expliqué à Marilyn que je me sentais apaisé grâce à Keewaydin, elle a balayé ça d'un revers de main, disant que c'étaient les médicaments qui me détendaient. Sa théorie a été mise à l'épreuve moins de deux semaines plus tard lorsque nous avons pris l'avion pour Boston pour une réunion d'actionnaires.

Assister à l'assemblée annuelle était une autre exigence que son père avait imposée dans le trust, alors nous sommes montés dans le bateau. Une fois sur le continent, nous sommes montés dans une voiture aux vitres très teintées, et dès que la portière s'est refermée, j'ai ressenti le besoin d'ouvrir une fenêtre.

« Ferme la fenêtre, Gideon », a dit Marilyn.

« J'ai besoin de prendre l'air. »

« La climatisation est en marche. Ferme-la avant que le vent ne ruine ma coiffure. »

J'ai remonté la vitre d'une main et réglé la bouche d'aération de l'autre, dirigeant le flux d'air vers mon visage. Alors que je me penchais en avant, Marilyn a demandé : « Qu'est-ce qui ne va pas, encore ? »

« Je ne sais pas. J'ai juste senti un petit quelque chose ; j'ai peut-être juste un peu chaud. »

J'ai fermé les yeux, me suppliant de me calmer.

Dix minutes plus tard, nous sommes arrivés à l'aéroport de Naples et nous nous sommes dirigés vers le hangar où notre avion Flexjet attendait. L'escalier du Learjet argenté était abaissé, et alors que nous nous approchions pour embarquer, j'ai dit : « Ce jet semble plus petit que d'habitude. »

« J'imagine que Robert l'a organisé comme ça, vu que nous ne sommes que tous les deux. »

J'ai dû me pencher pour passer la porte, et dès que je l'ai fait, mon cœur s'est emballé et je me suis figé une seconde avant de reculer sur l'escalier. J'essayais de contrôler mon halètement quand Marilyn a demandé : « Gideon ! Qu'est-ce qui se passe, bon sang ? »

« Euh, attends une minute. »

« Monte ! On va décoller. »

« Donne-moi une minute. »

« Dépêche-toi, merde ! On est déjà justes niveau timing. »

J'ai pris trois grandes inspirations, et les yeux rivés sur mes pieds, j'ai grimpé à bord en traînant les pieds. J'ai fouillé dans mon sac pour trouver des écouteurs tout en m'installant dans un siège.

« Ça va ? »

« Oui, juste un peu claustrophobe. »

« Quoi ? Maintenant tu es claustrophobe ? »

« Je ne sais pas ce qui se passe, Marilyn. C'est venu comme ça, de nulle part. »

« Tu es pathétique. »

Comment pouvait-elle dire une chose pareille ? « Tu es cruelle, tu sais ça ? »

Marilyn a soupiré bruyamment et s'est replongée dans son magazine *Cosmopolitan* alors que la porte de la cabine se fermait. Les yeux clos, je me suis concentré pour essayer d'entendre chaque violon individuel jouant *Les Quatre Saisons* de Vivaldi, mais alors que nous attendions l'autorisation de décoller, la peur a grimpé de mon ventre jusqu'à ma gorge. J'étais sur le point d'arracher ma ceinture de sécurité quand le jet a fait une embardée et que nous nous sommes dirigés vers la piste. Mon anxiété a diminué à mesure que le vrombissement des moteurs s'intensifiait. Ce n'est que lorsque j'ai été plaqué contre mon siège par la force d'accélération que j'ai ouvert les yeux.

Après l'atterrissage, une oppression dans ma poitrine a surgi alors que nous montions les escaliers vers la zone d'embarquement. Mes « pardon » sont devenus plus secs tandis que nous nous frayions un chemin jusqu'à la zone de prise en charge de Logan. Bien qu'elle soit sombre et déprimante, ça m'a fait du bien de sortir et de monter dans la voiture qui nous attendait. Deux minutes plus tard, Marilyn est montée dans la voiture en disant : « Je ne sais pas ce qui se passe avec toi, Gideon, mais tu dois te calmer. »

« Je vais bien. »

« Vraiment ? Tu as traversé le terminal comme s'il était en feu. »

« J'... j'avais besoin d'air. »

« Tu dois maîtriser ça, et vite. Tu as intérêt à ne pas me mettre dans l'embarras ce soir. »

« Ne t'en fais pas, ça ira pour ce soir et pour demain. »

« Demain, tu pourras rester à l'hôtel. Dis que tu es malade ou ce que tu veux, mais tu sais que ce soir, c'est important. »

Je pourrais la prendre au mot. Demain, ça allait être la folie, avec des centaines d'actionnaires et des tonnes de médias toute la journée. Et mon Dieu, quelle longue journée en perspective ! La soirée de ce soir à l'Intercontinental était réservée à la famille, à quelques actionnaires principaux et aux administrateurs qui supervisaient le trust Boggs, lequel contrôlait une bonne partie des actions de l'entreprise.

C'était pour la famille l'occasion de se tâter le pouls et un autre des stratagèmes du vieil homme pour garder un œil sur ses affaires d'outre-tombe.

Je comprenais ce qu'il essayait de faire, et j'aurais peut-être fait la même chose sans quelques détails, comme le fait de ne pas autoriser ma femme à prendre mon nom, ce qui était stupide. Même l'association généralement acceptée de Boggs et Brighthouse était interdite, à moins de vouloir renoncer à une partie des revenus, et Marilyn disait que c'était idiot d'être pénalisé. J'aurais dû me battre contre ça et bien d'autres prétendues directives, et peut-être que nous n'en serions pas là aujourd'hui.

Au début, je mettais ça sur le compte de la richesse et d'une certaine excentricité, jusqu'à ce que je perde un bon ami.

J'étais dans mon bureau quand Mark Simone est entré, et je me suis levé d'un bond.

« Salut, Mark. Quelle bonne surprise ! » J'ai contourné mon bureau et j'ai tendu une main qui est restée dans le vide.

Mark Simone, qui travaillait pour le *Sentinel*, s'est affalé sur une chaise. « Ce sont de putains de monstres. »

« Qui donc ? Qu'est-ce qui se passe, Mark ? »

« Comme si tu ne le savais pas. »

« Je n'ai aucune idée de ce à quoi tu fais référence. »

« Je me suis fait virer à cause de la putain de famille de ta femme. »

Mon estomac s'est noué. « Que s'est-il passé ? »

« Tu sais que j'écrivais cette série d'articles sur le secteur des fonds communs de placement. »

« Bien sûr. »

« Eh bien, Dieu m'en préserve, j'ai mentionné ce démêlé avec la SEC. »

« À propos des supports marketing ? »

« Ouais. »

« Mais ça a été réglé sans amende ni aucune répercussion. »

« Je sais, ce n'était rien. Tout ce que j'essayais de faire, c'était de montrer à quel point les choses étaient réglementées, c'est tout. Je ne cherchais pas à descendre les Boggs. »

« Évidemment, mais que s'est-il passé ? »

« L'instant d'après, mon rédacteur en chef me tombe dessus parce que j'ai mentionné la famille Boggs, alors que c'est lui qui avait approuvé l'article. Il cherchait à se couvrir et, juste après, les RH m'ont convoqué et je me suis fait mettre à la porte. »

« Es-tu sûr que c'était à cause de ça ? »

« On se connaît depuis longtemps. Crois-moi, c'est ce qui s'est passé. »

« Laisse-moi voir ce que je peux faire. »

« Mec, tu sais à quel point t'as l'air naïf ? Tu crois que tu vas leur faire changer d'avis ? »

« Mais si c'est pour ça qu'ils l'ont fait, c'est injuste et sans fondement. »

Mark a secoué la tête. « *Si* ils l'ont fait ? Mec, t'es aveugle, mon pote. »

Dès que Mark est parti, j'ai appelé le bureau de la famille. J'entends encore Peter Gerey me dire que c'était une affaire de famille et que ce n'était pas sujet à discussion. Il m'a fallu deux semaines pour trouver le courage de dire à Mark que j'étais incapable d'influencer la situation. Il m'a raccroché au nez et refuse de prendre tous mes appels depuis.

Les Boggs étaient presbytériens, mais ils ressemblaient plus à des Mormons. Un certain pourcentage était donné à des œuvres de charité, et ils exigeaient que leurs enfants effectuent deux ans de service communautaire avant de travailler pour l'entreprise. Marilyn avait fait son service à St. Matthew's House à Naples, mais n'avait jamais vraiment travaillé pour l'entreprise familiale. Elle disait que les affaires ne l'intéressaient pas et qu'elle préférait aider les autres, mais peu après notre rencontre, j'ai compris qu'elle ne se sentait pas assez intelligente. Ses frères avaient des MBA de Harvard et étaient vifs, quoique condescendants. Quand nous nous sommes rencontrés pour la première fois, le message était clair : ils ne me respectaient pas, mais j'ai momentanément renversé la vapeur quand les œuvres d'art que je leur avais recommandé d'acheter ont pris beaucoup de valeur.

Au fond, ils étaient tous faux. Je me suis souvent demandé si Marilyn était pire que ses frères ou s'ils étaient tous pareils, mais je connaissais mieux Marilyn et je la détestais davantage. J'étais certain qu'elle n'avait soufflé mot de nos difficultés relationnelles à personne dans la famille, et tout aussi certain que je deviendrais persona non grata, et que je serais aussi viré de l'île, si la nouvelle s'ébruitait.

———

Ayant pris un Valium supplémentaire, je me suis dit qu'une nouvelle tentative de discussion avec Marilyn avait de bonnes chances d'aboutir. Elle était assise sur la terrasse avec son café du matin et a sursauté quand j'ai fait coulisser la porte-fenêtre.

« Désolé. »

« Bon sang, Gideon. J'ai failli renverser mon café. Qu'est-ce que tu veux encore ? »

« J'espérais qu'on pourrait discuter d'un moyen de mettre fin à notre mariage à l'amiable. »

« Ce n'est pas la peine, le contrat de mariage dicte tout. »

« Je comprends, mais je sais que suivre cette voie aurait des conséquences financières négatives pour toi. Ne pouvons-nous pas trouver une autre solution ? »

Elle a posé sa tasse et a souri. « Il y a une autre solution. »

J'ai tiré une chaise et j'allais m'asseoir. « C'est super. Qu'est-ce que c'est ? »

« Tu n'as pas envie de le savoir. »

« Bien sûr que si. »

Elle m'a regardé droit dans les yeux. « John a suggéré qu'il pourrait te faire disparaître. Ça réglerait les choses, non ? »

J'ai attrapé le dossier de la chaise. « Quoi ? Qu'est-ce que ça veut dire ? »

« Prends-le comme tu veux. Mais comme tu es un invalide, c'est moi qui déciderai de ce qui se passera. »

À cet instant précis, j'ai décidé que Marilyn devait y passer avant qu'ils ne me tuent. Dès que je serais de retour à la maison, je commanderais le poison à base de champignons.

6

UN COUP FRAPPÉ À LA PORTE DE SON BUREAU A INCITÉ Barnet à vérifier l'écran de surveillance. Il a souri quand la caméra a révélé que c'était Marilyn. Il avait évité ses appels pendant trois jours d'affilée et sa visite faisait parfaitement son jeu. Il lui a ouvert et s'est levé pour l'accueillir.

« Marilyn. Je ne m'attendais pas à te voir. »

« Tu ne m'as pas rappelée. Je commençais à m'inquiéter pour toi. »

Barnet l'a embrassée mais a évité de la serrer dans ses bras.

« Je vais bien, c'est juste que je bosse vingt-quatre heures sur vingt-quatre, sept jours sur sept, pour essayer de maintenir cette boutique à flot. »

« Pourquoi ? Qu'est-ce qui ne va pas ? »

« Oh, laisse tomber. Tu ne veux pas savoir. »

« Bien sûr que si, je veux savoir. Qu'est-ce qui se passe ? »

« Ne t'en fais pas. Je trouverai une solution. »

« Trouver une solution à quoi ? Dis-moi ce qui se passe, John. »

Barnet s'est affalé dans son fauteuil. « La morte-saison nous tue. Je ne sais pas pourquoi c'est si terrible cette fois-ci, mais c'est le cas. »

« Ça va s'arranger, ça finit toujours par s'arranger. »

Barnet a haussé les épaules. « Peut-être. »

« Qu'est-ce qui te déprime comme ça ? »

« Je ne veux pas t'entraîner là-dedans. »

« Ce n'est pas grave, vraiment. Je veux être impliquée. Peut-être que je peux aider d'une manière ou d'une autre. »

« Eh bien, tu sais qu'on a mis le paquet sur les ventes en primeur, et on a des ventes, mais je dois avancer la moitié de l'argent pour toutes ces commandes, et en plus de ça, j'ai investi une somme folle dans le service traiteur, et ça n'a pas vraiment marché comme je l'avais prévu. »

« Je trouvais que ton idée de service traiteur était bonne. Il faut juste lui laisser le temps. »

Barnet a expiré d'un air abattu. « Du temps, je n'en ai pas. Ces salauds ici ont eu le culot de me signifier un préavis de défaut de paiement. Tu te rends compte ? »

« Un défaut de paiement ? Ils peuvent faire ça ? »

Barnet a levé les bras au ciel. « Et on n'a que deux semaines de retard sur le loyer. C'est dingue. »

« C'est combien, le dû ? »

« Quarante mille. »

« Vraiment ? Quarante mille ? C'est cher. »

« À qui le dis-tu. »

« Je pourrais aider un peu. »

« Vraiment ? Je ne veux pas t'impliquer, Marilyn, mais je ne sais vraiment pas quoi faire. Si tu pouvais aider, ce serait incroyablement généreux de ta part. »

« Tu sais que je serais heureuse de t'aider, John. Je te prête dix mille. »

« Oh, ça aidera un petit peu. »

———

AVANT DE S'ASSEOIR derrière son bureau, Barnet a sifflé deux bouteilles d'eau, essayant de calmer une légère gueule de bois. Il a posé une autre bouteille sur son bureau et a jeté un œil aux recettes de la veille. Balançant le décompte sur le côté, il a ouvert un dossier rouge intitulé Ventes en primeur.

Après avoir parcouru les deux pages qu'il contenait, Barnet s'est levé et a ouvert brusquement la porte de son bureau.

« Bridgette ! Où est Bridgette ? J'ai besoin d'elle. Maintenant ! »

Il a claqué la porte et a fait les cent pas dans la pièce pendant une minute jusqu'à ce qu'on frappe à la porte.

« Entrez ! »

« Salut, John, tu avais besoin de quelque chose ? »

« C'est quoi, ce bordel avec les ventes en primeur ? »

« Qu'est-ce que tu veux dire ? »

Il a attrapé le dossier et l'a agité.

« Ça. C'est ça que je veux dire. C'est une blague. »

Bridgette a jeté un œil au dossier. « Je suis désolée, mais je ne comprends pas. »

« C'est tout ce qu'on a comme commandes ? »

« Oui. Sauf si quelque chose est arrivé ce matin. »

« Tu es en train de me dire que vingt pauvres commandes, c'est tout ce qu'on a ? »

« Il y a beaucoup de concurrence, John. Et puis, beaucoup de gens ne sont pas en ville à cette période de l'année. »

« Tu as déjà entendu parler du téléphone ? On peut prendre une foutue commande par téléphone ! »

« On a... on a appelé et envoyé des e-mails à nos cibles. On ne s'en sort pas si mal, John. »

« Tu te fiches de moi ? Tu sais combien ça me coûte de faire de la pub ? C'est quoi l'intérêt de ce truc, putain ? »

« Je... je... »

« Retourne là-bas et vends-moi du foutu vin ! J'ai beaucoup à faire. »

Barnet s'est affalé sur son canapé et venait de fermer les yeux quand son portable a sonné. Il l'a arraché de sa poche. C'était Marilyn. Il a rejeté l'appel, a mis les pieds sur la table basse et a commencé à fouiller dans une banque d'idées qu'il avait accumulées pour maintenir la boutique à flot. Après vingt minutes d'introspection, il s'est levé, a ouvert son ordinateur portable, est allé sur le site d'Amazon et a commencé à naviguer.

7

QUATRE JOURS PLUS TARD, MARILYN A FERMÉ LA PORTE DU
bureau de Barnet et a dit : « Comment as-tu pu me faire ça ?
»

« C'était une erreur, c'est tout. »

« Je suis tellement gênée, je ne sais plus quoi faire. »

« Tu ne devrais pas. Ce n'était rien, juste une simple
erreur de calcul. »

Marilyn a mis les mains sur ses hanches. « Ma réputation est en jeu, John. »

« C'est ridicule. Avec ton argent, tu crois qu'ils pensent
que tu voles ? »

« Bien sûr que non. Mais ils vont penser que je suis
incompétente, et c'est pire que de voler. Le milieu philan-
thropique est fondé sur la confiance. Nos donateurs
comptent sur nous pour bien gérer leur argent. La moindre
rumeur ou le moindre soupçon d'irrégularité, intentionnelle
ou non, et ils prendront leurs jambes à leur cou. »

« Arrête un peu de jouer les alarmistes, tu veux ? »

« C'est facile à dire pour toi, mais c'est ma vie, John. »

« Quoi ? Tu es en train de dire que je ne me soucie pas de toi ? C'est insensé. »

« Je sais, mais John, ça me donne vraiment le mauvais rôle. C'est beaucoup d'argent, et je suis sûre que les gens en parlent. »

« Je vais m'assurer que Bridgette fasse un chèque aujourd'hui. »

« J'ai déjà remboursé Saint-Vincent-de-Paul. »

« Ah oui ? Si tu veux mon avis, je pense que tu aurais dû attendre. »

« Je devais régler ça immédiatement. »

« Je comprends, mais je n'aime pas l'impression que ça donne. »

« Que veux-tu dire ? »

« Vois les choses comme ça : tu as remboursé la surfacturation avant même de contacter le fournisseur. Ça pourrait paraître un peu louche. »

« Oh non, tu crois ? »

« Ne t'emballe pas, Marilyn. Je ne fais que penser à voix haute. »

« Tu vois, tu vois comment tout ça pourrait être mal interprété ? »

« Ça ne le sera pas. Ils ont récupéré leur argent, et tu as ton histoire de surfacturation à raconter. »

« Histoire ? »

« Allons, Marilyn, tu sais ce que je veux dire. » Barnet s'est levé et s'est dirigé vers la cave à vin. « Détends-toi. Tout va bien se passer. Prenons un verre de bourgogne blanc. Je viens de recevoir ce délicieux bourgogne du Domaine Leroy. Tu vas adorer. »

———

Le lendemain matin, Barnet prenait le soleil sur un banc devant sa boutique. Il a salué le livreur d'UPS, qui poussait une pile de cartons dans son magasin. Quelques minutes plus tard, le gérant est sorti, un petit paquet à la main.

« Il y a votre nom dessus, John. C'est pour le magasin ? »

Barnet a pris le colis Amazon. « Non, c'est pour moi. J'ai commandé un nouveau disque dur externe. »

« Bonne idée. Il faut que je sauvegarde mon ordinateur portable. Je n'ai pas confiance en ce truc du cloud. »

« Moi non plus. Ces types vont se faire pirater comme tout le monde. »

« Ce n'est qu'une question de temps. Je dois y aller. Le camion de Southern Wine est à l'arrière avec une livraison. »

Barnet a profité du soleil encore dix minutes avant de rentrer dans le magasin. Il est allé directement à son bureau et a fermé la porte à clé. Il a glissé sa grande silhouette dans un fauteuil et a ouvert le paquet. En palpant le minuscule appareil, Barnet s'est émerveillé de sa petite taille comparée à celle de l'appareil qu'il utilisait auparavant. Il a glissé la clé USB et le cordon de charge dans sa poche de poitrine et a jeté les matériaux d'emballage à la poubelle, après les avoir déchirés en petits morceaux.

En caressant sa barbichette, Barnet a de nouveau passé en revue son idée pour gagner du temps. Satisfait de n'y trouver aucune faille, il a décidé que le plus tôt serait le mieux. C'était vendredi et il verrait Marilyn plus tard, comme d'habitude. Ce serait pour ce soir.

8

GIDEON BRIGHTHOUSE

Je suis rentré d'une longue promenade sur la plage. C'était si paisible que j'en avais oublié la chaleur. Une baignade dans la piscine serait parfaite. J'ai décidé de prendre une serviette et d'aller piquer une tête.

En faisant coulisser une porte, j'ai vu un paquet sur mon bureau et mon intérêt s'est immédiatement éveillé. Les carnets de Jasper Johns que j'avais achetés aux enchères chez Sotheby's étaient arrivés. C'était merveilleux de pouvoir soumettre ses offres en ligne sans avoir à s'embêter à y aller en personne.

En m'approchant du bureau, j'ai pu voir le paquet de Sotheby's, mais quel était cet autre colis ? En le soulevant, il m'a semblé vide. J'ai attrapé une paire de ciseaux et j'ai découpé le haut de l'enveloppe en plastique. À l'intérieur se trouvait une boîte en plastique plus rigide. Quand j'ai vu les caractères russes, j'ai lâché le paquet et j'ai balayé la zone du regard.

Frissonnant en réalisant que les champignons étaient

arrivés, j'ai commencé à faire les cent pas dans la pièce. Les garder dans le placard comme je l'avais prévu ne me semblait plus une bonne idée. Pouvait-ce être toxique, rien qu'en respirant à proximité ? Pouvait-on même faire confiance aux Russes pour l'emballer correctement ? Ils s'en fichaient probablement. Il faudrait que je cherche sur Google si ces champignons émettent des vapeurs nocives. Était-il seulement prudent de les toucher sans gants ?

Mais dans quoi diable me suis-je fourré ? Je devrais simplement m'en débarrasser avant qu'il ne soit trop tard. Bon sang, mais à quoi je pensais ? Jamais je n'arriverai à aller jusqu'au bout. Inspirant profondément, je me suis dit de me calmer. J'allais m'affaler sur le canapé quand j'ai réalisé que j'étais en sueur et je suis monté prendre une douche.

À mi-chemin des escaliers, j'ai fait demi-tour et je suis redescendu. Attrapant un torchon dans la cuisine, j'ai enveloppé le paquet de champignons dedans. Après l'avoir glissé dans le placard sous la plaque de cuisson, je suis remonté.

Pendant ma douche, j'ai passé en revue un tas de cachettes possibles. Il me fallait un endroit où les femmes de ménage ne le trouveraient pas. Le garder à l'extérieur de la maison semblait logique, mais je ne pouvais pas risquer que l'équipe de maintenance le découvre.

Chaque endroit que j'envisageais avait des défauts. En me séchant avec une serviette, j'ai mentalement examiné idée après idée, les rejetant toutes en m'habillant et en redescendant.

Assis à la table de la cuisine, je me suis souvenu de cette série télé où un tueur avait gardé du poison sur son étagère à épices. C'était osé, mais l'idée m'a plu et j'ai opté pour le laisser bien en vue quand un livreur a frappé et a fait coulisser une porte. Il portait l'arrangement floral hebdo-madaire du pool house.

Il a posé un grand vase triangulaire débordant d'impo-santes tiges d'oiseaux de paradis et il est parti. En admirant le contraste entre les fleurs orange et le vase noir, une idée m'est venue et je suis allé à la galerie d'art.

En allumant les lumières, le bâtiment a pris vie, mettant en valeur son éclairage spécial. J'adorais cet endroit. Combien de nuits avais-je dormi ici avant que le bon mélange de médicaments ne contienne mon anxiété ? Même après que les choses se sont calmées, j'avais envisagé d'em-ménager ici, mais ce n'était pas pratique. Avec seulement une salle d'eau et pas de cuisine, cela compliquerait inutile-ment la vie, une chose dont j'avais encore moins besoin que la plupart des gens.

Il y avait plein d'endroits pour cacher le paquet mince. Il pouvait être scotché sous l'un des bancs d'observation, fixé derrière un tableau, ou même glissé à l'intérieur d'une sculpture. À part l'expert ou le représentant de l'assurance de passage, personne ne venait ici à part moi. C'était parfait.

Faisant le tour de la pièce, j'ai pensé que le meilleur endroit serait de le scotcher sous l'un des bancs en velours, dont le tissu vert pâle avait un surplomb de quelques centi-mètres. Les femmes de ménage ne le verraient jamais. J'ai choisi un banc qui faisait face à une œuvre de Richard Prince intitulée *Even Lower Manhattan*. Sombre à la fois par sa couleur rouge et par son ambiance, Prince avait inséré un morceau de papier journal illisible sur le bord du tableau. Le mystère de l'œuvre m'attirait à chaque fois. Je voulais entrer dans le tableau, en retirer le journal et lire de quoi il parlait.

La climatisation s'est mise en marche, brisant ma

concentration. Il faudrait que j'attende que le personnel soit parti pour le cacher.

———————

Où est le ruban adhésif ? Il m'en fallait du résistant. Je ne pouvais pas faire confiance à du simple Scotch avec ça, et je ne pouvais pas en demander aux gars de la maintenance. Après avoir vérifié tous les tiroirs de la cuisine, je me suis dirigé vers mon bureau. Posée dessus se trouvait une boîte de Microsoft. Mon nouvel ordinateur portable était enfin arrivé. En tirant sur le ruban adhésif, j'ai ouvert la boîte, mais j'ai arraché une couche de carton avec. Je me suis figé. Pas question que ça arrive avec l'emballage des champignons ; je pourrais m'empoisonner. Si je le mettais dans un sac en plastique, le plastique se déchirerait quand je le décrocherais, mais l'emballage d'origine resterait intact.

Laissant la boîte de l'ordinateur portable, j'ai fouillé dans le tiroir du bas à la recherche de ruban adhésif et je me suis arrêté quand j'ai trouvé une vieille photo de Marilyn et moi. Elle avait été prise l'année de notre mariage, lors d'un événement commémorant le premier anniversaire de l'élection du sénateur White.

La grande salle de bal du Ritz était bondée. J'ai dit à Marilyn : « J'aurais dû augmenter le don minimum pour pouvoir entrer ce soir. »

Elle a souri. « Tu t'en es très bien sorti, chéri. Il y a toujours un moyen de récolter plus quand on en a besoin. »

Un photographe s'est agenouillé devant nous alors qu'un journaliste du *Wall Street Journal* approchait. J'ai passé mon bras autour de Marilyn et j'ai souri pour la photo. Le journaliste a dit : « Bonsoir, madame Boggs. Ça vous dérange si je vous emprunte votre mari pour une brève interview ? »

« Pas du tout. À plus tard, Gideon. » Elle m'a déposé un baiser sur la joue et s'est dirigée tout droit vers Pam Biondi, la procureure générale de Floride.

« C'est une sacrée réception que vous avez organisée, monsieur Brighthouse. »

« Les gens aiment soutenir le sénateur. »

« Que pouvez-vous nous dire sur les projets du sénateur ? »

« Le sénateur White travaille sur un projet bipartisan avec le sénateur Blalock pour résoudre l'impasse sur l'immigration. »

« C'est un sujet difficile à aborder, mais je m'intéresse à ses projets pour de plus hautes fonctions. »

Les rumeurs qui avaient commencé à circuler me faisaient frissonner, mais je devais être prudent. « Le sénateur se concentre sur la deuxième année de son mandat de six ans. »

« C'est noble, mais de plus en plus de voix s'élèvent pour dire que le sénateur devrait se présenter à la présidence. »

« Bien que ce soit une proposition flatteuse, le sénateur est déterminé à servir les braves gens de Floride et a l'intention d'accomplir l'intégralité de son mandat. »

« Et si le mouvement prend de l'ampleur ? Le sénateur envisagerait-il de tenter sa chance pour la Maison-Blanche ? »

Marilyn dansait avec le patriarche vieillissant de la famille Collier et m'a souri en passant près de moi avec élégance.

« Tout cela donne lieu à d'intéressantes spéculations,

mais j'aimerais retourner auprès de ma femme avant que ce cher Collier ne me la vole. »

Je me suis dirigé vers Marilyn et j'ai échangé quelques mots avec Collier avant de lui murmurer à l'oreille : « La nouvelle est sortie. Le *Journal* n'a voulu parler que de la candidature de White à la Maison-Blanche. »

Elle m'a serré fort. « Oh, Gideon, tu imagines ? Ce serait merveilleux. »

« Je sais, ce serait incroyable, et nous ferions en sorte que ça arrive. »

J'ai rejeté la photo dans le tiroir, en me demandant comment nous en étions arrivés au point où elle avait des liaisons et où je la voulais morte.

———

NOUS AVONS ATTEINT un point de rupture il y a trois ans, en mars. Le sénateur White tenait un meeting au Naples Grand Resort que j'avais organisé, et Marilyn n'était pas venue. Je l'ai appelée plusieurs fois, mais elle n'a jamais décroché. Notre campagne était sur la défensive sans arrêt depuis l'éclatement d'un scandale de contributions contre services. White avait parrainé une loi sur l'agriculture qui accorderait des avantages disproportionnés à son plus grand donateur. Le retour de bâton a été féroce. White n'arrivait pas à faire passer ses arguments, ce qui nous a forcés à redoubler d'efforts pour imposer son programme.

Il n'y avait aucune énergie dans la salle de bal ce soir-là. C'était le cinquième événement sans éclat d'une longue semaine. J'étais fatigué et pas d'humeur à rester pour le débriefing. Dès que White est monté dans sa chambre, j'ai pris congé, en disant à tout le monde que Marilyn ne se sentait pas bien, et je suis rentré en voiture.

Je la revois encore, lisant sur la chaise longue de la chambre. En entrant dans la pièce, j'ai demandé : « Où étais-tu ? J'avais besoin que tu sois là. Tu me donnes une mauvaise image. »

Elle a secoué la tête. « Tu ne comprends pas, n'est-ce pas ? »

« Comprendre quoi, Marilyn ? »

En silence, elle a repris son livre et s'est remise à lire.

« Arrête tes manigances, veux-tu ? »

Sans jamais quitter son livre des yeux, elle a dit : « Tu perds ton temps avec White. Il est fini. »

Je détestais son dédain. « De quoi tu parles ? On ne fait que commencer la campagne. »

« Tu parles comme un idiot, Gideon. Les gens le fuient. »

« Ce n'est pas vrai. »

Posant le livre sur ses genoux, elle a dit : « Ah oui ? Il y avait beaucoup de monde à ton événement ? »

Elle n'avait pas tort. La salle de bal n'était remplie qu'au tiers environ. « Ça allait, ils reviendront. »

Elle a ri. « Attends de voir l'éditorial de demain. »

Que savait-elle ? Comment avait-elle pu ne pas m'en informer ? « De quoi tu parles ? »

« Disons simplement qu'on peut affirmer sans risque de se tromper qu'il ne lui reste plus beaucoup d'amis. »

« Eh bien, s'ils le quittent au premier signe de difficulté, ce n'étaient pas des amis au départ. Où est leur loyauté ? »

« C'est là que tu te trompes encore. Il faut fuir au premier soupçon de pourriture. »

« Ce n'est pas ma façon de fonctionner. »

« C'est la différence entre toi et moi, Gideon. Les Boggs ne s'associent jamais à l'échec. »

C'était un coup de poing verbal à l'estomac, une terrible révélation qui illustrait la différence dans notre ADN. J'espérais que ce ne serait pas permanent, mais quand je me suis réveillé sur le canapé le lendemain matin, la réalité que les choses avaient changé m'a hanté.

J'ai essayé de combler le fossé, mais la relation a continué à se détériorer, bien qu'à un rythme plus lent. Puis j'ai eu ma crise cardiaque, et ce qui restait de la relation s'est rapidement désintégré en un dysfonctionnement total.

9

RAUL SANCHEZ

En montant les escaliers jusqu'à l'appartement d'Alejandro, j'avais les jambes lourdes. Pourquoi étais-je si fatigué ? La chaleur ici n'était pas pire qu'au Mexique. Mon boulot à Keewaydin était physique, mais rien de dingue. Tout le monde disait que c'était le stress à cause du cancer de mama. Peut-être. Mais qu'en est-il du stress d'essayer de filer droit quand tant d'occasions de se faire de l'argent facile se présentent ?

Alejandro habitait au troisième étage. C'était un autre pauvre type, qui nettoyait des bureaux la nuit et tondait des pelouses le jour. Un chat est passé en courant. J'ai essayé de lui donner un coup de pied, puis j'ai frappé à la porte.

« Hé, Raul. »

« Qu'est-ce que le docteur a dit ? »

Alejandro a froncé les sourcils. « Elle est plus faible. Le docteur dit que ta mère a besoin de plus de dialyses. »

« Elle va les avoir quand ? »

Il a secoué la tête. « Ils ont dit que Medicare ne paiera pas pour en faire plus. »

« Quoi ? »

« Ils ont dit qu'elle a droit à ce que tout le monde a. »

« Mais il a dit qu'elle en avait besoin de plus, non ? »

« Ouais. »

« Alors, on fait quoi maintenant ? »

Alejandro a haussé les épaules. « Il a dit que tu pourrais payer, mais c'est quelque chose comme six mille dollars par mois. »

———

« RAUL, va me chercher une autre barquette. »

J'ai pris la dernière barquette de bégonias de la remorque et l'ai apportée à Pedro en lui demandant : « Ils attendent combien de personnes ? »

« J'en sais rien, mec. »

J'ai dit : « J'arrive pas à croire qu'on arrache ces pensées. C'est qui qui vient, le putain de président ? »

« Charlie a dit un truc à propos d'une soirée caritative. »

« Caritative ? Avec toute la merde qu'ils jettent par ici ? »

« Je vois ce que tu veux dire, mec. Mais ils ont du fric. »

« C'est pas juste, surtout quand ils jettent de la nourriture. »

Pedro a planté un autre bégonia et a dit : « J'ai demandé au patron un jour si on pouvait avoir les restes, mais il a dit non. »

« Moi aussi, il m'a dit de me mêler de mes affaires. » J'ai épongé mon front. « Pena n'a pas de couilles, mec. »

« Là où j'étais avant, ils nous donnaient toujours à manger quand ils faisaient des fêtes. »

« C'est du putain de gâchis. »

« C'est comme ça, mec. »

« Ils nous le foutent sous le nez. »

« Je sais. Hé, amigo, va chercher d'autres fleurs. »

En poussant la remorque, je me suis dirigé lentement vers le quai. Si ce n'était pas pour Mama, j'aurais tout plaqué. J'aurais pris ce que j'aurais pu. Elle avait besoin de moi, elle est malade. Et maintenant, elle avait besoin de beaucoup d'argent pour la dialyse. Mec, la seule façon que je connaissais de me faire du fric sérieux, c'était en faisant ce qui m'avait envoyé derrière les barreaux.

Si je me faisais encore pincer, je savais ce qui arriverait. Moi, je pouvais supporter d'être en taule, mais ça tuerait mama. Quand j'étais enfermé au Mexique, elle venait chaque semaine, mais à chaque fois, elle avait l'air vachement plus vieille. Si je retournais en prison, ça la tuerait avant son cancer du rein. Il devait y avoir un moyen de trouver le fric pour l'aider.

J'ai chargé la remorque, en pensant que ce n'était pas facile de rester dans le droit chemin. Un yacht énorme, musique à fond, est passé à toute vitesse. Mec, certains avaient la vie facile, tout comme cette femme, Boggs. Née avec une cuillère en argent dans la bouche, et cette connasse croit qu'elle a réussi un exploit. Elle est pétée de thunes. Tu sais, elle pourrait régler cette merde rapidement. Je vais lui mettre la pression. Comment pourrait-elle dire non ?

———

LA TERRASSE AVAIT PLUS de chaises qu'un hôtel. J'ai cherché des endroits à retoucher, en gardant un œil sur les portes coulissantes. D'habitude, elle quittait la maison après le déjeuner. En déplaçant un fauteuil, je l'ai vue à la fenêtre, près de l'évier. Saisissant le pot de peinture, je me suis approché de la fenêtre.

Boggs m'a vu. Elle a souri et j'ai levé un doigt pour lui faire signe de venir. Son sourire a disparu et elle a reculé. J'ai levé mon pinceau et elle s'est détendue, ouvrant la porte coulissante. Un souffle d'air froid m'a frappé.

« Comment puis-je vous aider ? »

« Je suis désolé, Madame. Mais je... j'ai besoin de vous demander quelque chose. »

Elle s'est penchée en s'écartant de la porte, mais n'a rien dit.

« Euhm, vous voyez, c'est à propos de ma mama. »

« Vous êtes Raul, n'est-ce pas ? »

J'ai hoché la tête. « Je travaille avec Señor Pena. »

Elle a souri. « Dites-moi. Qu'arrive-t-il à votre mère ? »

« Vous voyez, elle a un cancer du rein. »

Boggs a froncé les sourcils. « Je suis vraiment désolée. »

« Je sais, et c'est grave, vraiment grave. »

« Ça doit être difficile pour vous. »

« Ça l'est. »

« Comment puis-je aider ? Voudriez-vous que M. Pena vous donne du temps pour être avec votre mère ? »

« Elle a besoin de dialyses. De plus de dialyses. »

« Raul, je suis sûre que si c'est ce que le docteur prescrit, il n'y a pas de quoi avoir peur. »

« Mais elle ne peut pas en avoir. »

Elle a presque tendu la main vers moi. « Je sais que c'est effrayant de voir votre mère traverser ça, mais la dialyse, aussi sérieuse soit-elle, est ce dont elle a besoin et vous ne devriez pas en avoir peur. »

« On la veut, mais on n'a pas l'argent. »

Une boucle d'oreille en diamant est apparue quand Boggs a penché la tête. « Elle n'a pas d'assurance ? »

« Elle a Medicare, mais ils ne lui en donnent qu'une fois par semaine, et le docteur dit que mama en a besoin de plus. »

« Je comprends. Il y a une procédure d'appel quand on refuse un traitement à quelqu'un. »

« Elle sera morte d'ici là. »

Elle a pincé les lèvres. « Je vois. Peut-être y a-t-il quelque chose que nous pouvons faire pour votre mère. Laissez-moi parler au bureau et voir ce qui peut être arrangé. »

───────

LE BATEAU NOUS A DÉPOSÉS, le reste de l'équipe de maintenance et moi, sur le continent. Je suis monté dans ma voiture en claquant la portière. Quelques jours avaient passé, et cette connasse ne m'avait jamais répondu. Pour qui ils se prennent, ces gens, putain ?

J'ai fait crisser les graviers en quittant le parking et j'ai mis le cap à l'est. J'avais besoin d'une bière ; je me suis arrêté dans un Seven Eleven. J'ai acheté un pack de six, sifflant la moitié d'une canette avant de remonter dans la voiture. En tournant en rond, j'ai essayé de réfléchir. Mais à part une fois, j'avais filé droit, et ça m'avait mené où ?

Le temps d'arriver à notre trou à rats, il y avait cinq canettes écrasées par terre. En arrachant la languette de la dernière bière, je n'arrivais pas à me défaire de l'idée que Boggs se foutait de ma gueule.

Elle a même eu le culot de me sortir son baratin comme quoi ça la peinait que maman soit malade. J'ai failli la croire, mais ce n'était qu'un jeu. Elle n'aurait pas dû me chercher.

La salope ne savait pas à qui elle avait affaire. J'ai vidé ma dernière canette en regardant Alejandro traîner les poubelles sur le trottoir. Le pauvre type sortait celles de tout l'immeuble. Je suis sorti de la voiture.

« Hé, Alejandro. Tu veux bien sortir les miennes ? »

« Salut, Raul. Faut qu'on parle. »

« De quoi ? »

« De ta mère. »

« Qu'est-ce qu'elle a ? »

« Ça ne va pas. Le médecin est inquiet. »

« À quel sujet ? »

« Un truc avec son sang. Il a dit qu'elle avait vraiment besoin de plus de dialyses. »

« Ces connards n'ont qu'à lui en faire plus, alors. »

Il a haussé les épaules. « Je sais. »

« C'est vraiment la merde, mec. »

« Faut qu'on fasse un truc. »

« Je vais m'en occuper. »

« Qu'est-ce que tu veux dire ? »

« Plus tard, Alejandro. »

En rentrant chez nous, je me suis dit de ne pas faire de conneries. Il y avait de l'argent facile à se faire, beaucoup d'argent. Il était là, à portée de main, ne demandant qu'à être pris, mais je ne devais pas être trop gourmand. J'allais y aller doucement, prendre deux ou trois trucs et voir comment ça se goupillerait.

J'ai hésité avant d'ouvrir la moustiquaire, tendant l'oreille pour savoir si maman était réveillée. C'était une de ces nuits où j'espérais qu'elle dorme. La télé était allumée, mais maman dormait dans son fauteuil. J'ai baissé le volume et elle a bougé.

« Raul ? »

« Reste couchée, maman. »

Elle a essayé de se lever. « Je te prépare… quelque chose. »

J'ai posé ma main sur son épaule osseuse. « Reste là, maman, repose-toi. »

Elle est retombée dans le fauteuil. « Je suis si fatiguée. »

« Ce n'est rien, maman. Tout va bien se passer. »

« Les médecins disent que… j'ai besoin de plus de… »

« Je sais, maman. Je vais te les obtenir. Ne t'inquiète pas. »

Lui déposant un baiser sur la joue, j'ai arrangé sa couverture et lui ai souhaité une bonne nuit.

Je suis allé dans ma petite chambre. J'ai pris un sac à dos et y ai fourré un t-shirt noir et un chino noir. Montant sur le lit, j'ai atteint le fond de l'étagère du placard et j'en ai sorti un sac de sport. Après m'être assuré que les stores étaient baissés, je l'ai vidé sur mon lit.

Le petit tas a scintillé à la lumière de la lampe. J'ai attrapé mon préféré, un Colt .45 noir de jais, et je l'ai pointé vers le miroir fissuré. C'était trop de puissance de feu pour un boulot aussi facile, mais il fallait être prêt. En traînant avec les Latin Kings, j'ai appris qu'on n'a jamais trop de répondant.

J'ai glissé le pistolet et une lame dans le sac à dos et j'ai remis les autres armes dans le placard.

10

GIDEON BRIGHTHOUSE

EN GÉNÉRAL, J'ÉVITAIS LA MAISON PRINCIPALE LE MERCREDI. C'était le jour où Marilyn amenait sur l'île son compagnon de jeu du moment, le beau parleur John Barnet. Dès le début, Barnet ne m'a pas plu, et au commencement, j'ai essayé d'empêcher Marilyn de faire affaire avec lui. C'était un vrai frimeur, et je suppose que c'est pour ça qu'elle a fini par être attirée par lui. Qui irait installer un caviste à Waterside Shops ? À mon avis, impossible qu'il gagne de l'argent.

On m'a toujours dit que le vin était un commerce difficile. Les connaisseurs disaient que c'était la bière qui permettait de payer les factures et, croyez-moi, personne ne va à Waterside pour acheter un pack de six, même si c'est de la bière artisanale. Barnet a dépensé une fortune pour aménager le local de sa boutique. D'où avait-il sorti cet argent ? Quand Marilyn a commencé à traiter avec lui, j'ai demandé au bureau de la famille de mener une enquête discrète sur son passé. Il n'y avait pas grand-chose. Il venait de Los Angeles, possédait quelques magasins d'alcools où les vendeurs étaient derrière du Plexiglas, et ses meilleures ventes étaient des bouteilles de 75 centilitres de Jim Beam.

Barnet portait toujours une épinglette, même sans veste, pour signifier qu'il était sommelier. Ça criait le manque d'assurance et ça m'a rendu méfiant. Le bureau a vérifié qu'il avait fréquenté la National Wine School de L.A., où il avait obtenu la certification la plus basse possible. Il y avait quatre niveaux de certification, et il fallait un niveau trois pour obtenir une épinglette. J'en ai parlé à Marilyn, mais elle m'a accusé d'être jaloux. Elle avait en partie raison : j'étais envieux de ses connaissances en vin. Je voulais le voir mis à l'épreuve là-dessus, mais comme presque tout le monde en savait moins que lui, ce n'est jamais arrivé.

Connaître le vin et en tirer de l'argent, du moins dans les quartiers de Los Angeles où il travaillait, étaient deux choses différentes. C'était une énigme sur laquelle j'avais gaspillé de l'énergie parce que je voyais comment il captivait ma femme, et je croyais qu'il avait soutiré cet argent à une autre femme riche.

J'étais satisfait de mon plan. Un des avantages serait que je ne verrais plus jamais Barnet. Si ces deux-là savaient ce qui se préparait, ils ne seraient pas en train de batifoler. Ils savaient que j'étais sur l'île, mais ils faisaient comme s'ils étaient seuls. J'en avais assez de passer pour un idiot. Ils changeraient de disque s'ils savaient que leur liaison allait s'arrêter net ce week-end.

Le samedi, il n'y avait qu'une seule femme de ménage, et elle s'occupait toujours du pool house vers l'heure où Marilyn finissait son cours de yoga. Je mettrais le champignon dans son extracteur de jus quand elle irait chercher le lait de coco, et ce serait fait.

Une montée d'adrénaline a parcouru mon corps, et j'ai

souri. Je ne m'étais pas senti aussi bien depuis avant ma crise cardiaque. Convaincu que j'aurais dû la liquider il y a un an, je me suis levé et dirigé vers la maison principale. Pour une raison quelconque, je voulais les voir ensemble ; peut-être que ma conscience exigeait d'être confortée.

Au loin, on voyait les courts de tennis. Ils avaient des surfaces bleues en Har-Tru, et une image de Marilyn et moi y jouant dans nos tenues de tennis blanches s'est transformée en celle d'infirmières s'occupant d'elle quand elle tomberait dans le coma. Rien de ce que j'avais lu ne précisait la durée du coma avant la mort. La moyenne semblait être de trois jours. J'espérais que ce serait plus rapide, mais certainement pas soudain.

En montant les escaliers deux par deux, j'ai entendu des voix qui semblaient se disputer et qui venaient du salon. J'ai ralenti. Inutile d'annoncer ma présence ; je voulais les surprendre. Me glissant par la porte d'entrée dans le foyer aux murs lambrissés de bois blanchi, je me suis arrêté devant un miroir Ralph Lauren qui reflétait le couple. Leurs verres de vin à la main, Marilyn était sur le canapé Chesterfield beige et, en face d'elle, Barnet était assis sur le banc bleu devant le piano à queue.

Barnet était vêtu d'un pantalon bleu clair et d'une chemise en lin blanc qui rendait son bronzage intense trop foncé. J'ai plissé les yeux. Portait-il des chaussettes orange ? J'ai attendu qu'il soit en train de prendre une gorgée, puis je suis entré dans la pièce.

« Ouah. J'assiste à une querelle d'amoureux ? »

Barnet a failli s'étouffer et s'est levé, dominant Marilyn de toute sa hauteur, qui a dit : « Gideon. Tu te souviens de John. »

« Comment pourrais-je l'oublier ? C'est le type qui te saute, depuis quoi, plus d'un an maintenant ? »

Barnet s'est raidi. « Je... je ferais mieux d'y aller. »

« Ah, allons, John, reste. Je ne veux pas être celui qui interrompt la partie de jambes en l'air hebdomadaire. »

Marilyn a dit : « Ça suffit, Gideon ! »

Barnet a dit : « Écoute, je vais y aller. »

Marilyn a dit : « N'y pense même pas. »

J'ai dit : « Dis donc, John, cette épinglette que tu portes, je crois qu'il faut plus que le simple cours d'initiation pour en mériter une. »

Le regard de Barnet s'est posé sur sa poitrine et il a dit : « L'épinglette de sommelier ? Techniquement, il y a plusieurs niveaux de certification. Quand les choses sont devenues trop chargées, j'ai arrêté de suivre les cours et j'ai fini quelque part au milieu. »

« Vraiment ? Pour autant que je sache, tu n'as validé que le premier niveau à L.A., ce qui ne te donne pas droit à une épinglette. »

« J'ai suivi des cours supplémentaires auprès de leur filiale parisienne. »

« Très doué, n'est-ce pas ? Tu as réponse à tout. »

Marilyn a bondi du canapé. « Je te hais, Gideon. »

Barnet a dit : « Je suis désolé de t'avoir contrarié, Gideon. »

« Moi, contrarié ? Pourquoi le fait que tu sois ici, dans mon salon, avec ma femme, me contrarierait-il ? C'est votre routine du mercredi, n'est-ce pas ? »

Marilyn s'est levée en disant : « Calme-toi, Gideon. Tu te ridiculises. »

J'ai ri : « Vraiment ? Et pendant tout ce temps, j'ai cru

que c'était vous deux qui me faisiez passer pour un parfait idiot. Comme c'est bête de ma part. »

Barnet s'est tourné vers Marilyn. « Il vaut mieux que je parte. »

Je me suis dirigé vers la porte. « Pas la peine. La maison est à vous. »

Ils étaient devenus beaucoup trop à l'aise et avaient besoin d'un examen de conscience. Les faire se tortiller un peu tous les deux avant que Marilyn ne quitte la scène pour de bon était sacrément bon.

11

GIDEON BRIGHTHOUSE

Les images de Marilyn et John Barnet faisant l'amour cet après-midi me hantaient. Les médecins m'avaient dit d'aller marcher quand j'étais agité pour m'aider à me calmer. J'ai fait coulisser une porte, me retrouvant dans une brise parsemée de pluie, et j'ai reculé.

Ces salauds l'ont probablement fait dans mon ancienne chambre, le plaisir sexuel décuplé par l'excitation de leur confrontation avec moi. Marilyn était si suffisante cet après-midi, et ce Barnet, un vrai suceur de sang fourbe s'il en est. Il a bien joué son coup, cependant, même si ça me coûte de l'admettre. Il a proposé de partir deux fois, ou peut-être trois ? Barnet ne m'a pas provoqué sur le moment et a même eu l'air d'avoir un peu peur. Ce n'était probablement que de la comédie. C'était quoi, cette absurdité parisienne ? Il faudrait que je vérifie ça ; il mentait probablement.

Pourquoi diable est-ce que ça m'importait, ce qu'ils faisaient ? Dans moins de trois jours, j'aurai une toile vierge sur laquelle peindre ma vie. Pourtant, j'avais beau essayer, je n'arrivais pas à me les sortir de la tête, surtout Marilyn. Alors que la rage montait, j'ai essayé les exercices de respiration et le nouveau programme d'étirements, mais rien n'y a fait.

———

Deux de mes flacons de pilules et un verre d'eau se trouvaient sur la table basse. Il était sept heures et demie passées. Le cocktail de Valium et d'Ativan m'avait assommé. J'avais dormi quelques heures. Je me suis redressé, j'ai bu le reste de l'eau et j'ai attendu que le brouillard se dissipe.

Quand mes esprits se sont éclaircis, j'ai attrapé le *Contemporary Art Monthly* sur la table basse et l'ai feuilleté jusqu'à un article sur Jasper Johns. Vers le milieu, l'article mentionnait une série de ses œuvres moins connues, et j'étais certain que l'auteur s'était trompé dans le titre d'une petite peinture. Posant le magazine, j'ai relevé le fauteuil et je me suis dirigé vers Serenity House. La bibliothèque de la maison principale contenait tous les livres d'art que j'avais jamais possédés, et parmi les étagères courant sur tous les murs, une rétrospective de Johns attendait pour clarifier ce titre.

En approchant, j'ai remarqué qu'aucune lumière, hormis les automatiques, n'était allumée. Les six paires de doubles fenêtres au-dessus du porche d'entrée étaient des miroirs d'ébène. Sauf si elle était partie pendant mon sommeil, Marilyn était à la maison. Peut-être s'était-elle endormie après sa séance avec Barnet. J'ai envisagé de crier son nom pour la réveiller en entrant dans la bibliothèque.

Cette pièce était un autre de mes sanctuaires. Chaque centimètre de la bibliothèque était tapissé d'étagères en bois blond, du sol au plafond. Des échelles sur chaque mur, qui glissaient sur des rails en nickel brossé, brisaient la monotonie des rames de livres. La taille massive de la pièce était atténuée par trois coins salon confortables. J'ai attrapé la rétrospective que je cherchais et j'allais m'affaler dans ma bergère préférée, quand j'ai réalisé que le faible son que j'entendais était de l'eau qui coulait.

Je me suis dirigé vers la cuisine. Et bien sûr, l'eau coulait dans l'évier de l'îlot central. En contournant l'îlot, j'ai levé les mains et, tandis que le livre tombait au sol, je me suis écrié : « Oh mon Dieu ! »

Enjambant un filet de sang, je me suis agenouillé et j'ai tâté le cou de Marilyn pour prendre son pouls. Elle était raide et froide. Me relevant d'un bond, j'ai regardé autour de moi. Un couteau de cuisine ensanglanté gisait sur le sol à quelques pas. J'ai enjambé son corps, j'ai coupé l'eau et j'ai fixé Marilyn tandis que mon cœur commençait à battre la chamade. Me détournant d'elle, j'ai commencé à courir, donnant un coup de pied dans le livre en quittant la cuisine. Arrivé au pool house, j'ai attrapé mes pilules et je me suis étouffé en essayant d'en avaler deux sans eau. Une sensation de vertige m'a envahi et j'ai tenté de la combattre avec mes exercices de respiration, mais j'ai été vaincu par le noir.

Quand je me suis réveillé, j'étais par terre. Ma tête me lançait et je m'étais foulé le poignet. Je me suis relevé en titubant. Était-ce un rêve ? C'en était forcément un. La conscience peut être vicieuse, je le savais. C'est la seule chose qui empêche le monde de sombrer dans le chaos total. Ça devait être un avertissement. N'est-ce pas ? Mon esprit me disait de ne pas aller jusqu'au bout et de ne pas tuer Marilyn.

J'ai quitté le pool house et je suis retourné à pas de loup vers Serenity. La porte d'entrée était grande ouverte. J'ai sorti mon portable et je suis entré.

12

LUCA

Ses feux éclairant la voie, un bateau de police s'est éloigné du quai de Naples. Il a navigué lentement jusqu'à la baie de Naples, où il a considérablement accéléré.

En passant devant des bras de mer aux eaux noires qui menaient à Port Royal, les lumières délimitant l'enclave connue sous le nom de Keewaydin Island sont devenues visibles. J'ai fait un pas vers la proue et j'ai dit : « Tu parles d'un privilège ? C'est complètement hallucinant. »

Vargas a demandé : « Combien de personnes y vivent, Luca ? »

« Je suis presque sûr qu'il n'y a que Marilyn Boggs et son mari. »

« Vraiment ? On dirait qu'il y a au moins cinq ou six bâtiments. Juste pour eux deux ? »

J'ai hoché la tête. « D'après Susan. Son mari et elle possèdent le "Sweet Liberty". Tu es déjà monté sur leur catamaran ? »

« Non. »

« Tu devrais. C'est magnifique. Bref, elle m'a dit que

quand les Boggs l'ont achetée, ils se sont construit trois maisons. Et il y a une maison d'amis, une pool house et, écoute bien ça, un bâtiment entier pour leur collection d'art. »

« C'est carrément démesuré. Ça a l'air si paisible. Je ne suis jamais allé sur l'île. »

« Eh bien, voilà une autre chose à faire pour toi. Tu sais, pour un Floridien, tu n'as pas l'air d'en connaître autant que moi sur la région. »

« Tu sais ce que c'est. Les gens qui vivent à New York ne vont jamais voir la statue de la Liberté, n'est-ce pas ? »

J'ai hoché la tête. « Quoi qu'il en soit, soixante-quinze pour cent de l'île appartient à l'État de Floride. J'y suis allé en bateau il y a environ un an. C'est vraiment paisible, il y a des tonnes d'animaux sauvages. Le jour où j'y suis allé, j'ai vu au moins une demi-douzaine de pygargues à tête blanche. Keewaydin a une plage très coquillière, alors n'oublie pas tes baskets si tu y vas. »

Quelques yachts remplis de curieux dérivaient à une cinquantaine de mètres du rivage de l'île. Notre bateau a ralenti en approchant du ponton, manœuvrant pour se glisser dans un espace entre quatre bateaux à moteur qui étaient amarrés. Deux d'entre eux étaient des bateaux de police et leurs gyrophares étaient allumés.

Vargas a demandé : « C'est le mari qui a trouvé le corps ? »

« Ouais, c'est lui qui a appelé. Il s'appelle Gideon Brighthouse. »

« Brighthouse ? Je croyais que le nom de famille était Boggs. »

« C'est le cas. Apparemment, la femme n'a jamais pris son nom. Le chef a dit que Brighthouse était un agent poli-

tique il y a quelque temps, il travaillait pour l'un des séna-
teurs de Floride. »

« Et puis il a sauté sur l'occasion en or ? »

« Peut-être. On saura bientôt si c'était pour l'argent ou
pour cette chose insaisissable qu'on appelle l'amour. »

« En parlant de romance, comment ça se passe avec
Kayla ? Je croyais que tu avais dit qu'elle venait en ville. »

« Ouais, elle devait venir pour quelques jours, mais elle a
eu un imprévu et a dû annuler. » Je ne pouvais pas dire à
Vargas que je pensais que Kayla m'envoyait balader, ça
aurait été embarrassant vu comment j'avais laissé entendre
que tout allait pour le mieux.

« Oh. »

La dernière chose à laquelle je voulais penser maintenant, c'était Kayla. J'ai chassé ce coup de blues et je me suis
concentré sur la nouvelle affaire.

« Voyons voir ce qu'on a ici. »

J'ai aidé Vargas à descendre du bateau sur un long
ponton gris en composite Trex. À une dizaine de mètres,
une grille en fer forgé, dont les barreaux surplombaient
l'eau, empêchait quiconque de passer du ponton à l'île.
C'était une mesure de sécurité, mais ça ne voulait pas dire
que quelqu'un ne pouvait pas arriver à la nage depuis un
bateau.

Après avoir examiné les abords du ponton, j'ai inspecté
la maison. Une douzaine de palmiers royaux, magnifique-
ment éclairés, bordaient une large allée pavée menant à la
maison de style Key West. Bon sang, j'étais incapable d'estimer la valeur de cet endroit. J'aurais aimé qu'il fasse jour. Il
faudrait qu'on revienne le matin pour que je me fasse une
meilleure idée de l'apparence des lieux.

Deux hommes s'avançaient vers nous sur l'allée éclairée.

Au costume et à la démarche, j'ai su que l'un d'eux était avocat. Il nous a à peine adressé un signe de tête et nous a dépassés, se dirigeant droit vers les bateaux de police.

Je nous ai présentés à Frank Flynn. En baskets de bateau blanches, short et t-shirt, Flynn était un ami de la famille qui portait une vingtaine de kilos en trop. Après m'avoir dit que je ressemblais à George Clooney, il a révélé qu'il habitait de l'autre côté du détroit à Port Royal et qu'il avait été appelé par l'avocat de la famille. Flynn a dit que Gideon, le mari, était effondré et se trouvait dans la pool house. Tandis que nous nous dirigions vers la maison principale, il nous a raconté qu'il était arrivé le premier et qu'il avait retrouvé Gideon sur le ponton, mais qu'il n'avait pas vu le corps.

C'était la première scène de meurtre que j'abordais sans avoir un micro collé au visage. Cependant, ce n'était pas la seule différence. D'habitude, il y avait plein de voitures de patrouille, un périmètre de sécurité établi autour de la scène elle-même, et un autre plus loin pour isoler la zone, empêchant les médias et le public d'interférer. Ici, nous étions entourés par un golfe dont les vagues clapotaient doucement sur le rivage, sous un ciel noir parsemé de diamants. C'était silencieux, et sans les gyrophares des bateaux de police, l'endroit aurait été parfait pour une lune de miel.

Peter Gerey nous a rattrapés après avoir convaincu les bateaux de police de baisser l'intensité de leurs lumières. Sérieux comme un pape, Gerey était l'avocat qui orchestrait la défense des intérêts de la famille dans l'État de Floride. Associé d'un petit cabinet, il aidait les 0,1 % les plus riches sur les questions d'argent, de vie privée et de ce bon vieil impondérable, la réputation.

Les lèvres pincées, Gerey parlait du ton feutré d'un directeur de pompes funèbres.

« Inspecteur, la famille apprécierait une certaine discrétion à l'égard de la presse. Nous aimerions éviter d'avoir à combattre des rumeurs sans fondement. Je suis sûr que vous comprenez que les Boggs sont une famille éminente, qui emploie des centaines de personnes. Malgré leur notoriété dans la communauté, la famille Boggs attache une grande valeur à sa vie privée. »

J'ai levé une main. « Maître, je suis ici pour mener une enquête. Parler à la presse ne fait pas partie de ma fiche de poste. Je suis sûr que vous connaissez un tas de gens au bureau du shérif, et je vous suggère d'adresser votre requête là-bas. Maintenant, vous n'irez pas plus loin. »

« Mais… »

« Pas de mais. C'est une scène de crime. »

Nous avons monté les marches du porche, et au-dessus de la porte se trouvait une enseigne sculptée à la main avec des lettres argentées : Serenity House. J'ai pensé à la contradiction qui s'annonçait en signant le registre de l'agent qui gardait la scène.

13

LUCA

PENDANT QUE NOUS DONNIONS NOS INSTRUCTIONS AUX agents qui gardaient la scène de crime, Peter Gerey faisait les cent pas au loin, parlant au téléphone. Il nous a remarqués et s'est dépêché de nous rejoindre alors que nous demandions aux agents de nous prévenir de l'arrivée du médecin légiste.

« Avez-vous trouvé quelque chose, inspecteur ? »

« Allons, Maître, vous savez que nous ne pouvons pas partager ce genre d'informations. L'enquête est en cours. »

« Ce n'était pas une tentative pour obtenir des informations confidentielles, inspecteur. Je connais les règles du jeu. Mon inquiétude, et par conséquent ma question, concerne la famille, sa vie privée et sa réputation. »

Bien sûr. Rien à voir avec les cinq cents dollars de l'heure que les gens comme vous facturent, pensa Luca.

« Noté. Nous aimerions parler à Gideon Brighthouse. »

« Bien sûr. M. Brighthouse est dans le pool house. » Gerey a désigné une structure à deux étages qui se dressait à gauche d'une piscine rectangulaire, dont les lumières passaient du bleu au violet.

J'ai adoré la sensation de la brise sur mon visage pendant que nous avancions. Le pool house se trouvait entre la maison principale et la maison d'amis, chacune généreusement séparée par des aménagements paysagers et des retraits. Comme toute la partie privée de l'île était techniquement une scène de crime, cela nous laissait beaucoup de terrain à ratisser. Je ne pensais pas que ce serait nécessaire, mais qui sait ? Peut-être même que les eaux environnantes devraient être fouillées.

Alors que le chemin de pierre serpentait jusqu'à la piscine, des lumières illuminaient une bande de plage, soulignant des lignes uniformes qui indiquaient que le sable avait été ratissé. Je n'étais pas un grand adepte de la baignade nocturne, mais la piscine, maintenant éclairée d'une couleur rougeâtre, a commencé à m'appeler alors que nous atteignions sa terrasse.

Tout le rez-de-chaussée du bâtiment était une série de portes coulissantes de trois mètres, donnant l'impression que le deuxième étage flottait au-dessus. Alors que nous passions une porte coulissante ouverte, une cascade de bruissements de palmiers a rempli l'air. Frank Flynn, assis en face de Gideon Brighthouse, a eu du mal à se lever d'un canapé en cuir blanc.

Brighthouse a attendu que Flynn ait fait au moins cinq pas dans notre direction avant de se lever. Était-ce stratégique, ou de la simple supériorité ? Gerey s'est avancé, a chuchoté à son client et l'a présenté :

« Inspecteurs, je vous présente Gideon Brighthouse. »

Gideon avait des traits délicats et des yeux d'un bleu vaporeux. Ses cheveux ondulés, plutôt longs, semblaient prématurément gris, à moins qu'il n'ait eu recours à la chirurgie comme sa femme. Il était grand, plus d'un mètre quatre-vingts, c'est certain, et ses longues jambes dépassaient largement de son short rose. Il n'a pas tendu la main. Le choix entre la supériorité et la mysophobie était vite fait, mais il n'avait tout simplement pas l'air d'un de ces types hautains qui se croient sortis de la cuisse de Jupiter.

Vargas a dit : « Nous sommes désolés pour votre perte, monsieur Brighthouse. »

Alors qu'il hochait la tête, Gerey a dit : « Si vous vous en sentez capable, Gideon, ils aimeraient vous parler, mais seulement si vous vous en sentez capable. »

Gideon a murmuré : « Je suppose. »

Flynn nous a fait contourner une table au plateau de verre avant que Gerey ne lui demande de partir. Sur la droite, une cheminée linéaire dégageait juste assez de chaleur pour compenser la brise qui soufflait à travers la maison.

Vargas a dit : « Encore une fois, veuillez accepter nos condoléances, mais nous devons vous poser quelques questions. »

Gideon a jeté un coup d'œil à Gerey, qui a hoché la tête.

« Pouvez-vous nous dire ce qui s'est passé ? »

Gideon a reculé la tête. « Passé ? Rien ne s'est passé. Je l'ai juste trouvée, allongée là, elle était... morte. J'ai vérifié si elle avait un pouls ou quoi que ce soit, mais... il n'y en avait pas. »

« À quelle heure c'était ? »

« Euh, vers sept heures et demie. »

« Vous êtes sûr ? »

Gideon a hoché la tête.

« Où étiez-vous avant de trouver le corps ? »

« Dans la bibliothèque. J'étais entré pour prendre un de mes livres d'art et… j'ai entendu de l'eau qui coulait. J'ai cru que quelqu'un avait laissé le robinet ouvert, et nous devons économiser toute l'eau que nous pouvons sur l'île, alors je suis allé dans la cuisine et… oh mon Dieu, elle était là. »

« L'eau coulait ? »

« L'eau ? »

« Vous avez dit que vous aviez entendu de l'eau couler. »

« Oui, il me semble. Oui, elle coulait. »

« Quel évier ? »

« Euh, celui de l'îlot. »

« Avez-vous fermé le robinet ? »

Gideon a regardé Gerey. « Quelle différence tout cela fait-il ? »

J'ai dit : « Monsieur Brighthouse, cela peut sembler sans importance, mais nous devons reconstituer les événements, et c'est un détail qui pourrait être utile. Avez-vous fermé le robinet ? »

Gideon a hésité. « Honnêtement, je ne m'en souviens pas. Vraiment pas. »

Je me suis demandé s'il était en train de calculer les conséquences, tandis que Gerey disait : « C'est parfaitement normal, Gideon. Vous avez été traumatisé par un acte de violence brutal et impensable. »

Vargas a dit : « D'accord. Vous voyez votre femme allongée sur le sol en train de saigner et vous vérifiez ses signes vitaux. »

Gideon a hoché la tête.

Vargas a dit : « Qu'avez-vous fait ensuite ? »

Ses épaules se sont un peu affaissées. « J-je, euh, suis sorti de la maison en courant. »

« Vous n'avez pas appelé les secours ? »

« Elle était morte. »

« Comment pouviez-vous en être si sûr ? »

Gideon s'est tortillé sur sa chaise. « Je ne savais pas quoi faire. Je... mon cœur s'est mis à battre la chamade. J'ai déjà eu une crise cardiaque, et je... je devais juste sortir de là. »

Gerey a dit : « M. Brighthouse a été diagnostiqué avec un trouble anxieux et il est suivi par un médecin. »

« Je comprends. »

Peut-être était-ce parce que mon alarme pipi a vibré que j'ai dit : « Où vous êtes-vous enfui ? »

Gerey m'a fusillé du regard. « Inutile de formuler ça de cette manière, inspecteur. »

« Croyez-moi, il n'y avait aucune intention dans ma façon de le dire. Où êtes-vous allé en quittant la cuisine ? »

« Je suis allé directement à ma maison. »

« Votre maison ? »

Il a semblé chercher son souffle. « Je voulais dire ici, au pool house. »

Entre le lit et la référence à « sa maison », je n'avais pas besoin qu'il me fasse un dessin. Ça ressemblait à une autre affaire de meurtre conjugal. Je ne voulais pas me concentrer sur lui tout de suite, alors j'ai demandé : « Avez-vous vu quelque chose d'inhabituel aujourd'hui ? »

Il a commencé à se balancer sur sa chaise. « Pas que je me souvienne. »

À travers les portes ouvertes, j'ai vu un agent s'approcher. Le médecin légiste devait être arrivé. J'ai demandé : « Et des bruits ? Peut-être un bateau ? Des cris ? »

Il a haussé les épaules. « Les bateaux ne manquent pas par ici, mais certainement pas plus que d'habitude aujourd'hui. Je ne me souviens de rien qui soit sorti de l'ordinaire. »

« Réfléchissez-y encore et tenez-nous au courant. »

Il a acquiescé. « Je n'y manquerai pas. »

J'ai dit : « Nous allons reparler. Le médecin légiste est arrivé, et j'aime toujours être sur les lieux quand c'est le cas. »

Avant de me diriger vers la maison principale, je suis passé par les toilettes. Attendre assis pour uriner ne me dérangeait pas ; cette salle de bain était vraiment belle, avec beaucoup de choses à admirer.

14

LUCA

« MAIS BORDEL, QU'EST-CE QU'ILS FICHENT ? »

J'ai couru vers les agents qui discutaient sur la plage. « Hé, oh ! Dégagez du sable ! »

Les agents se sont figés, tels des chevreuils éblouis par des phares.

« C'est une île privée avec très peu de passage. Je ne veux pas que vous bousilliez le sable avec vos empreintes si le tueur est venu de la plage. »

Je suis retourné vers Vargas pendant que les agents rejoignaient la pelouse sur la pointe des pieds.

« C'est pas vrai. Tu sais, ils devraient créer une unité spéciale pour intervenir sur les scènes de crime. On pourrait croire qu'ils auraient appris depuis le temps, ou qu'ils feraient au moins preuve d'un peu de bon sens. Mais non, non, ils ne font que nous compliquer la tâche. »

« D'accord, Luca, calme-toi. »

« Le nouveau shérif qu'on a, s'il sait tout ce qu'il y a à savoir, comment ça se fait qu'il n'a pas ordonné la création d'une équipe d'intervention ? »

« Tu réagis de manière excessive. »

« De toute façon, ça n'a probablement pas d'importance. On dirait bien que c'est M. "Ma-merde-ne-pue-pas" qui a fait le coup. »

« Tu ne trouves pas que c'est un peu tôt ? »

« Je le sais bien. Tu as entendu ce qu'il a dit à propos de sa maison ? Ils ne couchent pas ensemble. Je sais qu'il y a des couples qui ont des lits ou même des chambres séparées, mais M. Prout-prout vit carrément dans une autre maison. »

« Je ne sais pas pourquoi tu penses que ce type est un tel snob. Il m'a paru tout à fait normal. »

« Ah, allons, Vargas, tu plaisantes ? »

« Qu'est-ce qu'il a fait pour te donner une telle impression ? »

« Bon sang, et si on commençait par son prénom, Gideon ? Je veux dire, combien de plombiers s'appellent Gideon ? Et il avait un accent anglais, un de ces accents de la haute. »

« Un accent anglais ? Tu sais, Luca, parfois je pense vraiment que tu es fou. »

Elle avait raison ; ce n'était pas un accent. C'était juste sa façon de parler, comme s'il articulait excessivement ou quelque chose du genre.

« Fou ? Non, j'aime me considérer comme quelqu'un d'intéressant. »

Tandis que nous suivions l'allée en travertin menant à la maison principale, j'ai dit : « Vérifiez auprès de la compagnie de téléphone, pour la ligne fixe et son portable. Découvrez quand les derniers appels ont été passés et à qui. Ça pourrait nous aider à déterminer l'heure du décès. »

« Je m'en occupe. Ce serait une bonne idée de vérifier aussi toute utilisation de carte de crédit, on ne sait jamais. »

« Bien sûr, et j'ai besoin que vous retrouviez les employées de maison qui travaillent ici et que vous les fassiez venir demain matin. La maison doit être passée au peigne fin pour voir s'il manque quelque chose. Il faudra que M. Hautes Études y jette un œil aussi. »

« Alors, vous n'avez pas encore pris votre décision, finalement ? »

« Je couvre toutes les bases, comme d'habitude. Il faut éliminer pour pouvoir se concentrer. »

———

GEORGE SHIELDS ÉTAIT PENCHÉ sur le corps, passant lentement son pouce dans les cheveux courts de Marilyn.

Le médecin légiste du comté de Collier détestait être interrompu, et j'ai dû me mordre la langue pour ne pas le bombarder de questions. Le docteur Shields a déboutonné le haut du chemisier de Marilyn. En me décalant vers la gauche, j'ai vu une blessure encroûtée de sang.

Shields a pris chacune de ses mains et les a examinées attentivement, puis les a reposées le long de son corps. Alors qu'il se relevait, j'ai demandé : « Vous avez trouvé quelque chose, Doc ? »

« On dirait qu'il n'y a pas eu beaucoup de résistance. Elle a été poignardée une seule fois avec un couteau, probablement celui qui est là, et s'est vidée de son sang. Sa tête présente une ecchymose de taille considérable, mais je pense que c'est le résultat d'une chute après l'agression, alors qu'elle perdait connaissance. »

« Pouvez-vous estimer la taille du tueur ? »

« Pour l'instant, je dirais qu'il ou elle était de grande taille, plus d'un mètre quatre-vingts. »

« Droitier ou gaucher ? »

« Je ne peux pas le dire à ce stade. J'ai besoin de mettre la victime sur la table d'autopsie. »

« Et pour l'heure du décès ? »

« J'estimerais que la mort est survenue il y a environ quatre heures. Il est vingt et une heures vingt maintenant, donc en gros entre dix-sept et dix-neuf heures. »

Vargas et moi avons échangé un regard.

Shields a retiré ses gants. « Déplacer le corps sur un bateau va nécessiter des précautions supplémentaires. Je ne veux pas que le corps soit ballotté pendant le trajet. Le retour devra se faire lentement et sans à-coups. »

« Pas de problème, Doc. Je vous accompagne. Mary Ann, pourquoi ne prenez-vous pas la garde des preuves que nous avons recueillies, et on se retrouve au bureau du shérif ? »

Avant de me diriger vers le quai, j'ai donné pour instruction que personne, y compris le mari, ne soit autorisé à approcher de la maison principale.

———

NOUS AVIONS un nouveau shérif en ville, et il me donnait du fil à retordre. Frank Morgan était pratiquement l'opposé de Joe Liberi, qui avait pris une retraite anticipée après qu'on lui a diagnostiqué un lymphome. Liberi savait que j'avais perdu mon coéquipier et s'était démené pour rendre ma transition depuis le New Jersey aussi simple que possible. Il appréciait l'expérience que j'apportais avec moi et m'avait nommé quasi-mentor pour les moins chevronnés.

Je venais de reprendre le travail après ma bataille contre

le cancer quand Liberi a reçu son diagnostic. On lui avait assuré que le traitement serait un succès et lui permettrait de continuer à travailler, mais à soixante-deux ans, il a dit qu'il était temps de passer à autre chose et a choisi de prendre sa retraite. Avec le crabe qui me guettait par-dessus l'épaule, j'étais plus que ravi que Liberi soit maintenant en rémission. Peut-être que ce réconfort dont j'avais tant besoin était le prix que je devais payer sous la forme de Frank Morgan.

Morgan en avait après quiconque ne venait pas du Sud, et particulièrement après quiconque de la région métropolitaine de New York. La première fois que je l'ai rencontré, c'était lors d'un barbecue chez Liberi. Avant de rendre publics ses projets de retraite, Liberi avait organisé une petite réunion de ce qu'il considérait comme des personnes clés pour faire connaissance avec son successeur. J'étais honoré de faire partie des six personnes que Liberi avait invitées, mais je ne pouvais m'empêcher de penser que c'était à cause de notre lien avec le cancer.

Morgan avait été chef de la police de la ville de Naples pendant les vingt-deux dernières années. Municipalité à part entière, la ville de Naples comptait environ vingt mille habitants et assurait elle-même le maintien de l'ordre dans ses rues. Je connaissais quelques agents qui travaillaient pour Morgan. Ils disaient qu'il dirigeait une force de police rigoureuse et qu'il en voulait à la croissance qui avait transformé la ville d'un hameau endormi en une destination touristique huppée.

Morgan était l'archétype du gars de la campagne. Il portait des bottes de cow-boy et ces cravates en cordon qui ressemblent à des lacets. Quand il a dit qu'il était né à Naples, je lui ai demandé en plaisantant s'il était l'une des dix personnes à être réellement nées ici. Il m'a répondu : « Vous trouvez ça drôle, mon garçon ? Vous, les Nordistes, vous débarquez ici en essayant de transformer ma ville en une sorte de Times Square. Eh bien, je vous promets que ça n'arrivera pas tant que je serai là. » Je ne savais pas quoi dire. Franchement, que peut-on répondre à une chose pareille ?

Le fait d'avoir arrêté Stewart pour le meurtre de Gabelli une semaine avant que Morgan ne prenne ses fonctions m'avait permis de me racheter à moitié pour la gaffe que j'avais faite au barbecue. Un inspecteur m'avait rapporté que Morgan lui avait dit de me contacter s'il se retrouvait dans une impasse sur une affaire. Ça m'a fait plaisir, mais ça n'a en rien réchauffé l'atmosphère entre nous. La seule chose qui jouait en ma faveur, c'était le temps. Morgan allait prendre sa retraite et ne resterait que jusqu'aux prochaines élections, où les habitants choisiraient un nouveau shérif.

Il était presque onze heures quand Vargas et moi sommes passés au milieu d'une poignée de journalistes et nous nous sommes dirigés vers les bureaux du shérif, au deuxième étage. La porte de son bureau était grande ouverte. Debout, tout en parlant au téléphone, Morgan nous a fait signe d'entrer et est passé derrière son bureau.

C'était agréable d'inspecter la pièce du regard. La seule différence par rapport au temps où Liberi occupait ce bureau était le chapeau de cow-boy et l'étui de pistolet suspendus au portemanteau. Nous avons attendu qu'il termine son appel avant de nous asseoir.

« Je n'ai pas besoin de vous dire à quel point cette affaire est délicate, n'est-ce pas ? »

« Non, monsieur », avons-nous répondu à l'unisson.

Morgan a hoché la tête. « À quoi ai-je affaire, ici ? »

J'ai dit : « La victime a été... »

« Un peu de savoir-vivre, mon garçon. Nous sommes dans le Sud, ici les dames passent toujours en premier. »

Vargas a dit : « Merci, shérif, mais l'inspecteur Luca et moi-même sommes convenus qu'il dirigerait cette enquête. »

« Alors, allez-y. »

J'ai dit : « La victime a reçu un seul coup de couteau et s'est vidée de son sang dans la cuisine de la maison principale. Nous pensons avoir retrouvé l'arme du crime. Il n'y avait aucun signe évident d'effraction, mais nous prévoyons d'inspecter à nouveau la propriété. Le mari a dit qu'il avait découvert le corps. »

« "A dit" ? Vous avez des raisons de croire qu'il ment ? »

« Pas exactement. Keewaydin Island présente un cadre unique pour un meurtre. C'est très isolé, ce qui limite l'univers des suspects potentiels. »

Il a secoué la tête. « Mon grand-père et moi, on pêchait juste au large de Key Island. Ouais, on attrapait tout un tas de poissons à l'époque où les seuls bateaux au large des maisons de Port Royal étaient destinés à la pêche. Vous ne savez rien de tout ça, n'est-ce pas, Luca ? »

J'ai remarqué que Morgan utilisait l'ancien nom de l'île. « J'en ai bien peur, monsieur. »

« Quelqu'un d'autre que M. Brighthouse sur l'île ? »

« Pas d'après lui. Il a dit que sa femme donnait congé au personnel le mercredi. Pour l'instant, c'est quelqu'un qui nous intéresse de très près. »

« Allez-y prudemment. La famille Boggs est un pilier de cette communauté depuis la création de l'État. On ne peut pas commencer à accuser les gens et à salir des réputations, vous m'entendez ? »

« Compris, monsieur. C'est un crime grave, et nous allons mener une enquête exhaustive et approfondie. »

« Bien, mais vous devez être discrets. Vous, les gars de New York, vous savez ce que ce mot veut dire, n'est-ce pas ? »

Vargas a dit : « Nous comprenons, monsieur. »

« Je ne veux voir aucun de vous deux parler à la presse. Ils sont là-dehors à se frotter les mains avec cette histoire. Je vais m'occuper de ces vauriens à partir de maintenant. C'est clair ? »

Vargas et moi avons hoché la tête.

« Je veux être tenu pleinement informé de l'évolution de cette affaire. Maintenant, fichez le camp et montrez-moi que vous êtes un aussi bon inspecteur que vous le pensez. »

15

GIDEON BRIGHTHOUSE

APRÈS M'ÊTRE RÉVEILLÉ, J'AI COMMENCÉ MES QUINZE MINUTES habituelles de méditation transcendantale, tout en restant allongé dans mon lit. Il était difficile de faire le vide, mais le Maharishi avait raison : répéter un mantra a quelque chose de magique.

J'ai prononcé mon dernier « om » et, me sentant aussi équilibré et serein que possible vu les circonstances, je suis descendu pour le petit-déjeuner. J'espérais que Shell m'aurait laissé un bol de céréales riches en fibres avec mon café et mon jus de fruits, car mon corps s'était complètement bloqué.

Pas de céréales, mais un grand bol de fruits rouges, et le jus était du jus de pruneau. Je me suis versé une tasse de café, j'y ai mélangé mon lait écrémé et j'en ai bu une gorgée. Mon sang s'est mis à battre à mes tempes dès que j'ai déplié le journal. Je me suis levé, j'ai ouvert brusquement une baie vitrée et arpenté la terrasse de la piscine, inspirant profondément l'air frais et profitant de la vue sur le golfe. Les battements se sont calmés et j'ai salué de la main Matthew, qui ratissait la plage.

En y réfléchissant, je n'aurais pas dû être surpris par le gros titre du *Naples Daily News* qui hurlait : « Une mondaine, Marilyn Boggs, assassinée chez elle ». C'était peut-être les photos de Keewaydin prises par hélicoptère, avec des flèches nommant les bâtiments de l'île, qui m'ont déstabilisé en violant ainsi notre intimité. Ayant besoin de parler de tout ça, j'ai appelé mon psy et lui ai laissé un message avant de rentrer.

Repoussant le journal au bout de la table, j'ai pris mon petit-déjeuner. Après m'être servi une autre tasse de café, j'ai ramené le journal vers moi et j'ai lu l'article principal.

Une mondaine, Marilyn Boggs, assassinée chez elle

La philanthrope Marilyn Boggs a été retrouvée poignardée à mort hier soir à son domicile sur l'île de Keewaydin. Marilyn Boggs est la fille de Martin Boggs, le défunt fondateur d'American Investments. Mme Boggs siégeait aux conseils d'administration de nombreuses organisations caritatives du comté de Collier et occupait actuellement des postes de direction au sein de la Juvenile Diabetes Foundation et de la Société de Saint-Vincent-de-Paul.

Le bureau du shérif du comté de Collier a répondu à un appel au 911 passé vers 21 h hier soir et a découvert le corps de Mme Boggs dans la cuisine de la résidence principale.

Figure importante de la vie mondaine, Mme Boggs vivait sur la partie privée de l'île avec son mari, Gideon Brighthouse, qui était conseiller de l'ancien sénateur Robert White. Il semblerait que M. Brighthouse se trouvât sur l'île au moment de l'agression mortelle et n'aurait subi aucune blessure.

Keewaydin Island est une île-barrière au large de la côte de Naples, dont 85 % de la superficie est publique et gérée par le Florida Coastal Office. Longue de treize kilomètres, l'île est dépourvue de voitures et abrite une faune abondante.

Un porte-parole du shérif Morgan a qualifié ce crime de choquant et de troublant, et a déclaré que le shérif avait fait de la résolution de cette affaire une priorité pour ses services.

Née à Naples, Marilyn Boggs était âgée de 50 ans et n'avait pas d'enfants. Elle laisse dans le deuil ses frères, Paul et Wesley Boggs, qui résident à Boston. La date des funérailles n'a pas été annoncée.

16

LUCA

UNE DOULEUR INTERMITTENTE À L'ABDOMEN M'A CONVAINCU de ne pas attendre, et je me suis retrouvé assis dans le bureau de mon urologue au lieu d'essayer de résoudre l'affaire Boggs. Un an plus tôt, j'aurais avalé une poignée de Tylenol, mais après avoir eu un cancer de la vessie, je ne pouvais plus prendre de risques.

C'était peut-être l'animateur irritant de l'émission matinale ou mes nerfs, mais malgré le panneau interdisant l'usage du téléphone portable, j'ai appelé Vargas. Le menton rentré dans la poitrine, j'ai dit :

— Qu'est-ce qui se passe, Vargas ?

— Tu n'es pas chez le médecin ?

— Si, je suis dans la salle d'attente. Tu as quelque chose ?

— J'ai fait le tour de la maison avec le mari, mais il n'a rien remarqué. Il n'arrêtait pas de prétendre que personne ne pouvait suivre tous les achats de sa femme.

— De toute façon, il n'habitait pas là. Et les employées de maison ?

- Je m'apprête justement à tout passer en revue avec une femme de ménage nommée Shell.

— Tiens-moi au courant. Je deviens fou à force d'attendre ici.

— Ne t'inquiète pas, Frank. Prends soin de toi d'abord. L'affaire sera toujours là quand tu auras fini.

On a appelé mon nom au moment où je raccrochais, et je me suis précipité vers le guichet en pensant que ma consultation allait commencer. La femme derrière la vitre m'a demandé :

— Monsieur Luca, avez-vous vu le panneau ?

Elle a pointé l'interdiction des téléphones portables.

J'ai hoché la tête, penaud, et elle a dit :

— Mais vous ne l'avez pas compris ?

La tête basse, je suis retourné à ma chaise. Une demi-heure plus tard, la porte s'est ouverte et une infirmière avec un porte-bloc a appelé mon nom. Elle m'a fait entrer dans une salle d'examen, m'a pesé et est partie en me disant que le médecin ne tarderait pas.

Alors que je feuilletais *Men's Health*, un texto de Vargas est arrivé :

— Manque des bijoux. On se parle quand tu sors.

Alors que je composais son numéro, la porte s'est ouverte. Dossier en main, c'était le docteur Peters.

— Comment allez-vous, monsieur Luca ?

— Ça va, docteur.

Il a parcouru mon dossier.

— Vous avez des douleurs abdominales ?

J'ai hoché la tête.

— Enlevez votre chemise et allongez-vous.

Tandis que je déboutonnais ma chemise en partant du haut, mon anxiété est montée d'un cran. Est-ce que cette journée allait se graver au fer rouge dans ma mémoire, ou serait-elle oubliée comme le café du matin de la veille ?

Mon dos collait au papier de la table d'examen pendant que Peters se penchait sur moi, enfonçant ses doigts dans mon ventre. Il s'est déplacé dans un mouvement circulaire, dans le sens des aiguilles d'une montre, jusqu'à ce qu'il atteigne une zone qui m'a fait grogner.

— Ne bougez pas, monsieur Luca.

Il a massé la zone et a effectué une sorte de pincement qui m'a mis mal à l'aise.

— C'est là. Qu'est-ce qui se passe, docteur ?

— Asseyez-vous.

M'asseoir ? N'était-il pas préférable d'annoncer les mauvaises nouvelles à quelqu'un d'allongé ?

— Il semble que ce ne soit rien de plus que du tissu cicatriciel qui a formé des adhérences sur vos muscles abdominaux.

Ouf !

— C'est tout ce que c'est ?

— Je le pense. Nous allons faire une échographie pour en être sûrs.

Argh, il fallait maintenant que je stresse pour un autre examen ?

— Vous pouvez la faire ici ?

— Nous avons l'équipement, mais il faudra prendre rendez-vous.

Mes épaules sont tombées.

— J'espérais...

— Je peux comprendre votre appréhension après tout ce que vous avez traversé, mais je suis presque certain que vous n'avez aucune raison de vous inquiéter.

Je me suis entendu dire :

— Oui, c'est ce que le premier médecin avait dit.

Peters m'a étudié une seconde, a regardé sa montre et a décroché le téléphone.

— Sue, il faut que je case une échographie. La salle quatre est libre ?

C'était l'une des rares fois où faire le malin m'avait mené quelque part, ou pas ? Je risquais peut-être d'accélérer l'annonce d'une mauvaise nouvelle.

———

MA CHEMISE n'était qu'à moitié boutonnée lorsque j'ai appelé Vargas en sortant du cabinet. J'ai fait les cent pas sur le parking pendant qu'elle expliquait :

— La femme de ménage a identifié un collier et trois bagues de cocktail comme manquants.

— Elle en est sûre ?

— Absolument. Elle a dit que l'une des bagues manquantes était la préférée de Marilyn, un cadeau de son père.

— On peut estimer la valeur ?

— J'ai plusieurs photos de Mme Boggs portant les bijoux, je vais les descendre à Georgie pour une estimation. Ce n'est peut-être rien, mais on a aussi trouvé cinquante mille dollars en liquide dans sa table de chevet.

— Cinquante mille dollars ? Ça me paraît beaucoup, mais on parle de gens richissimes ici. C'est probablement leur argent de poche.

— C'est un peu ce que je pensais.

J'ai dit :

— Écoute, il faut qu'on alerte tous les receleurs et

prêteurs sur gages connus dans les comtés de Collier et de Lee.

— C'est en cours, jusqu'à Orlando.

— Oh, demande à Gideon avec quels bijoutiers la famille traitait.

— Fait. Il nous a dit qu'ils traitaient principalement avec Thalheimers, mais qu'ils avaient aussi acheté des choses chez Bigham au fil des ans.

Elle avait pensé à tout ; c'était bien, mais déprimant.

— Frank, tu es là ?

— Ouais. Bon travail. On se voit au bureau.

— Comment ça s'est passé avec le médecin ?

— Tout va bien, juste du tissu cicatriciel.

En sautant dans ma voiture, je n'en revenais pas que l'affaire venait de changer complètement de visage. S'agissait-il d'un vol qui avait mal tourné ? Comment un voleur, et maintenant meurtrier, avait-il pu aller et venir de Keewaydin sans être remarqué ? Nous allions devoir interroger tout le monde. Quelqu'un avait forcément vu un bateau, à moins que Gideon ne soit dans le coup. Aurait-il pu laisser quelqu'un entrer sur l'île pour tuer sa femme et lui laisser prendre quelques bijoux coûteux en guise de paiement ? Cela ferait passer le crime pour un vol, et il n'y aurait aucune trace écrite du paiement de l'assassin.

Alors que je tournais sur Pine Ridge, un pincement dans mon ventre m'a ramené à ma visite chez le médecin. C'était une bonne nouvelle, mais j'ai réalisé que le soulagement de savoir que rien de grave n'arrivait à ma nouvelle plomberie n'avait duré qu'une minute. J'ai essayé de comprendre pourquoi, alors que j'avais eu si peur en y allant, j'étais si peu reconnaissant.

Arrêté au feu de la 41, je me suis forcé à croire que c'était à cause de l'affaire, mais quand le feu est passé au vert, la vérité m'a frappé. Je sentais que j'avais droit à un joker après tout ce que j'avais traversé. La voiture derrière moi a klaxonné, et j'ai finalement appuyé sur l'accélérateur.

17

LUCA

Trois jours après le meurtre, j'ai quitté la jetée de Naples pour monter à bord d'un bateau de police qui devait m'emmener sur l'île de Keewaydin. Normalement, je n'aurais jamais accepté d'interroger quelqu'un que je considérais comme un suspect sur son propre terrain. Cependant, prétextant les problèmes d'anxiété de Gideon et la publicité que l'affaire avait déjà suscitée, l'avocat des Boggs nous avait demandé de mener l'interrogatoire à Keewaydin. Je ne m'y suis pas opposé. L'île était captivante et j'étais impatient de la visiter alors que nous nous éloignions lentement du quai.

Le bateau a accéléré en traversant la zone où l'eau oscillait entre saumâtre et salée. C'était une journée parfaite pour une sortie en mer. Le golfe du Mexique était une nappe d'huile et il n'y avait qu'un soupçon de brise. Le seul point négatif était le reflet aveuglant du soleil. Même avec mes Maui Jims, la lumière était encore trop vive.

Un agent d'entretien, vêtu de blanc, m'a accueilli sur le quai avec une voiturette de golf. J'ai dit que je préférais marcher, et il m'a suivi jusqu'au pool house. Je savais sans l'ombre d'un doute que Gerey avait préparé Brighthouse. Qu'un avocat d'une famille en vue et un agent politique accordent leurs violons était tout à fait logique, mais ça ne m'a jamais inquiété.

L'agent d'entretien deux pas derrière moi, j'ai enlevé ma veste dès que j'ai posé le pied sur le sentier de pierre. L'île me paraissait différente aujourd'hui. Peut-être parce qu'aucun autre policier n'était là. J'ai ralenti le pas, car cet endroit avait quelque chose de spécial. Le continent était visible, mais l'île était paisiblement isolée. Si ce type n'était pas en train de me chaperonner, j'aurais rejoint le pool house en zigzaguant. Alors que nous arrivions sur la terrasse de la piscine, Gerey a fait coulisser une baie vitrée et s'est forcé à sourire.

« Content de vous voir, inspecteur. »

Par réflexe, j'ai répondu : « Également. »

Il a baissé la voix. « J'apprécie que vous soyez venu seul. Gideon est mal à l'aise quand il y a trop de monde. »

« Il a de la chance, mon coéquipier est au tribunal. »

Quand nous sommes entrés, Gideon Brighthouse s'est levé d'un fauteuil bleu. Sans chaussettes dans ses chaussures, il portait un costume en lin beige et un t-shirt rouge qui semblait maculé d'éclaboussures de peinture. Tout comme l'île, Gideon paraissait différent aujourd'hui, mais il n'a toujours pas tendu la main. À la place, il a désigné d'un geste large un fauteuil qui semblait fait de corde et s'est rassis.

Je ne l'avais pas remarqué le soir de la découverte du corps, mais une série d'œuvres multimédias formait un bandeau au-dessus des baies vitrées. Cela accentuait l'impression que les portes vitrées ne formaient qu'un tout. Je ne suis pas décorateur, mais je n'avais jamais rien vu de tel.

Ce n'était pas mon style, mais je reconnaissais l'originalité de l'artiste.

« Monsieur Brighthouse, je sais que cela peut être difficile, mais j'aimerais revenir sur la journée et la nuit où vous avez trouvé Mme Boggs dans la maison principale. »

Gideon a hoché la tête, a pris une bouteille d'eau Pellegrino et a bu une gorgée.

« Commençons juste avant que vous ne trouviez le corps. Où étiez-vous et que faisiez-vous ? »

« Comme je l'ai dit l'autre soir, j'étais ici, à lire un article sur Jasper Johns. Je n'en revenais pas qu'il y ait une erreur... dans le nom de l'une de ses toiles. Ce n'est pas une œuvre majeure, mais tout de même. » Il a secoué la tête, marquant une pause. « J'étais persuadé qu'ils avaient tort, mais avant de leur envoyer une lettre incendiaire, je voulais être certain d'avoir raison. J'ai une rétrospective de son œuvre. C'est un livre magnifique et la référence absolue sur Johns. »

Il ne faisait aucun doute qu'il avait répété son récit, mais sa façon de parler commençait à m'irriter. J'ai dit : « Je comprends, continuez. »

« Je suis allé à la bibliothèque pour vérifier l'information sur l'œuvre de Johns. »

« Comptiez-vous ramener le livre ici ? »

« Absolument pas. Je sors rarement un livre, sauf s'il s'agit de pure lecture. La bibliothèque dispose de surfaces de lecture adéquates. Certains des livres de ma collection... sont assez volumineux. »

« D'accord. En chemin vers la maison, avez-vous vu ou entendu quelque chose d'inhabituel ? »

Il a secoué la tête. « Non. C'était juste... une autre belle soirée. »

« Quand vous êtes entré dans la maison, vous êtes allé directement à la bibliothèque ? »

« Oui. »

« Maintenant, vous êtes dans la bibliothèque, que s'est-il passé ensuite ? »

« Chaque fois que je vais à la bibliothèque, la première chose que je fais... c'est admirer mon seul et unique Pissarro, *Boulevard Montmartre, effet de nuit*... L'impressionnisme à son apogée. » Il a fermé les yeux. « C'est merveilleux. »

« J'en suis sûr. Qu'avez-vous fait ensuite ? »

« J'ai retiré la rétrospective de Johns de l'étagère. »

« Vous avez dit avoir entendu de l'eau couler et que c'est pour cette raison que vous êtes allé dans la cuisine. C'est bien ça ? »

« Oui, tout à fait. J'étais sur le point de prouver qu'*Art Monthly* avait tort... mais avant d'avoir pu ouvrir le livre, j'ai cru entendre de l'eau couler, et je suis allé voir ce qu'il en était. »

« Avez-vous emporté le livre avec vous ? »

« Hum, je crois que oui. »

« Quand vous êtes entré dans la cuisine, que s'est-il passé ? »

« J'étais abasourdi et je ne comprenais pas... puis j'ai vu le sang. J'ai essayé de voir si Marilyn était encore en vie... mais elle n'avait plus de pouls. » Il a regardé autour de lui. « Je crois que j'ai un peu paniqué... ma poitrine se serrait, et avec mes antécédents... je ne peux pas prendre de risques. »

« Vous avez dit que vous êtes sorti en courant. Est-ce exact ? »

Il a baissé le menton. « Je le crains. »

« Toutes les portes et fenêtres étaient-elles fermées ? »

Il a haussé les épaules. « Je n'ai pas le souvenir que quoi que ce soit ait été ouvert. »

« J'essaie de me faire une image précise de vos déplacements dans la cuisine. Vous êtes entré par le vestibule, mais l'îlot central bloquait la vue. Au moment où vous êtes allé couper l'eau, est-ce là que vous avez vu votre femme par terre ? »

« Oui. »

« D'accord. Donc, vous vous êtes penché sur elle et vous avez vérifié son pouls. »

Il a hoché la tête.

« Avez-vous coupé l'eau ? »

« Je ne crois pas. »

Les joues de Gideon ont semblé rougir d'un ton. *Était-il en train de mentir ? Et pourquoi ?*

J'ai dit : « C'est important, car le premier agent sur les lieux affirme qu'aucun des robinets de la cuisine ne coulait. »

Gerey a dit : « C'est peut-être Frank Flynn qui a coupé l'eau. »

« Pas d'après ce qu'il a dit à l'inspectrice Vargas. Flynn a prétendu ne même pas être entré dans la cuisine. »

« Je suis sûr qu'il y a une explication logique, inspecteur. »

« Passons au personnel et aux éventuels visiteurs ce jour-là. Qui était sur l'île ? »

Gideon a croisé ses longues jambes et a dit : « Pas de personnel. Les femmes de ménage et l'équipe d'entretien ont leur jour de congé chaque mercredi, mais Marilyn a reçu son ami John Barnet... cet après-midi-là. »

Cette fois, il n'y avait aucun doute, il a rougi. « Ce John Barnet est-il un ami commun ? »

« Non. Il est le propriétaire de Barnet Wines à Water-side. Marilyn l'a rencontré... lors de l'une de ses réceptions caritatives. »

« Quel était le but de la visite de M. Barnet ? »

« C'était peut-être en lien avec un événement. »

« Monsieur Brighthouse, votre femme avait-elle une liaison avec M. Barnet ? »

Gerey a dit : « Inspecteur, s'il vous plaît. Il n'y a aucune raison de faire allusion à... »

« Allons, Maître. Mme Boggs a été retrouvée morte dans sa propre cuisine. Ça me donne la seule raison qui vaille. Maintenant, monsieur Brighthouse, veuillez répondre à la question. »

Gideon a pris plusieurs profondes inspirations tout en fixant ses genoux. « Oui... elle en avait une. »

« Depuis combien de temps cela durait-il ? »

Haussant les épaules, Gideon a répondu : « Un an, un an et demi, peut-être plus. »

« Était-ce la première liaison dans laquelle votre femme s'était engagée ? »

Gerey s'est frotté les mains sur les cuisses pendant que son client disait : « Non... il y en a eu quelques autres, mais aucune n'a duré aussi longtemps. »

« Avez-vous des raisons de croire que M. Barnet aurait voulu faire du mal à Mme Boggs ? »

« John Barnet se croit raffiné et c'est une sangsue, mais je ne suis pas qualifié pour l'évaluer en matière de violence. »

Cela m'a surpris. Il ne semblait pas vouloir se venger ni croire que Barnet était le coupable. Avec toutes ses infidélités, je pouvais comprendre qu'il ne tienne plus à sa femme. Cependant, la plupart des hommes, y compris lui, n'auraient pas pu résister à l'occasion de prendre leur revanche.

18

LUCA

« ÇA NE ME PLAÎT PAS, VARGAS. COMMENT A-T-IL PU OUBLIER de nous dire que ce John Barnet était sur l'île le jour où sa femme a été tuée ? »

« Je ne sais pas, Frank. Peut-être qu'il était en état de choc ce soir-là. N'oublie pas, Gerey a dit que Brighthouse consultait tout un tas de médecins. »

« Alors, tu es en train de dire que ce n'était pas une omission intentionnelle ? »

« Non, je dis juste que ce type souffre d'anxiété en temps normal. Découvrir sa femme assassinée a pu déclencher un choc ou une sorte de blocage mental. »

« Morgan va adorer. J'aurais dû commencer par interroger le capitaine du bateau. Ou le personnel. Bon sang, mais qu'est-ce qui ne va pas chez moi ? »

« Allons de l'avant, Frank. »

J'ai baissé le menton et la voix. « Je crois que la chimio m'attaque le cerveau. »

« Ne sois pas si dur avec toi-même. Le cerveau attaqué par la chimio, c'est ridicule. »

« Non, je suis sérieux. »

« Vraiment ? D'accord, et le fait que je n'y ai pas pensé non plus, alors ? Ça fait de nous deux des nuls. »

« Ce n'est pas seulement ça, Mary Ann. Je ne suis plus moi-même. »

« C'est dans ta tête, Frank. Tu es un excellent détective, le meilleur que nous ayons jamais eu par ici. »

« Je suis sérieux, Mary Ann. J'ai l'impression de passer à côté de choses que je devrais normalement voir. »

« Frank, tu as traversé beaucoup d'épreuves, et il est normal de sentir que ça a laissé des traces. Mais je suis ta partenaire, et je sais que tu n'as pas perdu la main. Tout est dans ta tête. »

Elle était incroyable, plus qu'une simple partenaire, mais je n'ai cru à aucun mot de ce qu'elle disait. J'ai boudé, et Vargas a dit : « Pour ce qui est de Morgan, il n'a pas besoin de connaître tous les petits détails. » Elle a contourné son bureau. « Je vais lui dire qu'il y a une chance que nous ayons un autre suspect, rien de plus. Je reviens dans dix minutes. »

« Merci. Pendant que tu y vas, j'appellerai Barnet pour convenir d'un interrogatoire. »

Barnet s'est montré coopératif, comme on pouvait s'y attendre, et a accepté de venir le lendemain matin. Il a même renoncé à son droit à la présence d'un avocat. Le temps nous dirait s'il s'agissait d'une simple posture ou s'il n'avait vraiment rien à craindre.

J'ai de nouveau vérifié mon téléphone. Toujours pas de réponse de Kayla. Je lui avais envoyé un texto il y a deux jours, et elle n'avait jamais répondu. Qu'est-ce qui se passait ? Après avoir hésité à la relancer, j'ai tapé un texto pour lui demander si tout allait bien.

———

Ma voiture filait à toute allure, tout comme mes pensées. En retard pour visiter une maison qui, selon mon agent immobilier, avait du potentiel, je ne pouvais m'empêcher de réfléchir aux approches pour l'interrogatoire de Barnet le lendemain. Cette affaire allait-elle prendre un nouveau tournant ? J'ai toujours pensé qu'il y avait deux types d'affaires de meurtre : celles où le tueur était évident et où nous devions simplement rassembler des preuves pour l'accusation ; et celles qui relevaient du puzzle, souvent difficiles, mais c'est là qu'on gagnait ses galons. Il était vraiment satisfaisant de creuser, d'enquêter sur une affaire complexe et d'arrêter le tueur. En réalité, il y en avait trois types, mais nous, les détectives, n'aimions pas parler de celles qui restaient non résolues.

Le trajet du virage de l'Airport Road à Immokalee Road a pris cinq bonnes minutes, et Immokalee était embouteillée jusqu'à l'I-75. Acheter quelque chose près de cette route pourrait être une erreur, ai-je pensé, alors que nous avancions au pas vers Walmart. Ne pas regarder l'heure était une stratégie que j'utilisais pour m'empêcher de m'inquiéter de mon retard. Dès que j'ai dépassé le supermarché Target, j'ai réalisé que prendre Logan Boulevard m'aurait évité une grande partie du trafic.

L'entrée de Saturnia Falls était ornée de gros rochers sur lesquels des tonnes d'eau se déversaient. Je n'arrivais pas à décider si c'était surfait ou non. Comme la plupart des endroits à Naples, Saturnia tirait son nom d'Italie, inspiré dans ce cas par un groupe de sources chaudes naturelles près de la ville de Saturnia.

Après avoir obtenu les indications du garde, je me suis

frayé un chemin jusqu'au 4290 Saturnia Grande Drive. Une horde d'enfants faisait du vélo dans l'impasse, à environ six maisons de là, confirmant que Saturnia était une communauté de type familial vivant à plein temps. L'agent descendait l'allée. Je pouvais voir sa mèche rabattue. Personne ne lui avait dit que grâce à Bruce Willis, être chauve était devenu acceptable ?

Il m'a tendu le rapport de la liste et a jacassé sur les commodités de la communauté. J'entendais beaucoup de bruit de la route pendant qu'il parlait, ce qui m'a mis sur mes gardes. J'ai demandé d'où cela venait, et il a dit que Logan Boulevard était juste derrière la maison, ajoutant : « Il n'y a du trafic qu'à cette heure-ci de la journée. » J'ai résisté à l'envie de lui dire que j'étais détective et que cette affirmation sur l'heure de la journée avait fait sonner mon détecteur de mensonges.

Puisque j'étais là, j'ai jeté un coup d'œil rapide. L'agencement était agréable, tout ouvert avec de hauts plafonds. C'était un peu démodé, mais ils avaient au moins refait la cuisine, bien que je n'eusse pas choisi un carrelage aussi sombre. La salle de bain principale devait être rénovée, mais l'autre salle de bain et la salle d'eau étaient vivables. En allant sur la terrasse couverte, toute rationalisation possible concernant le trafic s'est envolée. On pouvait presque entendre les gens parler dans les voitures qui passaient.

La propriété était affichée à quatre cent mille dollars, mais je ne l'achèterais pas même pour cent mille. Comme je l'ai dit à M. Mèche-Rabattue, je le recontacterais si j'étais intéressé. Mon esprit est retourné à l'affaire Boggs.

19

J'AVAIS FAIT ATTENDRE JOHN BARNET PENDANT UNE BONNE vingtaine de minutes et j'étais surpris qu'il n'ait pas pris de siège. Il était grand, un bon mètre quatre-vingt-dix, et très bronzé. Il portait un bouc, était en forme et devait avoir une cinquantaine d'années. Barnet était vêtu d'un pantalon et d'une veste de couleur sable, avec une chemise bleu clair. Je me suis demandé s'il avait mis une veste de sport pour l'entretien et s'il était gaucher.

« Monsieur Barnet, je suis l'inspecteur Luca. Désolé de vous avoir fait attendre, mais nous sommes un peu débordés avec cette enquête. »

« Je comprends. Si vous avez besoin de plus de temps, je peux revenir sans problème. »

Je n'en doute pas une seconde. « Ce n'est pas la peine, autant en finir. Mon bureau est juste au bout du couloir. »

Barnet a balayé l'assise et le dossier de la chaise de la main gauche avant de s'asseoir. Une broche en argent à son revers a reflété la lumière et j'ai demandé : « Sans vouloir être indiscret, monsieur Barnet, mais cette broche, que représente-t-elle ? »

Il a jeté un œil à son revers. « C'est une broche de sommelier. Dans mon métier, il y a des tas d'imitateurs qui ne font que régurgiter les notes des critiques de vin. Je me démarque, je personnalise l'expérience pour nos clients et je la rends plus intime grâce à mes opinions. »

Je suppose que lui dire que je choisissais une bouteille en fonction de son étiquette et de son prix mettrait un sacré coup à son approche. « On dirait une bonne stratégie. »

« C'est mon avis. »

« Et elle doit porter ses fruits si vous pouvez vous permettre les loyers de Waterside. »

Il a croisé la jambe sur son genou et une chaussette rouge est apparue. « Ils ne nous facilitent pas la tâche. »

« J'imagine. Écoutez, j'aimerais enregistrer cet entretien, si vous n'y voyez pas d'objection. Franchement, ça me simplifie les choses, car ma mémoire n'est plus ce qu'elle était. »

Les yeux de Barnet se sont plissés. « L'enregistrer ? »

« Si ça vous met mal à l'aise, alors je ne le ferai pas. »

« Non, c'est bon, allez-y si vous le voulez. »

Les entretiens et les interrogatoires sont des parties d'échecs. On fait un mouvement pour que son adversaire réagisse d'une manière qu'il n'aurait pas choisie autrement. Barnet a accepté, car il a pensé que dire non le ferait paraître suspect. Ça marche environ soixante-dix pour cent des fois. Le micro allumé, j'ai expédié les formalités et je me suis lancé dans l'interrogatoire avant qu'il ait eu le temps de se raviser.

« Vous avez rendu visite à Mme Boggs sur l'île de Keewaydin le jour où elle a été assassinée. »

Barnet a secoué la tête. « Ouais, c'est difficile à croire ce qui est arrivé. »

« Je crois comprendre que vous fournissiez à Mme Boggs des vins et spiritueux pour des événements caritatifs. Était-ce la raison de votre présence ? »

« C'est exact. Marilyn présidait l'événement des Œuvres de Charité Catholiques, et nous avons passé en revue quelques points pour l'occasion. »

« Comment avez-vous rencontré Mme Boggs ? »

« Mon entreprise s'occupe d'un bon nombre d'événements dans la région, pas seulement caritatifs, et si je me souviens bien, nous nous sommes croisés à une réception de l'United Way. »

« Et le courant est tout de suite passé entre vous deux ? »

Barnet a caressé son bouc et a eu un sourire en coin. « Oui, et comme vous l'avez sans doute entendu, nous avions une liaison. »

Il pensait instaurer la confiance en l'admettant, mais il devait savoir que même à Naples, il n'y avait pas assez d'événements caritatifs pour justifier de voir Marilyn tous les mercredis.

« Et depuis combien de temps durait cette liaison ? »

« Un peu plus d'un an. »

« Comment décririez-vous, euh, la température de la relation ? »

Barnet avait l'air d'avoir mordu dans un citron. « La température ? Vous voulez parler de sexe ? »

« L'avez-vous encouragée à quitter son mari ? »

« Non, jamais je n'aurais fait ça. Je ne veux pas avoir un mariage brisé sur la conscience. »

J'ai souri. « Quel grand seigneur vous faites. »

« Très drôle, mais ce n'est pas ça. Je viens d'une famille déchirée, et ce n'est pas une partie de plaisir. »

« Le fait de n'avoir qu'une liaison vous convenait ? »

« Écoutez, nous venions de deux mondes très différents. Je... je veux dire, nous passions juste du bon temps ensemble. C'est tout ce que c'était. »

« Juste deux adultes consentants qui profitaient de la compagnie l'un de l'autre et rien de plus. »

« On peut dire ça. »

« La famille Boggs est incroyablement riche. Ça aurait été un sacré coup de chance d'épouser une fortune pareille, non ? »

« L'argent n'avait rien à voir là-dedans. »

« Vous n'étiez pas contrarié que Mme Boggs ne veuille pas plaquer son mari pour vous épouser ? »

Barnet a secoué la tête. « Argent mis à part, la dernière chose dont j'aurais besoin, c'est de l'avoir comme épouse. J'ai déjà été marié deux fois et je ne pourrais pas imaginer le refaire. »

« Pas même pour entrer dans la famille Boggs ? »

« Non. »

« D'accord. Maintenant, puisque vous connaissiez la défunte intimement », je n'ai pas pu m'empêcher de sourire, « connaissez-vous quelqu'un qui aurait voulu lui faire du mal ? »

Barnet a fait une grimace. « Écoutez, comme vous le découvrirez sans doute si ce n'est déjà fait, Marilyn manquait beaucoup de confiance en elle, malgré tout l'argent qu'elle avait. Et elle pouvait être arrogante et autoritaire, mais elle n'a rien fait qui puisse pousser quelqu'un à faire une chose pareille. C'était une femme bien. Bon sang, elle se démenait vraiment et a aidé tellement de gens, c'est difficile d'en faire le compte. »

« Marilyn Boggs était une personnalité très en vue, ce qui en faisait peut-être une cible. N'y a-t-il personne qui vous vienne à l'esprit ? »

« Son mari, Gideon. »

« Vous voulez bien développer ? »

« Pour commencer, ce jour-là, le jour où elle a été... tuée. Gideon est entré dans la maison pendant que Marilyn et moi prenions un verre. »

« Venait-il habituellement quand vous étiez, euh, en visite ? »

« Jamais. Mais ce jour-là, il est venu, et il semblait contrarié. »

« N'est-ce pas une réaction naturelle en voyant sa femme avec son amant ? »

Barnet a haussé les épaules. « Quelque chose était différent. Je le connais un peu de l'époque où il travaillait pour le sénateur White. Nous avons organisé quelques réceptions pour eux. Il était toujours, je ne sais pas quel est le mot juste, mais "studieux' est ce qui s'en rapproche le plus. Gideon ne se mettait jamais en colère, il était toujours pondéré. Je suppose que c'est pour ça que les politiciens l'aimaient bien. »

« Et ce n'était pas le cas mercredi ? »

« Non. Il a été grossier. Il a dit qu'on avait, je crois, une "partie de jambes en l'air". Ce n'était pas dans son caractère, et puis il a fait quelques allusions désobligeantes sur le fait que j'étais sommelier ou non. C'était gênant. »

« Je veux bien le croire. Comment la confrontation s'est-elle terminée ? »

« Je voulais partir, mais Marilyn a insisté pour que je reste, et elle a crié sur Gideon et il est parti. »

« Quand elle a crié, qu'est-ce qu'elle a dit ? »

« Rien d'extraordinaire, elle lui disait juste de se calmer et qu'il se ridiculisait. »

« Rien de plus ? Rien qui aurait pu déclencher chez lui une folie vengeresse ? »

« Je ne pense pas que ce soit à cause de ce qu'elle a dit, mais, comme je vous l'ai dit, il n'était pas lui-même cet après-midi-là. »

« Avez-vous autre chose à me dire ? »

« Marilyn voulait divorcer, mais elle ne voulait pas y laisser des plumes. »

« Ils n'avaient pas de contrat de mariage ? »

« Si, ils en avaient un, mais le trust comprenait une clause qui prévoyait une pénalité en cas de divorce. »

Le mot « puritain » m'a traversé l'esprit. Ça paraissait insensé. Son père devait être un sacré maniaque du contrôle, et il continuait de tout gérer depuis sa tombe. C'était un rebondissement intéressant.

20

LUCA

Je détestais le service de voiturier, mais le Ritz-Carlton n'était pas le genre d'endroit où l'on gare sa voiture soi-même. La porte cochère de l'hôtel était si remplie de Bentley qu'on aurait dit le parc d'un concessionnaire. J'avais entendu dire que les voitures de location que l'on pouvait obtenir au comptoir Hertz de l'hôtel étaient plus luxueuses que n'importe où ailleurs, un autre exemple de la manière dont le Ritz dorlotait ses clients pour qu'ils se sentent uniques.

Un voiturier a accouru et a ouvert ma portière. Je ne donnais jamais de pourboire en arrivant ; ce type avait intérêt à ne rien attendre.

« Bonjour, monsieur. Bienvenue au Ritz-Carlton. Vous vous enregistrez ? »

« Non, je rejoins juste un ami pour déjeuner. »

« Et votre nom ? »

« Frank Luca. »

Il a gribouillé quelques mots sur un ticket, l'a déchiré en deux et me l'a tendu.

« Passez un bon déjeuner, monsieur Luca. »

Un type que je croyais reconnaître du Wine Loft jouait « I've Got You Under My Skin » sur le piano à queue du hall. Il jouait avec brio. J'ai regardé l'heure, mais il fallait que je me rende au restaurant du spa. Il ne fallait surtout pas que je fasse attendre Wesley Boggs.

Le H2O était un restaurant informel, de style café, au deuxième étage, juste à côté du spa de renommée mondiale du Ritz. C'était peut-être dans ma tête, ou alors c'était à cause de tous ces gens qui déambulaient en peignoir, mais tout le deuxième étage dégageait une atmosphère qui me mettait mal à l'aise. Ça faisait combien de temps ? Le dernier massage dont je me souvenais datait d'un week-end d'enterrement de vie de garçon pour mon ancien coéquipier, JJ Cremora. Ça devait remonter à au moins quinze ans, notre virée à Atlantic City. Bon sang, il me manquait toujours terriblement, et le pauvre gars était mort depuis déjà trois ans.

J'ai filé droit vers la porte menant à une terrasse qui comprenait une salle à manger couverte et quelques bassins de relaxation bordés de chaises longues. Deux couples étaient assis à deux des tables. Tandis que j'hésitais sur la table à choisir, une serveuse s'est approchée.

« Bienvenue au H2O. Puis-je vous installer ? »

« Je rejoins quelqu'un pour déjeuner. »

« Oh, peut-être qu'il est déjà là. C'est à quel nom ? »

« Wesley Boggs. »

Est-ce que cette gamine venait de se redresser un peu ?

« Monsieur Wesley est installé juste par ici. »

J'ai suivi la gamine le long d'un mur d'arbustes en pot qui séparait le café de l'espace piscine. Assis au bout d'une grande table se trouvait Wesley Boggs. Il était au téléphone.

Il a levé une main, esquissant un sourire de pure forme. Avec sept à neuf kilos en trop, son visage était légèrement bouffi. Wesley n'avait ni la carrure de sa sœur ni son goût pour l'exercice. Ses cheveux mouillés, grisonnants, étaient plaqués en arrière. Je l'ai étudié pendant qu'il terminait son appel ; si je n'avais pas su qu'il était plein aux as, je ne l'aurais jamais deviné.

Il s'est levé et m'a tendu la main. « Désolé. Avec ce qui est arrivé à Marilyn, il y a tellement de choses à gérer. »

« Je comprends parfaitement, monsieur Boggs. Veuillez accepter mes condoléances. »

« Merci, monsieur Luca. »

Je cherchais à obtenir des informations générales, et j'avais convenu avec Gerey, que je m'attendais à moitié à voir ici, de garder un ton informel.

J'avais à peine posé les fesses sur mon siège que la serveuse est apparue.

« Désirez-vous quelque chose à boire ? »

Alors que je prenais le menu étroit, elle a dit : « Nous sommes réputés pour nos jus de fruits. Ils sont sains et nutritifs. »

« Ça a l'air bien, mais je vais prendre un thé glacé. Sans sucre. »

Wesley a dit : « Je n ai jamais compris pourquoi il n'y a pas de vue sur le golfe d'ici. C'est dommage. »

La vue sur les piscines me paraissait plutôt pas mal. « Ce serait un joli bonus. »

Wesley a balayé la zone du regard et a baissé la voix. « Je crois comprendre que vous avez quelques questions pour moi. »

« Juste quelques-unes, mais laissez-moi commencer par

la plus évidente : connaissez-vous une raison pour laquelle quelqu'un aurait fait ça ? »

Il a secoué la tête. « Pas du tout. Franchement, ça semble surréaliste. Heureusement, cependant, papa n'est plus en vie pour endurer ça. Ça l'aurait tué. Marilyn était sa préférée. »

« Je suis désolé que votre famille ait à traverser tout ça. »

« Merci. »

On m'a servi mon thé glacé et j'ai dit : « Votre famille est bien connue et aurait donc pu être ciblée. Il est possible que ça n'ait rien à voir avec votre sœur. Ils auraient pu en vouloir à la famille d'une manière ou d'une autre. »

Wesley a rentré le menton. « Nous ne sommes pas vraiment une famille très en vue, monsieur Luca. Nous menons des vies tranquilles et privées. Marilyn a défendu de nombreuses causes caritatives, jouant également un rôle actif dans beaucoup d'entre elles. Cependant, ce n'est pas le style de la famille. Nous menons nos activités philanthropiques discrètement. Vous savez, papa nous a toujours appris à ne pas nous faire remarquer et à vivre en dessous de nos moyens. »

Vraiment ? Vivre sur une île privée tout en possédant d'autres maisons à dix minutes les unes des autres et en voyageant en jets privés, ça s'appelle ne pas se faire remarquer ?

« Donc, personne ne vous vient à l'esprit alors ? »

« Absolument personne. »

« J'aimerais parler du fonds fiduciaire qui bénéficiait à votre sœur. »

« Le fonds bénéficie à tous les descendants Boggs. »

« Je crois comprendre qu'il contient des clauses inhabituelles qui, par exemple, pénalisent quelqu'un s'il divorce. »

« Nous ne les considérons pas comme inhabituelles.

Papa tenait mordicus à protéger la famille. Il ne voulait pas que le mariage soit une entreprise prise à la légère, ce avec quoi je suis d'accord. Il voulait s'assurer qu'une mûre réflexion soit menée, et que si vous découvriez avoir fait une erreur, il y aurait des conséquences. »

Ces gens étaient différents, sans aucun doute. « Interdire le divorce pourrait enfermer des personnes comme Marilyn dans un mariage dont elles ne voudraient plus. »

Wesley a cligné des yeux deux fois. « Ce n'est pas interdit. Vous pouvez divorcer si vous le souhaitez. Vous aurez juste une réduction de vos prestations. »

« Puis-je demander de combien ? »

« Le fonds est un document privé. Je ne pense pas devoir divulguer cette information. »

« C'est juste. Saviez-vous que votre sœur avait une liaison ? »

Il a hoché la tête. « Nous l'avions avertie à plusieurs reprises d'être discrète. »

« Dans une situation comme celle-ci, avec le décès de Marilyn, qu'advient-il de Gideon ? »

Il a penché la tête.

« Est-ce qu'il continue, comme vous dites, à bénéficier du fonds ? »

« Il y a des clauses qui prévoient presque toutes les situations, mais, oui, il en bénéficie toujours, bien qu'à un montant réduit. »

« Pensez-vous que votre beau-frère soit impliqué ? »

« J'ai envisagé cette possibilité, mais Gideon n'est pas ambitieux, du moins pas depuis qu'il a eu ses problèmes cardiaques. Je ne pourrais pas l'imaginer, et je l'imagine encore moins le faire lui-même. »

J'ai pris une gorgée de mon thé glacé, je l'ai remercié pour son temps et je suis parti.

Déçu que Wesley n'ait pas pointé du doigt Gideon, je me suis dirigé vers le poste des voituriers. Je fouillais dans ma poche à la recherche du ticket quand le gamin derrière le pupitre a dit : « Monsieur Luca, comment s'est passé votre déjeuner ? »

Bon sang, mais comment ces types font-ils pour se souvenir ?

21

LUCA

J'AI BOUTONNÉ MA VESTE DE COSTUME EN LONGEANT LE couloir qui menait à la salle d'autopsie. Quel qualificatif épouvantable pour une pièce où l'on découpe des corps. Pourquoi pas quelque chose de simple, comme salle des autopsies ? J'ai enfoncé les mains dans les poches de mon pantalon. Je comprends bien pourquoi la salle d'autopsie devait être froide, mais la façon dont quiconque pouvait travailler dans ce bâtiment sans porter une parka restait un mystère pour moi.

La lumière au-dessus de la porte était éteinte et un coup d'œil à travers la vitre de la porte m'a confirmé que la pièce était vide. Était-ce le fait de ne pas avoir à assister à une autre dissection, ou celui de ne pas avoir à rester dans une pièce où il faisait une dizaine de degrés de moins que dans le couloir, qui m'a fait sourire ?

Vêtu d'un cardigan gris et coiffé d'un casque audio, le médecin légiste était derrière son bureau, en train de taper sur un clavier.

« Hé, Doc ! »

Il a levé les yeux vers moi et mis son lecteur en pause.

« Vous avez quelques minutes pour me mettre au courant de l'autopsie de Marilyn Boggs ? »

Posant son casque, il a dit : « Entrez, Frank. Je suis justement en train de terminer le rapport. »

« Je voulais être là, mais j'ai été retenu. Comment ça s'est passé ? »

« Pas de surprises. Une profonde blessure par arme blanche au thorax, sectionnant l'aorte, ce qui a provoqué une hémorragie mortelle. La blessure a été infligée par un couteau correspondant à celui trouvé sur les lieux. Des traces de sang de la victime ont été trouvées sur le couteau. »

« Mais il a été nettoyé, pas d'empreintes, c'est ça ? »

« D'après ce que j'ai compris, oui, mais il faudrait vérifier avec la police scientifique. »

« Pourriez-vous spéculer sur la corpulence du tueur ? »

« L'angle de la plaie d'entrée suggère un agresseur gaucher, je crois, mesurant entre un mètre quatre-vingts et un mètre quatre-vingt-quinze. Cependant, cela dépend vraiment de la longueur de son bras et de si la victime se penchait en arrière pour s'éloigner de son agresseur. »

« Euh, quelque chose sous les ongles ? »

« Rien du tout. Elle avait un hématome à la tête, juste sous le crâne, dû au fait qu'elle s'est cogné la tête sur le rebord du comptoir en perdant connaissance. Le poignet droit de la victime est contusionné, mais c'est probablement arrivé en essayant d'amortir sa chute. »

J'ai hoché la tête tandis qu'il continuait.

« Le contenu de l'estomac n'a rien révélé d'autre qu'un peu de vin et un cracker ou un aliment s'apparentant à du pain. Le taux d'alcoolémie était un peu en dessous de 0,9 gramme par litre. Vu son poids, la victime a probablement bu deux verres de vin. »

« À quel point ses facultés étaient-elles affaiblies ? »

« Ça dépend de sa tolérance, mais elle était probablement très détendue, avec une perception de la profondeur et une vision périphérique légèrement altérées. »

« Ça aurait pu contribuer à son incapacité à détecter une attaque ? »

« Difficile à dire avec certitude, mais un temps de réaction ralenti est probable. »

« Y a-t-il autre chose que vous puissiez me dire ? »

« La victime a subi une hystérectomie il y a environ cinq à sept ans. »

Ça ne semblait pas signifier grand-chose, mais ça m'a incité à demander : « Des signes d'activité sexuelle ? »

« Aucun. J'estimerais le dernier rapport sexuel à environ cinq jours. »

————

ALORS QUE JE me dégelais en remontant vers le nord, j'étais content de voir que Goodlette Frank Road était déserte. Après avoir traversé Golden Gate, Vargas m'a rappelé.

« Salut Frank. Du nouveau pour l'autopsie ? »

« Non, rien appris de neuf. Elle est morte de la blessure au couteau, et ça correspond à celui de la scène de crime. La police scientifique a dit que le couteau avait été complètement nettoyé, pas d'empreintes. »

« Vraiment ? »

« Il fallait s'y attendre. Aucun tueur ne l'aurait laissé derrière lui sans le faire. »

« Mais le laisser sur place, c'est déjà un risque en soi. »

« Sans aucun doute. »

« Des indices sur la façon dont ça s'est passé ? »

« Aucun signe de véritable lutte. Elle semble avoir été rapidement maîtrisée. La blessure par arme blanche indique un gaucher, un grand, d'au moins un mètre quatre-vingts. Le coup de couteau a sectionné son aorte. Elle s'est vidée de son sang rapidement, en une ou deux minutes. »

« On a déjà les résultats de la toxicologie ? »

« Pas le bilan complet, mais les analyses de sang indiquent un faible taux d'alcool qui soulève une question. »

« Comment ça ? »

« Le légiste a dit que son taux d'alcoolémie équivalait à environ deux verres de vin. »

« Et ? »

« La bouteille de pinot sur place était vide aux trois quarts, et il n'y avait qu'un seul verre de sorti, et il était propre. Elle n'a pas pu boire ça toute seule. Donc, la personne qui était là a emporté son verre. »

« Ou alors elle buvait, ou allait boire, dans une bouteille déjà entamée. »

« Je parie que Marilyn n'était pas du genre à boire les fonds de bouteille. »

« Peut-être, mais tu serais surpris ; même les riches aiment faire des économies. »

« Je n'en doute pas, mais souviens-toi qu'elle fricotait avec Barnet, un expert en vin. Il a dû déteindre sur elle. »

« Tu vas le voir. Pourquoi ne pas lui demander, tout simplement ? »

« Pas encore. S'il est impliqué d'une manière ou d'une autre, je vais devoir garder quelques cartes en main. »

« Encore un proverbe à la Luca ? »

« J'aimerais bien m'en attribuer le mérite, mais c'était

une expression de mon ancien coéquipier. On se voit quand je reviens de Waterside. »

———

BARNET ÉTAIT dans la cave à l'arrière de la boutique, faisant tourner le vin dans son verre. Deux femmes se trouvaient à table avec lui. Je me suis approché de quelques pas, attrapant une bouteille de Barolo pour me donner une contenance. Barnet a incliné son verre sur le côté et l'a fait rouler d'avant en arrière dans la paume de sa main. Les femmes à la table se sont jeté un regard et ont éclaté de rire. Barnet a redressé le verre et y a plongé profondément son nez. Il a fermé les yeux et sa poitrine s'est gonflée. Expirant, il a porté le verre à ses lèvres et a pris une gorgée. Il a remué les lèvres et sa pomme d'Adam a fait un va-et-vient.

Hochant la tête, Barnet a reposé le verre et a servi les femmes. Les femmes ont effleuré les verres du doigt, les faisant bouger d'un côté à l'autre, riant lorsqu'une éclaboussure a jailli de l'un d'eux. Barnet a tamponné la table avec une serviette en papier et a dit : « Je le trouve magnifique, une superbe sensation en bouche, une bonne acidité. C'est un vin très équilibré. Je suis curieux d'entendre ce que vous en pensez. »

Les deux femmes ont siroté et ont hoché la tête en se regardant.

« Je l'aime bien. Il est doux, comme vous l'avez dit. »

« Oui, pas d'aspérités. Quels plats recommandez-vous avec ce vin, John ? »

« C'est l'une des choses que j'adore dans ce vin en particulier. Il est si polyvalent. Le poulet, le veau et le porc s'accorderont bien avec lui »

« Quel est le prix d'une caisse ? »

« C'est un excellent rapport qualité-prix. Je crois que le *Wine Spectator* l'a présenté comme l'un de ses meilleurs choix il y a un mois ou deux. »

« Oh, super. »

« Il est à quatre-vingt-neuf dollars quatre-vingt-quinze la bouteille et se vend plus vite que je ne l'avais prévu. Je pense qu'il ne nous reste que trois caisses. Souhaitez-vous que je demande à Bridgette de vous préparer une caisse à chacune ? »

Est-ce qu'il venait de dire presque quatre-vingt-dix dollars la bouteille ? Ces gens n'avaient jamais entendu parler de Costco ? J'ai reposé le Barolo sur l'étagère alors que les femmes acceptaient d'acheter une caisse chacune. Était-ce considéré comme de la vente en douceur ou de la vente forcée ?

Barnet avait pris la bouteille et était en train de remplir leurs verres quand je suis entré dans la cave.

L'une des femmes a dit : « Oh, John, on dirait que le vigneron de Bordeaux est arrivé. »

Barnet s'est retourné d'un coup et a blêmi. « Oh, bonjour. Je suis à vous dans un instant. » Il s'est de nouveau tourné vers ses clientes. « Ce n'est pas François, mais je dois y aller. Je suis sûr que vous apprécierez le vin, mesdames. Merci de votre visite. »

Il s'est levé de table et m'a serré la main. « Allons dans mon bureau. »

Barnet a fermé la porte et s'est glissé derrière son bureau. Il a déplacé une grosse bouteille, dédicacée en lettres dorées, dans un coin pendant que je m'installais dans un fauteuil.

« Je ne savais pas que vous passeriez, inspecteur. »

« J'étais dans le coin et j'avais quelques questions à vous poser. Je me suis dit que ce serait plus simple que de vous faire venir au poste. »

« Oh. Merci de m'épargner le déplacement. »

« Il n'y a pas de quoi. Je dois dire que vous leur avez bien vendu votre salade. »

Barnet a caressé son bouc et a agité un doigt. « Je ne considère pas ça comme de la vente. Il s'agit en réalité d'initier et d'éduquer. Je considère qu'il est important — non, je dirais même essentiel — de faire évoluer la perception que les gens ont du vin, pour qu'il passe d'une simple boisson à une véritable expérience. Leur raconter l'histoire des vignobles, du domaine et du viticulteur pour qu'ils soient transportés lorsqu'ils boivent un vin. Cela rend le facteur coût non pertinent, comme il se doit. »

Transportés ? S'il continue à parler comme ça, c'est à l'asile qu'il va être transporté.

« Compris. Comme je l'ai dit, j'ai quelques questions concernant Marilyn Boggs, alors allons-y, si vous le voulez bien. »

Barnet s'est enfoncé dans son fauteuil et a hoché la tête.

« Quand vous lui avez rendu visite l'après-midi de sa mort, avez-vous bu du vin ou une quelconque boisson alcoolisée ? »

« Marilyn commençait vraiment à comprendre et à apprécier le vin. Elle aimait particulièrement un verre de viognier français l'après-midi, et chaque mercredi, j'apportais une bouteille d'un producteur différent à déguster. C'était éducatif. J'essayais de lui faire découvrir les différentes manières dont le sol et les microclimats de chaque vignoble affectent le vin. »

Amusant ? Pour moi, ça ressemblait à du travail. « Combien a-t-elle bu, ce jour-là ? »

« Je crois qu'elle a dû boire deux verres. »

« Aimait-elle d'autres types de vin ? »

Barnet a froncé les sourcils. « Elle appréciait le sauvignon blanc de la vallée de la Loire et les chardonnays français. »

« Donc, uniquement du vin blanc ? »

« Principalement. J'essayais de l'initier au Barolo et aux vins de Bordeaux, mais je suppose qu'elle avait ses limites. »

« Elle n'aimait pas le chianti ou le pinot noir ? »

Il a secoué la tête. « Occasionnellement, elle buvait du pinot », a-t-il ri, « mais c'était peut-être parce que je n'arrêtais pas de lui dire que les meilleurs vins du monde, à mon avis, venaient de Bourgogne. »

« Bourgogne ? »

« Les rouges de Bourgogne, en France, sont faits à partir du cépage pinot noir. Ils sont moins sur le fruit et plus complexes que ceux de Californie. »

« Ça a l'air intéressant. Il faudra que j'en goûte. »

« Je vous en choisirai un à essayer avant votre départ. C'est pour moi. »

« Merci, mais je ne peux pas accepter de cadeau. Je le paierai, mais restez en dessous de trente dollars. »

« J'en ai un ou deux en tête. »

« D'accord. Comment décririez-vous la phase dans laquelle se trouvait votre relation avec Marilyn Boggs ? »

« Que voulez-vous dire ? »

« La liaison durait depuis un bon bout de temps. La flamme était-elle toujours là ? »

« Oh, au début, c'était un peu comme une amourette de

lycée. » Il a esquissé un sourire. « Mais les choses se sont installées dans une routine agréable. »

« Routine ? Ça me semble ennuyeux. »

« Je ne voulais pas sous-entendre que c'était ennuyeux. Simplement que lorsque nous avons commencé à… à nous voir, nous cherchions la moindre occasion. C'est pour ça que j'ai dit que c'était comme au lycée. Mais ensuite, nous avons pris un rythme, comme chaque mercredi après-midi et la plupart des vendredis soirs. »

« Qui était le plus, disons, enthousiaste ? »

« Nous attendions tous les deux avec impatience de nous voir, mais vous devez vous souvenir que je dirige une entreprise, et que ça me prend beaucoup de temps, alors que Marilyn, eh bien, elle avait beaucoup de temps libre. »

« Une de ses amies a dit qu'elle pensait que la relation touchait à sa fin. »

« Non, ce n'est pas vrai. »

« Mais elle s'était refroidie ? »

« Comme je l'ai dit, les choses se sont installées dans une routine. »

« Vous disputiez-vous souvent ? »

« Je n'utiliserais pas le mot "disputer", inspecteur. Était-on en désaccord de temps en temps ? Bien sûr, quel couple ne l'est pas ? »

« Il semble que quelque chose tracassait Mme Boggs dans les semaines qui ont précédé son meurtre. Avez-vous une idée de ce qu'elle avait en tête ? »

Barnet a caressé son bouc. « Je pense que ça pourrait avoir un rapport avec la situation avec son mari. »

« Vous voulez parler de votre liaison ? »

« Non, non. Le mariage était terminé. Ça n'avait rien à voir avec moi. Vous savez probablement qu'elle a eu une ou deux liaisons avant qu'on se rencontre. Elle voulait vraiment divorcer, mais il y avait des clauses dans le trust dont elle dépendait qui la pénaliseraient. »

Barnet connaissait les détails du trust ? « C'est intéressant. Qu'allait-elle faire ? »

Il s'est agité sur son fauteuil. « Elle plaisantait sûrement, mais elle a dit quelque chose comme "le faire disparaître". »

« Vous voulez dire en le payant pour qu'il disparaisse ? »

« C'est possible, mais j'ai compris ça comme, vous savez, "le faire tuer". »

« Pensez-vous que Marilyn Boggs aurait pu organiser le meurtre de son mari ? »

« Je sais que ça semble fou, mais je vous dis que c'est ce qu'elle a dit. »

J'assimilais cette pensée quand Barnet a ajouté : « Vous devez vous souvenir que les Boggs sont une famille très puissante. »

22

LUCA

« Ça ne me plaît pas, Vargas. Pourquoi diable ne nous a-t-il rien dit ? Ce Gideon, c'est notre suspect numéro un en ce moment. »

« Il était peut-être gêné, Frank. Ce n'est pas si facile de dire à quelqu'un, surtout à un autre homme, que ta femme te trompe, et qui plus est chez le pauvre type lui-même. »

« Heureusement que je t'ai, Vargas. Il t'arrive de marquer un point, de temps en temps. »

Vargas a froissé un papier en boule et me l'a lancé.

« T'es un sacré numéro. Combien de temps tu vas le faire mariner ? »

« Encore vingt ou trente minutes. »

« Tu es sûr de toi ? Ce type panique vite, et ce n'est pas la peine de se mettre Gerey à dos. »

« Ouah. » Je me suis levé. « Deux bons points dans la même journée. Allons discuter avec Gideon. »

Avant d'entrer dans la salle d'interrogatoire numéro deux, nous avons vérifié le flux vidéo provenant de la pièce. Gideon tournait la tête comme s'il regardait un match de tennis et pinçait sa chemise pour la décoller de sa poitrine toutes les cinq secondes.

« Nous sommes désolés de vous avoir fait attendre, monsieur Brighthouse. Le capitaine nous a appelés sur une autre affaire. »

« D'accord. » Il a pris une profonde inspiration. « D'accord. »

« Vous vous souvenez de mon partenaire, l'inspecteur Vargas ? »

Il a hoché la tête et s'est à moitié levé de sa chaise quand Vargas a dit : « C'est bon, asseyez-vous. Voudriez-vous boire quelque chose ? »

« Euh, non. Je... ça va. »

Après avoir dicté les formalités de l'interrogatoire, j'ai dit : « Nous vous avons demandé de venir parce que votre déclaration initiale, le soir du meurtre de votre femme, tout comme votre déposition lors d'un entretien ultérieur, nous ont laissés perplexes. »

Gideon a frotté ses mains sur sa cuisse. « Comment ça ? Je... je ne voulais embrouiller personne. Vous, vous pouvez en être sûr, ce n'était certainement pas intentionnel. »

« Comment se fait-il que vous ayez omis de nous dire que vous aviez confronté votre femme et John Barnet l'après-midi même du jour où elle a été retrouvée morte ? »

Les épaules de Gideon se sont affaissées. « Je... je ne sais pas. »

Vargas a demandé : « Était-ce embarrassant pour vous d'en parler ? »

« Non. »

Ce type était fou. « Non ? Votre femme a une liaison et rencontre son amant chez vous, et ça ne vous dérangeait pas ? »

« Si vous tenez à le savoir, ce n'était pas la première. Puis-je avoir un verre d'eau ? »

Vargas a appuyé sur le bouton de l'interphone pendant que Gideon se tortillait comme un enfant de six ans qui attend d'entrer dans un parc d'attractions.

« Inutile de vous agiter, monsieur Brighthouse, contentez-vous de répondre honnêtement aux questions et tout ira bien. »

Gideon a opiné de la tête au moment où la porte s'est ouverte et où on lui a tendu une bouteille d'eau. Il l'a prise de la main gauche, soulevant la bouteille trop rapidement, et des gouttes d'eau ont assombri sa chemise beige. Il a tapoté le coin de sa bouche en marmonnant un remerciement.

« Combien de liaisons votre femme a-t-elle eues ? »

« Quatre. »

« Quand tout cela a-t-il commencé ? »

« Je... je... c'était quelque temps après ma crise cardiaque. »

Vargas a demandé : « Pendant votre convalescence ? »

Gideon a hoché la tête.

J'ai dit : « Je peux vous dire que ça m'aurait contrarié, surtout si j'avais été en convalescence. Franchement, c'est un coup bas en ce qui me concerne. Être furieux serait un euphémisme. »

Gideon a bu une gorgée d'eau mais est resté silencieux.

J'ai dit : « John Barnet a déclaré que vous étiez en colère cet après-midi-là, que vous faisiez des commentaires et que Marilyn vous a dit de vous calmer. Est-ce ainsi que les choses se sont passées ? »

« Étais-je heureux ? Non, mais j'avais appris à... vivre avec la situation. Mon thérapeute m'a aidé à réaliser à quel point l'art est important pour moi... ça me rend heureux...

et je suis en paix à Keewaydin. Euh, combien de temps cela va-t-il encore durer ? Je dois y retourner. »

« Vous êtes-vous disputé avec Marilyn quand Barnet a quitté l'île ? »

« Nous ne nous sommes jamais vraiment disputés... Marilyn... elle n'était pas du genre, elle avait beaucoup de sang-froid. »

« Et vous ? »

« J'ai toutes les faiblesses humaines. »

Intéressante façon de présenter les choses, il faudrait que je m'en souvienne la prochaine fois que je ferai une connerie.

Vargas a dit : « Étant donné les circonstances inconfortables de votre mariage, ne vouliez-vous pas divorcer ? »

« Si, mais Marilyn s'opposait au... »

J'ai dit : « Alors vous l'avez tuée. »

« Non, non, ce n'est pas moi... Je n'avais aucune raison de le faire. »

« Écoutez, Gideon, nous savons tout sur le trust et sur la façon dont Marilyn aurait souffert financièrement si elle avait divorcé. La seule issue pour vous était de la tuer. »

« C'est complètement faux. En fait, c'est elle qui voulait divorcer. Elle m'a pris par surprise l'autre jour. »

« Vraiment ? Vous vous attendez à ce qu'on vous croie ? »

« Mais, mais c'est vrai... elle l'a dit... il y a environ deux semaines. »

« Ça tombe bien. »

« Vous ne... comprenez pas. Elle se montrait ven... vindicative. Elle voulait que je parte. » Gideon s'est levé d'un bond. « Je dois y aller. Je ne peux pas rester. »

J'ai regardé Vargas, qui a dit : « Laisse-le partir, Frank. On dirait qu'il fait une crise de panique. »

« Et s'il faisait semblant ? »

« C'est possible, mais s'il fait une autre crise cardiaque, cette pièce ne sera pas assez grande pour contenir tous ses avocats. »

———

EN ALLANT VOIR une nouvelle propriété à vendre à Pelican Marsh, j'avais toujours l'impression que Gideon avait simulé sa crise. Le fait de révéler que nous savions qu'il avait confronté sa femme et son petit ami, ainsi que notre connaissance de la pénalité qui les menaçait tous les deux en cas de divorce, l'avait mis au pied du mur. Et voilà qu'il sortait que sa femme avait accepté de divorcer ? À moins qu'elle n'ait déposé une demande, il n'y avait aucun moyen de le vérifier. Ce n'était rien de plus qu'un ouï-dire, et je n'y croyais pas. Gerey a dit qu'il n'était au courant de rien, mais qu'il vérifierait auprès de quelques avocats spécialisés dans les divorces de la haute société du comté.

Parvenir à consulter les documents du trust et surtout le contrat de mariage pourrait fournir un mobile concret. Le problème, c'est que le procureur hésitait à demander à un juge de signer une ordonnance. Il disait ne pas croire que nous avions assez d'éléments et qu'il craignait de porter atteinte à la vie privée de la famille. Même lorsque j'ai suggéré une ordonnance de non-divulgation et de limiter l'accès aux documents à lui et à moi, il n'a pas changé d'avis.

J'avais oublié à quel point la fontaine à l'entrée de Pelican Marsh était belle. La fontaine circulaire projetait des montagnes d'eau blanche et dense et mettait en valeur le poste de garde, que je considérais comme l'un des plus jolis de la ville.

La propriété se trouvait à Grand Isles, une résidence composée de maisons avec patio. Je n'étais pas un grand amateur de maisons avec patio, mais quand j'ai commencé mes recherches, j'envisageais de prendre un chien, et un patio avait donc du sens. C'était stupide et impulsif de ma part d'envisager un animal de compagnie juste parce que Kayla adorait les chiens. Je pensais et rêvais comme un adolescent de dix-sept ans. Comment diable avais-je pu laisser ce qui se résumait à deux rendez-vous avec Kayla influencer mes décisions ? Elle était différente, et j'avais de grands espoirs, mais la réalité, c'est qu'il y avait encore un sacré chemin à parcourir si notre relation devait mener quelque part, et ça ne se présentait pas bien pour le moment.

La maison avait plus de surface que je ne le souhaitais et nécessitait des travaux, ce que je n'étais pas sûr d'avoir le courage d'entreprendre. L'agente immobilière avait dit que c'était la meilleure affaire du Marsh, alors me voilà.

Il y avait des lacs de chaque côté de la rue, mais cette maison était la première sur la gauche après le portail. J'ai commencé à reconsidérer l'emplacement et l'histoire de l'animal, et j'ai décidé de partir. L'agente n'étant pas encore arrivée, j'ai fait demi-tour et je suis reparti. Je l'ai appelée pour lui dire qu'une urgence au bureau du shérif m'empêchait de me rendre à la visite.

23

Gideon Brighthouse

LE MUR DERRIÈRE LES INSPECTEURS SE RAPPROCHAIT ET DES points blancs dansaient devant leurs visages. Je ne pouvais pas rester là ; l'oppression dans ma poitrine déferlait, et ça pouvait être une crise cardiaque imminente. J'ai essayé de me lever, mais j'étais cloué sur mon siège. Ma vision périphérique se réduisait si vite que je n'allais pas être capable de trouver la porte. Il fallait que je parte. Ils ne pouvaient pas me forcer à rester. J'allais mourir ici.

M'agrippant au bord de la table, je me suis arraché de ma chaise. « Il faut que je parte. Je ne peux pas rester. »

Serrant la poignée de porte avec des mains tremblantes, je me suis échappé dans le couloir. C'était un labyrinthe. Alors qu'une bouffée de chaleur me parcourait l'échine, j'ai aperçu une porte vitrée menant au parking et j'ai couru. L'air libre a ralenti ma respiration, mais une boule de feu a explosé dans mes entrailles, me forçant à me pencher et à vomir.

———

Naviguant à travers le Gordon Pass Channel, nous avons franchi l'entrée de Dollar Bay et Keewaydin est apparue. Tous les pores de ma peau se sont ouverts, libérant la tension qui m'avait noué. Alors que ma respiration revenait à la normale, j'ai eu du mal à rester éveillé et je me suis levé, le visage dans la brise. Au moment où le bateau manœuvrait pour s'amarrer, j'ai sauté à terre avant que le capitaine ait fini de s'approcher du quai.

Je me suis éloigné du ponton en trottinant et j'ai pris quelques profondes inspirations, m'imprégnant de la sérénité de l'île. Keewaydin procurait une paix plus efficace qu'une douzaine de Valium. Mon téléphone a sonné. Gerey voulait savoir comment s'était passé l'interrogatoire. Je lui ai dit que la police insinuait que j'étais impliqué dans le meurtre de Marilyn. Gerey a promis de leur parler et de les mettre en garde contre toute diffamation à mon encontre.

Son assurance m'a fait du bien, mais n'a duré qu'une dizaine de pas. Gerey représentait la famille Boggs. J'étais, au mieux, un lointain numéro deux. Il avait probablement reçu l'ordre de me garder à l'œil de la part de Paul, le frère qui était aussi autoritaire que le vieil homme. Je n'ai jamais fait partie de la famille et je les voyais rarement, à l'exception de Noël et des assemblées annuelles des actionnaires.

Il y a eu une période intéressante où nos relations ont semblé se détendre un peu. Marilyn s'était vantée de la façon dont j'avais pour ainsi dire découvert Tracey Emin et que les six de ses œuvres que nous avions achetées avaient vu leur valeur multipliée par vingt en un an. Les frères, dans leur sagacité, se sont montrés sceptiques, nous disant à tous les deux que j'avais eu de la chance, mais demandant au cabinet familial, sous prétexte d'avoir une assurance adéquate, de faire faire une expertise. Quand l'expertise est revenue avec une valeur de près de trente fois ce que nous avions payé, ils ont opéré un retournement de veste vertigineux.

Leur façon de m'aborder au sujet de l'art était si transparente que c'en était risible, mais je m'en fichais. Ils voulaient constituer une collection discrètement et rapidement. J'ai passé la majeure partie de dix-huit mois à rendre visite à de nouveaux artistes prometteurs. C'était la période la plus amusante que j'aie vécue depuis mes débuts de collectionneur. J'avais très bien réussi pour eux, dénichant huit sculptures de Matthew Barney et une demi-douzaine de peintures d'Elizabeth Peyton avant que quiconque ne sache qui étaient ces artistes.

Malgré l'aide que je leur avais apportée, les frères sont restés distants et ingrats. Une fois le budget qu'ils avaient alloué dépensé, et malgré l'augmentation de la valeur, je suis redevenu persona non grata. J'ai broyé du noir. Marilyn pensait que j'étais vexé, mais ce qui me déprimait, c'était de ne plus pouvoir voir les œuvres que j'avais sélectionnées. C'était le pire des scénarios cauchemardesques. Les frères traitaient la collection comme un investissement et la stockaient dans un entrepôt à Boston. Quand j'ai dit à Marilyn ce que je ressentais, elle s'est moquée de moi, et quand j'ai essayé de lui expliquer à quel point cela comptait pour moi, elle a fait un commentaire dénigrant, disant que ce n'étaient que des objets décoratifs.

La dépendance était glaciale. J'ai monté le thermostat et je me suis affalé sur le canapé, me rappelant que pour les

Boggs, tout tournait autour de la richesse. J'ai glissé dans le sommeil, me demandant si la famille utiliserait son influence pour me faire emprisonner pour la mort de Marilyn.

24

LUCA

Le poste de police bourdonnait d'activité. Mon bureau se trouvait juste à côté de l'endroit où se tenait l'appel, et il était difficile d'ignorer la voix de baryton du sergent Gesso. Ayant besoin de réfléchir, j'ai fermé la porte de mon bureau et j'ai parcouru mes messages. Je devais prendre au sérieux ce que Barnet nous avait dit sur l'intention de Marilyn de se débarrasser de son mari. La famille était puissante et disposait de ressources financières illimitées. Ce cocktail, relevé d'une bonne dose d'intelligence arrogante, avait causé la perte d'innombrables autres personnes qui croyaient pouvoir orchestrer un crime et s'en tirer sans encombre.

Gideon avait-il découvert un complot pour se débarrasser de lui et avait-il réagi en tuant sa femme ? L'affaire pouvait-elle être aussi tordue ? C'était une réaction irrationnelle, mais la plupart des meurtres l'étaient. Comment l'aurait-il appris ? Marilyn aurait pu laisser échapper l'information, ou peut-être l'avait-elle provoqué avec cette menace ? La famille était discrète et sur ses gardes, mais de l'avis de tous, les liaisons de Marilyn dépassaient de loin les bornes du comportement familial. Elle ne semblait faire preuve d'aucune discrétion. Beaucoup de gens, y compris Gideon, étaient au courant de ses escapades. Il était possible qu'elle l'ait menacé et qu'il ait réagi.

S'il était venu à la police avec une menace verbale, l'aurions-nous prise au sérieux ? Jamais de la vie. À moins qu'il n'ait eu des preuves tangibles, cela aurait été considéré comme une querelle domestique, surtout compte tenu des personnes impliquées.

Vargas a ouvert la porte. « La voie est libre, l'appel est terminé. »

« Morgan lui dira peut-être de baisser d'un ton. »

« Je crois qu'il parle encore plus fort, il essaie de l'impressionner. »

« La révélation de Barnet selon laquelle Marilyn voulait se débarrasser de son mari rend l'accès au trust encore plus important. »

« Comment ça ? Son frère a déjà reconnu qu'elle serait pénalisée en cas de divorce. »

« Oui, mais premièrement, on ne sait pas à quel point, et deuxièmement, il y a tout ce qu'on ignore. Qui sait ce qu'il y a d'autre là-dedans ? Même s'il n'y avait pas de plan pour tuer Gideon, on pourrait en apprendre beaucoup avec ces documents. N'oublie pas, la cupidité est le mobile le plus puissant pour un meurtre. À mon avis, toute cette affaire est une histoire de fric. »

« Ça fait quoi, deux paraboles de Luca pour aujourd'hui ? »

« Tu n'es pas d'accord ? »

« Tu as probablement raison, mais je ne laisse pas tomber la piste de l'amant éconduit. »

« Je pense qu'on peut justifier une citation à comparaître

pour les relevés téléphoniques et informatiques de Gideon. C'est étayé aussi bien par le mobile de l'argent que par celui de l'amant éconduit. »

––––––

VARGAS EST REVENUE du deuxième étage et a fait un signe de pouce vers le bas.

« Dis-moi que tu plaisantes, Mary Ann. »

Elle a secoué la tête.

« C'est fou. Comment diable peuvent-ils rejeter la demande ? »

« Tu oublies de qui on parle, Frank ? »

« Tu penses que Gerey a contacté le procureur ? »

« Non, ils n'ont pas besoin de le faire. Le nom seul suffit à intimider. Ils vont être très prudents. La dernière chose dont ils ont besoin, c'est d'une mauvaise publicité en s'en prenant à un mari en deuil. »

« C'est pour leur bien, nom de Dieu ! »

« Si ça peut te consoler, il a dit... »

J'ai bondi de ma chaise. « On a tout pris à l'envers. On doit d'abord accéder au trust. »

« Comment va-t-on faire ça ? Son frère Wesley n'a-t-il pas dit non ? Si on ne peut pas obtenir les communications de Gideon, comment va-t-on les amener à assigner un document privé ? »

« Gerey va nous y donner accès. »

« Quoi ? Tu es sûr de toi ? »

J'ai décroché le téléphone et pris rendez-vous pour voir l'avocat de la famille Boggs.

––––––

WHITE, Gerey et Blackburn occupaient un bâtiment de deux étages en stuc blanc juste au nord de Golden Gate. Niché dans le coin gauche d'un petit parking qui desservait deux autres bâtiments, il fallait un microscope pour voir leur plaque. Deux Mercedes dernier cri encadraient l'unique porte d'entrée des bureaux, qui ressemblaient plus à une maison qu'à un cabinet d'avocats.

Gerey était assis dans un coin reculé, en train de signer des documents à une table ronde lorsque nous sommes entrés. Il en a paraphé deux de plus avant de se lever pour nous accueillir, renvoyant d'un geste une secrétaire qui s'était avancée vers nous. En nous serrant la main, il a dit : « Passons dans mon bureau. »

Le bureau de Gerey était revêtu de boiseries sombres qui m'ont semblé être du noyer. De lourds rideaux bloquaient la majeure partie de la lumière. Gerey s'est glissé derrière un bureau surdimensionné qui dominait la pièce, et Vargas et moi avons pris place dans des fauteuils à oreilles en cuir vert.

« En quoi puis-je vous aider, inspecteurs ? »

J'ai dit : « Nous suivons plusieurs pistes et nous pensons que le trust pourrait contenir des indices sur l'identité du meurtrier de Mme Boggs. »

Un sourire narquois s'est dessiné sur les lèvres de Gerey. « Des indices ? S'il vous plaît, ne me dites pas que le bureau du shérif croit qu'un trust, rédigé il y a des décennies, contient des informations sur le meurtrier ! »

« Laissez-moi être plus précis. Nous savons déjà par Wesley Boggs, entre autres, que le trust contenait des clauses qui pénalisaient Marilyn Boggs en cas de divorce. »

Tel un cobra, Gerey m'a regardé droit dans les yeux mais n'a rien dit.

J'ai dit : « Nous aimerions avoir une idée plus claire des incitations financières prévues par le trust. »

« Le trust est un document privé et n'a aucun rapport avec le meurtre tragique de l'une de ses bénéficiaires. La famille ne permettra jamais qu'il soit rendu public. »

Vargas a dit : « Nous comprenons et respectons la vie privée de la famille. »

« Eh bien, voilà qui règle la question. Je suis heureux que nous soyons d'accord sur ce point. »

J'ai dit : « Attendez. Permettez-moi d'être direct, et je m'excuse par avance si je dépasse les bornes. »

Gerey a agrippé les bras de son fauteuil et a dit : « Si vous le souhaitez, allez-y. »

« Plutôt que de voir notre accès comme une violation de la vie privée, et il serait limité à ma partenaire et moi-même, avec vous dans la pièce, considérez-le comme une aubaine possible. »

« Une aubaine ? Inspecteur Luca, vous avez promis d'être direct. »

« Si nous trouvons quelque chose dans le trust ou ailleurs qui attribue la responsabilité du meurtre à Gideon Brighthouse, je suis certain que tout héritage auquel il aurait droit lui serait retiré, laissant l'argent au reste de la famille. »

Gerey a joint silencieusement le bout de ses doigts.

Vargas a dit : « Quoi qu'il en soit, cela aiderait à déterminer si Gideon Brighthouse est un suspect ou à l'innocenter. Je suis sûre que la famille aimerait faire taire les rumeurs et les soupçons qui la traînent dans la boue. »

J'ai dit : « Nous n'avons aucun intérêt à voir le document dans son intégralité, juste les parties qui concernent Marilyn, Gideon et leur mariage. »

Gerey a passé sa langue sur ses dents. « Plus vite nous aurons éclairci si M. Brighthouse a un autre rôle que celui de mari éploré, mieux ce sera. La famille a besoin de tourner la page, et je consentirai à vous donner accès à certains documents. Cependant, cet accès sera strictement limité aux références prénuptiales, aux conséquences d'un divorce et aux droits en cas de décès du conjoint. »

« Très bien, ai-je dit. C'est tout ce qui nous intéresse. »

« Je n'autoriserai aucune copie. Cependant, vous pourrez prendre des notes, mais leur publication sera interdite. Est-ce bien compris ? »

Bon sang, ce que j'aimerais lui carrer une assignation au cul, à ce type.

Vargas a dit : « C'est parfait. Nous vous remercions de votre coopération, monsieur Gerey. »

Gerey a hoché la tête et a décroché le téléphone. « Clara, veuillez téléphoner à Mme Whitestone. Dites-lui qu'une urgence s'est présentée et reportez son rendez-vous à un créneau disponible la semaine prochaine. »

Il a raccroché puis s'est levé. « Je vous suggère de revenir dans une heure. J'aurai rédigé un accord de confidentialité que vous devrez signer, et cela me laissera le temps d'examiner les documents pour identifier les sections pertinentes. »

———

Gerey nous a fait entrer dans une salle de conférence où trônait une table ovale en noyer foncé. Au milieu était posé un classeur blanc de dix centimètres d'épaisseur, sur lequel était inscrit en noir « Famille Boggs ». Mes pensées sont passées de son contenu au montant que Gerey avait facturé pour le constituer.

Trois Post-it de couleur fluo dépassaient juste après la couverture. Vargas et moi nous sommes assis en face du classeur et Gerey l'a fait glisser entre nous, l'ouvrant à une page marquée d'un Post-it rose. C'était environ au premier quart de la liasse de documents.

« Section treize B. Le contrat de mariage des Boggs. Vous devez savoir que dans la section onze C, je crois, l'adhésion à ce contrat de mariage est une condition préalable pour participer à la fiducie. »

Vargas a demandé : « Tout le monde a le même contrat de mariage ? »

« Pour ceux qui souhaitent se marier, oui. Tout membre de la famille qui désire bénéficier de la fiducie doit signer ce contrat à l'identique. Aucune dérogation n'est autorisée. »

Il y avait un intercalaire en plastique seulement quelques pages plus loin. J'ai feuilleté jusqu'à celui-ci et j'ai dit : « La section sur le contrat de mariage ne fait que trois pages ? »

« En effet. C'est court et ça va droit au but. Comme vous le comprendrez bientôt, Martin Boggs voyait le divorce d'un mauvais œil. Vous trouverez la section sur les séparations et les divorces tout aussi concise. »

Vargas a sorti son carnet Moleskine et a noté l'essentiel. Au moment d'un divorce prononcé par un tribunal, un versement unique de cent mille dollars serait effectué, ainsi qu'une allocation annuelle de quarante mille dollars aux conjoints des bénéficiaires. Les actifs acquis pendant le mariage resteraient sous le contrôle et la propriété de la fiducie de la famille Boggs.

Ça paraissait dur, mais je pouvais comprendre le point de vue du vieil homme qui voulait tenir les croqueurs de diamants à l'écart. Je me suis demandé quelle fortune Gideon avait quand ils se sont mariés. Il était en politique, donc s'il était comme la plupart des politiciens, il aurait trouvé un moyen d'accumuler une somme rondelette.

J'ai feuilleté jusqu'au milieu du classeur où un Post-it vert citron marquait la section 27. Elle ne faisait que cinq pages en tout. Vargas a commencé à prendre des notes, mais j'ai dû lire le jargon juridique deux fois pour bien saisir le tableau : si un bénéficiaire divorçait, ses prestations seraient réduites de vingt-cinq pour cent. C'était un sacré prix à payer pour sortir d'un mariage. J'essayais déjà de calculer ce que cela représentait en dollars.

La dernière section à laquelle nous avons eu droit était marquée d'un Post-it bleu et se situait presque à la fin de l'acte de fiducie. Elle traitait du décès des bénéficiaires. Certaines parties de la section étaient maintenues ensemble par des trombones, et quand j'ai posé la question, Gerey nous a dit qu'elles concernaient les personnes non mariées, les enfants et les nourrissons. Dis donc, ces types avaient tout prévu.

Il a fallu quelques minutes de recherche, mais le chiffre en valait la peine. Le conjoint d'un bénéficiaire décédé avait droit à vingt millions de dollars.

J'ai demandé : « Est-ce que je lis bien ? Quelqu'un comme Gideon toucherait vingt millions ? »

« Oui. »

« Bon sang, avec de tels chiffres, c'est un miracle que la fiducie ne soit pas à court d'argent. »

Gerey a dit : « Des polices d'assurance-vie sur chaque bénéficiaire couvrent largement les droits du conjoint. »

C'était intéressant. La fiducie gagnait de l'argent à la mort de Marilyn Boggs. Il fallait que je sache à combien s'élevait l'assurance-vie et combien d'argent dormait dans la fiducie pour voir si cela représentait une motivation pour les bénéficiaires actuels et futurs, c'est-à-dire ses frères et leur descendance. S'ils ne touchaient ne serait-ce que dix millions sur le versement de l'assurance-vie, pour une fiducie d'un milliard, ce n'était qu'un grain de sable.

« Quel est le montant total des actifs de la fiducie ? »

« C'est une information privée qui sort du cadre de notre accord. »

« La fiducie avait-elle du mal à continuer de subvenir aux besoins de ses bénéficiaires ? »

Gerey s'est levé. « Je crois que nous avons été plus que coopératifs, inspecteur Luca. Je vais devoir conclure cette réunion. »

La fin était abrupte, et je me suis demandé si nous avions touché un point sensible. »

25

LUCA

Le Capital Pawn était installé dans un bâtiment blanc indépendant coiffé d'un de ces toits aux multiples pans. Pour une raison que j'ignore, ce style de toiture me rappelait toujours l'Indonésie, bien que je n'y sois jamais allé. L'enseigne Capital Pawn avait plusieurs succursales, mais celle-ci se trouvait à Lehigh Acres, sur Homestead Road.

La boutique était située en face du bureau du shérif du comté de Lee, ce qui expliquait pourquoi on ne lui proposait pas trop souvent de marchandise volée.

C'était un grand magasin, une sorte de petit grand magasin. Le côté droit était divisé en sections pour l'électronique, les instruments de musique et les outils. À gauche, il y avait l'électroménager, les articles de sport et les armes à feu, où un client était justement en train d'épauler une carabine. Une trentaine de carabines et au moins autant de pistolets étaient accrochés au mur. Bien que je sois Floridien depuis deux ans, je n'arrivais pas à m'habituer à voir des armes à feu en vente dans autant d'endroits.

En plein milieu, signe de ce qui rapportait le plus à Capital, se trouvait une série de vitrines en verre qui n'avaient rien à envier au rayon bijouterie de Macy's. Deux hommes se tenaient derrière le comptoir, l'un d'eux en costume-cravate. Je me suis présenté et l'homme en costume a pris le relais, m'escortant rapidement jusqu'à son bureau.

« Vous savez, dès que nous avons reçu l'alerte de Collier, nous nous sommes assurés que le personnel était au courant de ce qui se passait. »

« Nous apprécions votre coopération. »

« Capital met un point d'honneur à se comporter en bon citoyen. »

« Vous avez dit que vous aviez une vidéo ? »

Il a pris un disque qui était posé au centre de son bureau et l'a agité. « Chacune de nos boutiques est équipée pour documenter les vendeurs et la marchandise qu'ils apportent. Ça élimine beaucoup de tracas si jamais ils veulent racheter ce qu'ils ont déposé. »

« J'aimerais voir cet enregistrement avant de le saisir. »

Il a inséré le disque et a fait une avance rapide jusqu'à un horodatage de 18 h 50. La qualité de la vidéo était bien meilleure que ce à quoi je m'attendais. Un homme de grande taille, qui semblait hispanique, s'est approché du comptoir et a parlé à une vendeuse.

J'ai dit : « Arrêt sur image. Qui est cette dame ? »

« Sally Kerchow. »

« Est-elle là aujourd'hui ? »

Il a secoué la tête. « Désolé, elle est en congé aujourd'hui. »

« J'aimerais avoir ses coordonnées. Elle pourrait avoir à témoigner. Continuez. »

L'homme sur la vidéo a sorti une petite pochette de la poche avant de son pantalon et l'a posée sur le comptoir. Il a utilisé sa main gauche. Sally a ouvert la pochette et en a sorti une bague de cocktail. Elle a tenu la bague entre son pouce et son index et l'a examinée. Elle a dit quelque chose à l'homme, a sorti une loupe, l'a mise devant son œil et a approché la bague. Après avoir inspecté la bague, elle l'a remise dans la pochette. Ils ont eu une brève discussion. L'homme a empoché la pochette et est parti.

« Qu'est-ce qu'elle lui a dit ? »

« Sally s'y connaît. Elle travaillait au rayon bijouterie chez Saks. Elle a reconnu la bague tout de suite. Ce n'était pas une bague de cocktail ordinaire. Les pierres étaient surdimensionnées, et la monture était clairement faite sur mesure. Elle lui a dit que nous avions trop de stock en ce moment et de revenir le mois prochain. »

« Est-ce que quelqu'un l'a reconnu, lui ou une autre personne ? Était-il déjà venu ici ? »

« Bien que nous ayons beaucoup de clients réguliers, personne ne le connaissait. »

« Vous avez montré ça à tous ceux qui travaillent ici ? »

« Bien sûr. »

« Si nous ne pouvons pas identifier ce type, je pourrais vous demander de faire regarder cette vidéo par vos autres boutiques. »

———

IL A FALLU MOINS d'une demi-heure à nos techniciens vidéo pour produire cinq photos nettes de l'homme qui cherchait à mettre en gage ce qui a été confirmé comme étant la bague volée de Marilyn. Je tenais les photos comme une main de cartes. Personne à la brigade des vols ne reconnaissait ce visage, ce qui m'a laissé perplexe. Impossible que ce soit son premier coup. Un vol commis pour la première fois, je comprends le côté isolement, mais sur une île ? Et même si les Boggs n'avaient aucune sécurité sur Keewaydin, à moins de le savoir, il fallait supposer qu'une maison haut de gamme comme la leur disposerait du meilleur système possible.

Alors, qu'est-ce que c'était ? Un meurtre sur contrat ? Payé en bijoux ? Ou une affaire interne d'une sorte ou d'une autre ? Quoi qu'il en soit, nous devions agir avec prudence. Nous ne pouvions pas risquer de laisser quiconque savoir que nous avions une piste sur le voleur et possible meurtrier.

Dès que Vargas serait de retour, je l'enverrais à Keewaydin, puisqu'elle avait noué une sorte de lien avec la gouvernante. Avec un peu de chance, l'employée de maison identifierait l'homme qui avait essayé de se débarrasser de la bague de cocktail. Si elle ne le pouvait pas, nous devrions élargir la recherche en publiant les photos, sacrifiant ainsi notre avantage de la surprise.

26

Luca

RAUL SANCHEZ AVAIT TRENTE-SEPT ANS ET VIVAIT À quelques kilomètres du casino d'Immokalee. Il était venu du Mexique aux États-Unis il y a environ six ans et possédait une carte verte en règle. Sanchez, dont le permis de conduire indiquait une taille d'un mètre quatre-vingts, n'avait pas de casier judiciaire aux États-Unis et travaillait pour les Boggs depuis un peu moins de deux ans. D'après Shell, la gouvernante, il avait été recommandé par l'entrepreneur paysagiste lors de la rénovation de la piscine.

Debout devant la salle d'interrogatoire numéro trois, je me suis surpris à regretter que nous n'ayons pas plus d'informations sur Sanchez. Cela faisait deux jours que nous avions demandé à la police fédérale mexicaine tout ce qu'elle pouvait avoir sur lui, mais elle n'avait toujours pas répondu. Tout ce que nous avions, c'était sa tentative d'écouler une bague de cocktail. J'aurais peut-être dû attendre, ou demander au Département d'État de se renseigner.

Ce serait bien si Vargas pouvait m'aider à interroger Sanchez. Je lui ai envoyé un texto, mais elle n'a pas répondu. Elle était probablement encore coincée au tribunal.

Je me suis surpris à remettre en question mon instinct, une chose que je ne faisais jamais avant que le cancer ne me tombe dessus. Le doute, tant physique que mental, s'était infiltré au plus profond de moi. J'avais l'impression d'avoir encore fait une erreur, mais maintenant, je n'avais plus vraiment le choix ; Sanchez mijotait derrière la porte.

J'ai vérifié à nouveau, toujours pas de message de Vargas. J'ai attrapé la poignée et j'ai ouvert la porte. Sanchez était assis comme un écolier à la table en acier. Il a tourné la tête vers moi, révélant un tatouage grossier sur son cou. La représentation d'un serpent sentait la prison à plein nez et m'a ragaillardi. Peut-être que je ne perdais pas la tête, après tout.

« Je suis l'inspecteur Luca. Je dirige l'enquête sur le meurtre de Marilyn Boggs. » Je me suis assis en face de lui et j'ai centré mon dossier.

« C'est vraiment dommage ce qui lui est arrivé. C'était une gentille dame. »

Il avait moins d'accent que ce que la dame du prêteur sur gages avait dit. « Depuis combien de temps travaillez-vous sur Keewaydin ? »

« Environ deux ans. J'ai eu le poste quand je travaillais pour Gonzalvo Landscaping. On s'occupait de leur piscine. »

« Quelles sont vos fonctions là-bas ? »

« Eh bien, pour être honnête, un peu de tout, vous savez, tout ce qu'il y a à faire : m'occuper des espaces verts et de la plage, assurer l'entretien comme la peinture et les petites réparations. Il y a toujours des trucs à faire. »

« Vu la taille de la propriété, rien que changer les ampoules doit bien occuper quelqu'un. »

« Ce sont de hauts plafonds. J'ai besoin d'une échelle de près de quatre mètres pour atteindre les spots. »

« Combien y a-t-il d'employés à l'entretien ? »

« Il y a moi, M. Pena, c'est le gérant, Pedro et Emilio. »

« Donc, quatre personnes à plein temps ? »

« Ouais, on arrive à tout faire. Mais parfois, on doit faire appel à de l'aide extérieure quand c'est un gros chantier, comme quand on a rénové le ponton. »

« Avez-vous eu besoin récemment de faire appel à une aide extérieure ? »

« La dernière fois, je crois que c'était pour le toit de la maison principale. Quelques panneaux, genre, ils rouillaient. Ils étaient défectueux ou un truc du genre. »

« C'était quand ? »

« Euh, il y a peut-être cinq ou six mois. »

« Connaissez-vous quelqu'un qui aurait pu vouloir du mal à Mme Boggs ? »

Il a secoué la tête. « Non, c'était une gentille dame. »

« C'est ce qu'on nous dit. Elle portait beaucoup de bijoux, à ce que j'ai entendu. »

Sa pomme d'Adam a fait un va-et-vient tandis qu'il haussait les épaules.

« Avez-vous déjà travaillé à l'intérieur de la maison principale ? »

Il a secoué la tête. « Non, je travaillais surtout sur l'aménagement paysager. »

« Ne m'avez-vous pas dit que vous utilisiez une grande échelle pour changer les ampoules ? »

Ses épaules se sont affaissées. « Euh, ça, c'était il y a longtemps. Pas récemment. »

« Je vois. Shell, la gouvernante, a dit que vous avez débouché les canalisations de la douche dans la chambre principale une semaine avant que Mme Boggs ne soit assassinée. »

« Je n'ai rien à voir avec ça. »

« Je n'ai pas dit que vous y étiez pour quelque chose. Êtes-vous allé dans la salle de bains principale récemment ? »

« J'avais oublié. M. Pena m'a dit de déboucher les canalisations, que Mme Boggs se plaignait que l'eau ne s'écoulait pas vite. »

« Où d'autre êtes-vous allé dans la suite parentale ? »

La voix de Sanchez est devenue suraiguë. « Nulle part ailleurs. »

« Êtes-vous allé dans le dressing de Mme Boggs ? »

« Non, non. Je n'y suis pas allé. »

J'ai ouvert mon dossier et j'ai fait glisser une photo vers Sanchez. « Qu'est-ce que vous faisiez chez Capital Pawn ? »

Il l'a prise de la main gauche. « Oh, ouais, ma sœur, elle a trouvé une bague et elle voulait la vendre. »

« Et où a-t-elle trouvé cette bague ? »

« Je crois qu'elle a dit dans le bus. »

« Vous en êtes sûr ? »

« Je ne me souviens pas très bien. »

« La bague que vous avez essayé de refourguer appartenait à Mme Boggs. »

« C'est n'importe quoi. Comment est-ce possible ? »

« Comment ? C'est simple, vous l'avez volée après l'avoir tuée. »

« Eh, n'essayez pas de me mettre le meurtre sur le dos. »

« Vous avez pris la bague mais vous ne l'avez pas tuée ? »

« Non, je n'ai pas fait ça. »

« Allez, Raul. C'est beaucoup plus simple si vous dites la vérité sur tout ça. On vous tient. On vous a sur la vidéo. »

« D'accord, d'accord, j'ai pris la bague. »

« Là, on avance. Où avez-vous pris cette bague ? »

« Dans son dressing. »

« C'est là que se trouvaient le collier et les autres bagues ? »

Les épaules de Sanchez se sont affaissées.

« On est au courant pour les autres bijoux, Raul. Est-ce que les autres bagues et le collier étaient dans le dressing ? »

Il a hoché la tête.

« Où se trouvaient-ils dans le dressing ? »

« Ils étaient posés sur une étagère. Il y avait tout un tas de bijoux là. Je n'ai pas pensé qu'elle remarquerait leur absence. »

« Est-ce que Mme Boggs vous a surpris en train de les voler ? »

« Non. »

« Donc, vous l'avez tuée avant de lui voler ses bijoux ? »

« Je ne l'ai pas touchée. Je ne ferais jamais une chose pareille. »

« Vous savez ce que je pense, Raul ? Je pense que vous avez vu les bijoux quand vous débouchiez les canalisations. Puis vous vous êtes dit que ce serait facile et vous êtes revenu pour voler quelques pièces, mais Mme Boggs vous a confrontée et vous avez paniqué. »

« Non, non, ce n'est pas vrai et vous le savez. »

« Ce que je sais, c'est que vous allez passer un peu de temps en prison le temps qu'on tire tout ça au clair. »

———

LA CIRCULATION sur Bonita Beach Road était dense et j'étais de nouveau en retard. À une centaine de mètres de Livingston Road, la sonnerie d'un texto a retenti. Je mourais d'envie de voir qui me l'envoyait, mais je ne voulais pas non plus mourir dans un accident. J'ai tourné à droite et me suis engagé sur la voie de virage de Vasari où j'ai jeté un coup d'œil ; il venait de Kayla.

J'ai franchi l'entrée de Vasari et je me suis rangé sur le bas-côté. C'était bon signe que le texto soit trop long pour être lu entièrement dans l'aperçu.

J'ai pris une inspiration et je l'ai lu. Puis relu. Kayla s'excusait de ne pas avoir répondu, expliquant qu'elle avait été très prise par son travail et qu'elle s'occupait de sa mère. Elle ajoutait qu'elle espérait que j'allais bien et que je devais prendre soin de moi. Qu'est-ce que ça voulait dire ?

27

LUCA

EN ROUTE VERS NOTRE BUREAU APRÈS LE DÉJEUNER, NOUS avons été interpellés par un agent en uniforme qui nous a dit que le shérif voulait nous voir. Le nouveau shérif devenait une véritable épine dans le pied. Heureusement, il n'était là que par intérim. Nous avons pris les escaliers jusqu'au deuxième étage et on nous a rapidement fait signe d'entrer pour voir le chef.

Frank Morgan a levé les yeux sur Vargas et moi, mais il s'est remis à feuilleter un dossier. Une minute s'est écoulée avant qu'il ne parle.

« Vous êtes allés voir Gerey sans demander la permission d'abord ? »

« Je ne comprends pas, y a-t-il un problème, monsieur ? »

« Vous devriez le savoir, Luca. »

« Nous suivions la procédure standard. »

« Standard ? Vous voyez, Luca, c'est là que vos racines de Yankee vous ont joué des tours. »

« Je suis désolé, monsieur, mais je ne comprends pas. Ce n'était qu'une visite de routine. »

« Routine ? Il n'y a rien de routinier avec les Boggs. Vous comprenez ? »

Vargas a dit : « Oui, monsieur. Nous réalisons à quel point l'affaire est délicate. »

Morgan a passé une main sur sa coupe en brosse. « Je veux que cette affaire soit résolue, mais je veux que ça se fasse discrètement. La dernière chose dont j'ai besoin, c'est d'une horde de foutus journalistes de Fort Myers qui nous grouillent dans les pattes. »

Vargas a dit : « Nous ferons de notre mieux, shérif. »

Morgan s'est penché en avant. « Gerey m'a fait un topo sur le trust. Il y a un paquet d'argent en jeu, n'est-ce pas ? »

« Tout cet argent constitue une sacrée motivation, si vous voulez mon avis. »

« Je ne vous demande rien. Qu'est-ce que vous croyez, que je ne suis pas capable de voir un fait aussi simple ? »

Avant que je ne puisse répondre, Vargas a dit : « Il serait utile que vous puissiez parler au procureur pour obtenir l'assignation que nous avons demandée. »

Morgan s'est calé dans son fauteuil et a souri. « Déjà fait. Maintenant, filez voir ces avocats au bout du couloir et voyez s'ils ont déjà trouvé un juge pour la signer. »

En chœur, nous avons répondu : « Oui, monsieur. »

Nous nous sommes fait un check du poing dès que nous avons quitté le bureau de Morgan, puis nous sommes allés au bureau du procureur. L'assignation n'était pas encore revenue, alors nous sommes descendus à notre bureau pour tuer le temps avant de partir pour le quai de Naples.

En sirotant un café, j'ai ouvert mes e-mails et je les ai fait défiler. Un expéditeur m'a sauté aux yeux. J'ai appuyé sur Entrée.

« Hé, Vargas, devine ce qui est arrivé ? »

« Mes cadeaux de Noël ? »

« Le rapport de la police mexicaine sur notre gars, Raul. »

Vargas est passée derrière mon bureau et a regardé une série de photos d'identité judiciaire.

« C'est bien lui, pas de doute. Regarde la photo de sa première arrestation. Il n'avait que vingt-deux ans, et à partir de là, tu peux voir sa descente dans la criminalité en images. »

« C'est comme s'il s'était fait un tatouage pour chaque arrestation. »

« Et on dirait qu'il se droguait de plus en plus. »

« Tu sais quoi ? Aujourd'hui, il ressemble plus au jeune homme qu'il était à vingt ans. »

« Peut-être qu'il s'est repris en main. »

Vargas a pointé du doigt et a lu par-dessus mon épaule. « Il était aussi connu sous le nom de Raul Sandez. »

« Et membre du gang des Latin Kings. Ces ordures trempent dans tout. »

« Surprenant qu'il lui ait fallu deux ans pour voler quelque chose. »

« On ne sait pas si c'est vrai ou non. Peut-être que personne n'avait rien remarqué. »

« Je ne sais pas, Luca, c'est toi qui dis que la cupidité transforme les petits voleurs en plus gros, puis en détenus. »

« C'était plutôt malin de ma part, tu ne trouves pas ? »

Vargas m'a donné une petite tape sur le haut du crâne. « Je pense qu'on va voir Sanchez, ou Sandez, mais après avoir

exécuté le mandat de perquisition chez Gideon
Brighthouse. »

28

GIDEON BRIGHTHOUSE

Le bruit d'un bateau qui approchait m'a réveillé. J'ai ramassé par terre la nouvelle biographie de De Vinci et j'ai regardé ma montre. Il était cinq heures vingt. J'ai fait coulisser une porte vitrée menant à la terrasse et je me suis avancé jusqu'au bord du patio, d'où l'on pouvait voir le ponton.

Quoi ? Un bateau de la police était en train de s'amarrer et trois personnes en avaient débarqué. Que voulaient-ils ? Je ne peux pas gérer tout ça. Je suis rentré précipitamment à l'intérieur. Peut-être que je devrais faire comme si je n'étais pas là ou que je ne me sentais pas bien. Il me fallait un Valium, tout de suite.

Alors que je remettais le flacon dans l'armoire à pharmacie, j'ai entendu frapper à la porte vitrée et une voix s'élever : « Monsieur Brighthouse ? C'est la police. »

En tournant vivement la tête, j'ai aperçu le dressing. C'était une bonne cachette, et je me suis dirigé vers celui-ci quand j'ai entendu la gouvernante dire que j'étais à la maison. J'ai pris deux grandes inspirations et je me suis précipité dans la salle de bain pour m'asperger le visage d'eau.

La gouvernante m'appelait en montant les escaliers. En me tamponnant le visage avec une petite serviette, je suis sorti dans le couloir de la suite parentale et je lui ai dit que j'arrivais tout de suite. Me regardant dans le miroir, j'ai pris cinq inspirations lentes et profondes.

Je me suis arrêté en haut de l'escalier. L'inspecteur qui ressemblait à George Clooney tenait mon ordinateur portable, et sa coéquipière fouillait dans un tiroir de mon bureau.

« Excusez-moi, je vous prie de ne pas toucher à mes affaires. »

« Désolé, monsieur Brighthouse, nous avons un mandat. »

« Je... je ne comprends pas. Qui... qui a dit que vous pouviez faire ça ? »

L'inspectrice a brandi un document et a répondu : « Le juge Wilson. »

Fouillant dans ma poche arrière, j'ai sorti mon téléphone portable.

L'inspecteur Luca a dit : « Qu'est-ce que vous faites ? »

« J'appelle mon avocat. »

« Pas avec ça. » Il a tendu la main vers mon téléphone, et j'ai filé vers la terrasse. Un policier en uniforme s'est mis devant moi en m'arrachant le téléphone de la main.

L'inspectrice a sorti une paire de menottes en s'approchant. « Monsieur Brighthouse, nous avons besoin que vous vous calmiez et que vous coopériez, sinon nous devrons vous maîtriser. »

Je me suis agrippé à une chaise alors qu'une sensation de vertige m'envahissait.

« Je... j'ai besoin de mon téléphone. »

« Vous pouvez utiliser la ligne fixe, mais vous devrez attendre que nous ayons terminé ici. »

Mes genoux ont flageolé, et elle a dit : « S'il vous plaît, asseyez-vous et essayez de rester calme. Je sais que c'est difficile pour vous, mais il n'y a pas d'autre solution. »

Serrant ma poitrine, j'ai dit : « Je... j'ai besoin de mon Valium. Je fais une crise. Ma poitrine me fait un mal de chien. Dépêchez-vous, il est dans mon armoire à pharmacie. »

Elle a crié à son coéquipier d'aller chercher les médicaments.

La respiration saccadée, j'ai dit : « Vous devez... partir. Prenez ce que vous voulez. Sortez et... laissez... laissez-moi tranquille. »

———

LES EFFETS du Valium se sont enfin dissipés et je me suis réveillé sur le canapé. Il était dix heures et quart. Shell, la gouvernante, regardait la télé dans le petit salon et m'a remarqué alors que je me dirigeais vers les toilettes.

« Vous allez bien, monsieur Brighthouse ? »

« Oui, merci. »

« Vous êtes sûr, monsieur ? »

« Je vais bien. Est-ce que la police était là tout à l'heure ? »

Elle a hoché la tête. « Vous ne vous en souvenez pas ? Vous devriez faire attention avec vos pilules. »

J'ai forcé un sourire. « J'espérais que ce n'était qu'un mauvais rêve. »

« Il y a des sandwichs à la dinde et des fruits sur la table de la cuisine. Pourquoi ne mangeriez-vous pas quelque chose ? »

« Merci, Shell. »

« Bonne nuit, monsieur. »

Avant même qu'elle ne soit sortie de la terrasse, j'avais déjà mangé la moitié d'un sandwich. Je me sentais mieux. Attrapant l'autre moitié, je suis allé voir ce que la police avait pris à part mon téléphone portable et mon ordinateur.

———

NON ! Non ! J'ai sursauté sur mon oreiller, le souffle coupé. Qu'est-ce qui se passait ? Ce n'était qu'un rêve, Dieu merci. Ça paraissait si réel. Je croyais que je poignardais vraiment Marilyn. Je pouvais me souvenir de la résistance quand j'enfonçais le couteau. Je me suis frotté le visage.

Le réveil indiquait 2 h 35. Je me suis recouché. Bon sang, c'était effrayant. J'ai fermé les yeux, mais à ce moment-là, l'image de Marilyn gisant sur le sol est apparue.

Je suis sorti du lit et j'ai fait mes exercices de respiration pour essayer de me détendre, mais mon cœur battait toujours trop vite. Je me suis assis sur une chaise et je me suis concentré sur mon souffle, sentant l'air gonfler ma poitrine avant de le relâcher. Après deux cycles, j'étais de retour à l'image. Je me suis ramené à ma respiration, mais après un autre cycle, l'image de Marilyn morte a de nouveau inondé mon esprit.

Bondissant de la chaise, je me suis dirigé vers la salle de bain et j'ai avalé deux Valium. J'ai fait les cent pas dans la pièce pendant dix minutes jusqu'à ce qu'ils commencent à faire effet.

29

LUCA

Joan Hathaway m'a accueilli à la porte de sa maison de Port Royal, sur Gin Lane. Elle semblait faire environ la moitié de la taille de la plupart des maisons environnantes. Pourtant, elle valait dans les cinq millions de dollars. Hathaway m a tout de suite plu. J'étais sûr qu'elle avait eu recours à la chirurgie esthétique, mais elle n'avait pas cet air figé.

Depuis sa porte d entrée, on pouvait voir jusqu'à l'arrière de la maison, qui donnait sur la baie. « Quelle magnifique maison vous avez, madame. »

« Merci, nous vivons ici depuis une éternité. »

« Comment s'appelle cette baie, derrière la maison ? »

« Smuggler's Bay. »

La vue était magnifique. « Je comprends pourquoi vous êtes ici depuis si longtemps. »

Elle m'a fait entrer dans le salon de réception, ce qui m'a décontenancé. Bien que trois crucifix et deux icônes d'aspect ancien fussent accrochés aux murs, il y avait au moins six statues de Bouddha et un objet qui ressemblait à une barre de gouvernail d'un vieux navire.

« Je viens de faire de la citronnade. Laissez-moi aller la chercher. Asseyez-vous où vous voulez. »

Quand elle est sortie, j'ai examiné la roue de plus près, en essayant de comprendre ce que c'était. Peut-être provenait-elle d'un navire ancien piloté par l'un de leurs ancêtres. Joan est revenue, portant un plateau avec une carafe et des verres.

« J'espère que vous ne m'en voudrez pas de vous poser la question, mais quelle est la signification de cette roue ? Vient-elle d'un vieux navire ? »

Elle a ri. « Mon mari est bouddhiste et, comme vous pouvez le voir, il collectionne les artefacts. Cette roue s'appelle un Dharmachakra, et ses huit rayons repré-sentent les huit nobles sentiers qui sont au cœur du bouddhisme. »

« Oh, je l'ignorais. »

« Moi non plus, jusqu'à ce qu'il la ramène à la maison. Je suis catholique, et la seule façon de l'empêcher de ramener d'autres Bouddhas a été d'accrocher un crucifix chaque fois qu'il le faisait. » Elle a ri et m'a tendu un des deux verres qu'elle avait versés.

« Merci. Puisque parler de religion est tabou de nos jours, venons-en à Marilyn Boggs. Nous essayons d'en apprendre le plus possible sur elle. Depuis combien de temps êtes-vous amies ? »

« J'ai peur de l'admettre… est-ce que "depuis une éter-nité" vous suffit ? »

J'ai souri.

« Inspecteur, vous ressemblez à George Clooney, surtout quand vous souriez. »

« On me le dit souvent. Donc, vous êtes amies depuis, quoi, vingt ans ? »

« Au moins. Nous nous sommes rencontrées au lycée, mais nous nous sommes perdues de vue quand elle est allée dans une école de bonnes manières. Mon Dieu, on dirait que ça date d'une autre époque, n'est-ce pas ? Marilyn et moi avons repris contact quand elle est revenue et a atterri chez United Way alors que j'étais présidente de la section de Collier. »

« Vous a-t-elle parlé de ses difficultés conjugales ? »

Elle a froncé les sourcils. « Je ne suis pas à l'aise pour parler de sujets aussi privés. »

Je me suis penché en avant. « S'il vous plaît, Joan, nous devons comprendre ce qui se passait dans sa vie si nous voulons coincer le salaud qui a fait ça. »

« Je comprends. Marilyn a semblé heureuse avec Gideon pendant quelques années. Puis elle a commencé à faire des commentaires. C'était après qu'il a eu une crise cardiaque. Elle a dit qu'il était complètement déboussolé et qu'il perdait la tête. J'avais de la peine pour Gideon et je lui ai rappelé le vieil adage. » Faisant des guillemets avec ses doigts, elle a poursuivi : « "Pour le meilleur et pour le pire", mais quand je l'ai fait, elle m'a répondu que la vie était trop courte. »

« Vous a-t-elle parlé de ses liaisons extraconjugales ? »

Elle a hoché la tête. « Elle n'en a pas dit grand-chose jusqu'à ce qu'elle commence à voir John Barnet. Là, elle était comme une adolescente, essayant de me raconter des choses que, franchement, je n'avais aucune envie d'entendre. Je suis mariée au même homme depuis trente ans et je ne pourrais pas imaginer faire ce qu'elle a fait, surtout avec lui. »

« Vous connaissiez Barnet ? »

« Malheureusement. »

« Pourquoi ça ? »

« Il n'est pas digne de confiance, et c'est plus que ma simple opinion. »

« Pouvez-vous développer ? Ça pourrait être important. »

« Eh bien, à trois reprises au moins, il nous a surfacturés. C'était comme s'il nous testait, et quand c'est passé, il a fait monter les enchères. La surfacturation qui m'a marquée était de trente mille dollars. C'est beaucoup d'argent, et nous sommes une organisation caritative aux ressources limitées. »

« Qu'a-t-il dit à propos des surfacturations ? »

« Quand j'ai contesté la facturation excessive, il a dit que c'était une erreur, qu'il avait une nouvelle employée qui s'occupait de la facturation et qu'elle avait confondu les factures de deux événements. » Elle a bu une gorgée de citronnade. « Les erreurs, ça arrive, mais j'ai vu pas mal de filles dans cette ville se faire avoir par... par son genre. Alors, j'ai vérifié toutes les factures de Barnet, et devinez quoi, j'en ai trouvé deux autres. Ce qui m'a vraiment mise en colère, c'est le fait qu'il nous testait. La première était d'un peu plus de mille dollars, et quand c'est passé, il a augmenté la suivante à quinze mille. »

« Comment Madame Boggs a-t-elle réagi quand tout ça est arrivé ? »

Hathaway a pincé les lèvres. « Elle l'a défendu, a dit que c'était une erreur de bonne foi. J'étais abasourdie. Je l'ai prévenue qu'il n'était pas digne de confiance. »

« A-t-il remboursé les trop-perçus ? »

Elle a hoché la tête.

J'ai sorti mon carnet. « J'ai quelques noms de ses amies :

Susan Malloy, Jessica Cloydon, Betty Sue Grapple et Maria Corsica. Y a-t-il quelqu'un d'autre que nous devrions contacter, selon vous ? »

« Marilyn avait un large cercle d'amies. Vous avez celles avec qui elle était amie depuis longtemps. Vous pourriez peut-être parler à Patty Clermont. Après le divorce de Patty, elles sont devenues proches. »

J'ai noté le nom. « Elle est du coin ? »

Joan a hoché la tête. « Après son divorce, Patty a déménagé aux Moorings. Laissez-moi prendre mon téléphone. J'ai son numéro. »

30

LUCA

Q<small>UAND</small> <small>ELLE</small> <small>A</small> <small>OUVERT</small> <small>LA</small> <small>PORTE</small>, <small>J'AI</small> <small>HÉSITÉ</small> <small>AVANT</small> <small>DE</small> parler. Patty Clermont ne ressemblait pas à l'image que je m'en étais faite. Comme c'était une amie de Marilyn, je m'attendais à quelqu'un de plus âgé, qui ressemblerait à Joan Hathaway. Patty Clermont, sautillant sur la pointe des pieds, sa queue de cheval se balançant, dégageait une énergie électrique à laquelle on ne s'attendait pas dans le quartier des Moorings.

« Patty Clermont ? »

« C'est moi », a-t-elle souri.

« Je suis l'inspecteur Luca, du bureau du shérif. Nous interrogeons les gens qui connaissaient Marilyn Boggs. C'est une de ses amies de longue date qui nous a donné votre nom. »

Elle a ouvert la porte en grand, la brise faisant blouser la robe de gaze blanche qu'elle portait.

« Entrez donc. »

La maison avait un intérieur décloisonné qui contrastait avec sa façade plus traditionnelle. Je me suis demandé quand elle avait été rénovée. À mesure que nous nous enfoncions dans la maison, la musique devenait plus forte. Un ensemble de quatre portes coulissantes en verre ouvrait la maison sur un petit jardin, dominé par une piscine en mosaïque de verre. Un mur de végétation protégeait des voisins qui n'étaient qu'à quelques mètres. Si cet endroit avait une vue, il vaudrait trois millions, à condition de refaire la façade.

Elle a enlevé ses tongs d'un coup de pied et s'est assise sur un canapé en cuir gris, repliant ses jambes sous elle et sur le côté.

« Mets-toi à l'aise. »

Je me suis assis dans un fauteuil rouge à dossier bas, en velours côtelé, et j'ai dit : « Depuis combien de temps connaissais-tu Marilyn ? »

Elle m'a jaugé du regard et s'est humecté les lèvres avant de dire : « On se connaissait depuis longtemps, mais on ne se fréquentait pas vraiment jusqu'à ce qu'on travaille ensemble sur le gala pour le diabète juvénile. On s'est beaucoup amusées à organiser l'événement, et ça a continué après. On s'est un peu perdues de vue. Puis, quand j'ai traversé une période difficile avec mon divorce et tout le reste, Marilyn a été là pour moi. Elle a été vraiment géniale, elle m'a fait sortir de la maison. Elle connaissait tout le monde. »

« Que savais-tu de sa relation avec son mari ? »

« Ça n'allait pas fort. »

Elle s'est levée, a rentré le ventre et a lissé le devant de sa robe.

« J'ai besoin d'un cocktail. Je peux t'en servir un ? »

« Désolé, mais je suis en service. »

« Il faut que tu apprennes à te décoincer, inspecteur. Au fait, ton visage me dit quelque chose. »

Pendant qu'elle se versait une vodka, j'ai demandé : « Tu as dit que ça n'allait pas fort. Qu'est-ce que tu veux dire par là ? »

Elle a frôlé mes genoux en retournant au canapé. « Ils s'étaient éloignés l'un de l'autre. Ça a commencé quand Gideon a commencé à avoir des problèmes. »

« Est-ce qu'elle t'a dit de quels problèmes il s'agissait ? »

« C'était de l'anxiété, tu sais, des crises de panique. Et il ne voulait jamais quitter la maison. C'était presque comme s'il était un ermite. C'est fou, quand on pense qu'il a fait de la politique. »

« Tu étais au courant de ses activités extraconjugales ? »

Elle a rejeté la tête en arrière en riant. « Ça fait beaucoup de mots pour dire qu'elle avait des amants. Oui, elle m'en a parlé. »

« Qu'est-ce qu'elle t'a dit ? »

« Elle s'amusait bien, surtout avec ce type, John, qui a cette cave à vin à Waterside. C'était un beau parleur, il savait la mettre à l'aise. »

« Et tout ce qu'elle t'a dit sur lui et leur relation, c'est qu'elle s'amusait bien ? »

Elle a souri d'un air malicieux. « Ne me dis pas que tu veux les détails croustillants, inspecteur. »

« Nous sommes entre adultes, Mlle Clermont. Tout ce que tu me diras restera strictement confidentiel et ne sera utilisé que pour l'enquête. »

Elle m'a étudié un instant. « Je ne suis pas sûre de bien comprendre ce que tu veux dire. »

« Tout ce qui était inhabituel, ça n'a pas besoin d'être sexuel, juste n'importe quoi, même le plus petit détail qui, selon toi, pourrait être utile pour dresser un portrait complet d'elle et de John Barnet. »

Elle a gloussé. « Tu veux dire, comme s'ils faisaient des trucs sado-maso ? »

« Ça pourrait être une piste. »

« Eh bien, pas question que Marilyn ait fait ça, du moins elle ne m'en a pas parlé. D'ailleurs, ça l'a mise hors d'elle quand il les a filmés ensemble. »

Je me suis penché en avant. « Pendant qu'ils faisaient l'amour ? »

« On dirait que ça a capté ton attention. La pornographie t'excite, inspecteur ? »

Une bouffée de chaleur m'est montée aux joues. « Pas du tout. C'est un détail intéressant. Tu as dit que ça l'avait mise hors d'elle. »

« Tu es encore plus mignon quand tu rougis. »

« Marilyn était furieuse à cause de la vidéo, c'est bien ça ? »

Après une petite moue, elle a hoché la tête. « Elle était contrariée parce qu'il l'avait fait sans sa permission. »

« Pourquoi ? Elle l'aurait laissé faire si elle avait été au courant ? »

Elle a posé ses pieds sur la table basse, révélant une partie de sa porcelaine. « Non, non. L'idée ne lui plaisait pas du tout. Il lui a dit qu'il l'avait fait pour mettre un peu de piment. À mon avis, je pense qu'elle était contrariée parce que ça suggérait en quelque sorte qu'il commençait à se lasser d'elle. »

Elle me cherchait, mais même si je pouvais franchir la ligne, et mon père m'a toujours dit de ne jamais chier là où on mange, je ne me risquerais jamais avec quelqu'un comme elle. Regardant par-dessus sa tête vers le jardin, j'ai demandé

: « Tu sembles dire que la relation touchait à sa fin. C'est quelque chose qu'elle t'a dit ? »

« Pas directement, mais entre filles, on sait quand quelque chose ne tourne pas rond. »

Alors, c'était de là que venait l'expression « tirer les vers du nez ». « As-tu autre chose qu'une intuition ? »

Elle a souri et s'est tortillée comme un serpent. « L'intuition, c'est ce qui compte le plus. Tu n'es pas d'accord ? »

J'étais sur le point de l'étrangler. « J'ai besoin de comprendre ce qui te fait croire qu'ils avaient des problèmes. »

« Il y a environ un mois, Marilyn est devenue très silencieuse, et ça ne lui ressemble pas. Je lui ai demandé ce qui n'allait pas, et elle a dit que tout allait bien. Mais je savais que ça devait être lui, alors j'ai dit : "C'est John, n'est-ce pas ?" Marilyn a hoché la tête pour dire oui, mais quand je lui ai demandé si elle voulait en parler, elle a dit non. »

« Autre chose ? »

« Eh bien, Marilyn n'a plus jamais été la même après ça. Elle semblait distraite. J'ai essayé de lui parler, mais elle a dit qu'elle ne voulait pas en discuter. »

31

LUCA

LE SHÉRIF MORGAN ENFILAIT UNE SANTIAG QUAND ON NOUS A fait entrer, Vargas et moi, dans son bureau, et il a dit : « Excusez-moi, madame, mais j'avais l'impression d'avoir un bout de verre dans le pied, mais il n'y a rien. »

J'ai répondu : « Vous devriez peut-être consulter un médecin. On dirait que vous avez une verrue plantaire. »

« Une verrue plantaire ? C'est encore un truc que vous, les Yankees, nous avez ramené ici ? »

Vargas a dit : « C'est en fait assez courant par ici, shérif. C'est peut-être parce qu'on porte beaucoup de tongs et de sandales. »

En levant sa botte, il a dit : « Bon sang, comment ai-je pu attraper un truc pareil ? Je dors presque avec. »

Nous avons tous ri un instant avant que Morgan ne dise : « Il va falloir marcher sur des œufs avec M. Brighthouse, ou Gerey va me lâcher ses chiens aux trousses. »

« Nous comprenons, monsieur. L'inspectrice Luca et moi avons discuté de notre stratégie d'interrogatoire, mais nous sommes ouvertes à vos idées sur la question. »

« Bah, vous êtes les inspectrices dans cette affaire, et en plus, Luca a l'expérience de la grande ville. » Morgan a posé les coudes sur son bureau et nous a regardées tour à tour avant de dire : « Je veux juste m'assurer qu'on y regarde à deux fois avant de se lancer. »

Vargas et moi avons hoché la tête et Morgan a dit : « Je ne veux pas que cette affaire reste en suspens quand le nouveau shérif prendra ses fonctions, alors allez faire ce que vous savez faire. »

———

GIDEON BRIGHTHOUSE et Peter Gerey attendaient dans un Ford Explorer noir garé sur le parking arrière. Un agent a été envoyé pour leur dire que nous étions prêtes. C'était la première fois depuis des lustres que je ne pouvais pas laisser quelqu'un mariner avant de l'interroger. Cette rupture avec ma routine a fait germer les graines du doute qui trottaient dans ma tête.

Comme convenu, je suis allée à leur rencontre à l'entrée arrière. Il y avait un homme bâti comme un ours qui marchait avec Gerey et Brighthouse. Qu'est-ce qu'il faisait là ? Était-il avec Gerey ? C'était Bill Crowley, un avocat pénaliste très en vue. Les graines du doute ont commencé à pousser. Je me suis demandé si Morgan n'avait pas prévenu Gerey de ce que nous avions trouvé.

La main de Crowley a avalé la mienne quand nous nous la sommes serrée. Pendant que nous nous dirigions vers la salle d'interrogatoire, tout le monde, sauf Gideon, a échangé des banalités. Arrivées à la porte, alors que Crowley et Vargas entraient, j'ai pris Gerey à part et j'ai demandé : « Qu'est-ce que Crowley vient faire ici ? »

« Vous savez que le droit pénal n'est pas mon domaine d'expertise, inspectrice. »

« Pourquoi Brighthouse a-t-il soudain besoin d'un avocat pénaliste ? »

« Nous aimerions éviter toute possibilité de malentendu. »

« Alors, vous engagez une pointure comme lui ? »

« La famille paie les services de Crowley depuis une décennie. »

« Vraiment ? Et qu'en est-il du fait que la famille souhaite rester discrète ? »

« Je peux vous assurer qu'il n'y aura aucune fuite de notre côté. Et inspectrice, j'espère ne pas avoir à vous rappeler que mon client est suivi par plusieurs médecins, tant sur le plan physique que psychiatrique. J'espère que vous garderez à l'esprit, en posant vos questions, que son état émotionnel est fragile. »

« Tant qu'il coopérera, nous n'aurons aucun problème. »

« Bien. Peut-on commencer ? »

Un Brighthouse agité a essuyé le siège de la chaise en plastique avec sa main avant de se prendre en sandwich entre ses avocats. Il portait un pantalon jaune clair et une chemise en lin bleue, qui apportaient une touche de couleur à la pièce morne.

Faisant un signe de tête à Vargas, j'ai appuyé sur le bouton d'enregistrement et elle a énoncé les personnes présentes, le lieu, la date et l'heure. Les formalités étant remplies, j'ai commencé.

« Monsieur Brighthouse, conformément à un mandat de perquisition, nous avons confisqué un téléphone portable et un ordinateur portable qui vous appartenaient, ainsi qu'un iPad et un téléphone appartenant à votre femme, Marilyn

Boggs. Vous étiez présent lors de la perquisition, et nous avons laissé un reçu d'inventaire pour les objets saisis, c'est exact ? »

Le regard de Brighthouse était terne et il n'a pas répondu. Crowley lui a donné un coup de coude et lui a chuchoté à l'oreille.

« Ah, oui… c'était très… contrariant. »

« Sont-ce les seuls appareils électroniques que vous possédez ? »

Il a cligné des yeux plusieurs fois. « Oui. »

« Rien comme un iPod ou une liseuse Kindle ? »

« Je préfère… tenir et lire… un vrai livre. C'est plus personnel. »

« Avez-vous prêté vos appareils électroniques à quelqu'un, monsieur Brighthouse ? »

« Non. »

Brighthouse a bu une gorgée d'eau.

« Donc, personne d'autre n'a utilisé votre ordinateur portable ou votre téléphone, ni n'y a eu accès ? »

« Pour autant… que je sache. »

Gerey a jeté un coup d'œil à Crowley, qui a dit : « Un certain nombre de personnes qui travaillent sur l'île, en plus de la défunte, avaient accès aux appareils électroniques de M. Brighthouse, parmi ses autres possessions. »

Vargas a dit : « Noté, bien que l'isolement de l'île de Keewaydin réduise considérablement le nombre de personnes ayant un accès possible. »

Crowley a dit : « Réduire, peut-être, mais pas éliminer la possibilité. »

J'ai dit : « Y a-t-il une raison particulière pour laquelle vous avez cherché du poison sur Internet, monsieur Brighthouse ? »

Brighthouse s'est raidi et a pris son verre d'eau. « Du poison ? Je ne… me souviens pas. »

« Alors, rafraîchissons-vous la mémoire. Inspectrice Vargas, pouvez-vous l'aider à se souvenir ? »

Vargas a ouvert le dossier devant elle. « Ceci est une liste compilée par la division électronique du laboratoire de criminalistique du comté de Collier. » Elle a brandi trois pages. « Elle documente l'activité de navigation sur l'ordinateur portable confisqué lors de la perquisition sur l'île de Keewaydin. »

J'ai dit : « Il y a plus de quatre-vingts recherches sur les poisons et une douzaine sur les incendies d'origine électrique. Il semble que M. Brighthouse essayait de décider de la manière de tuer sa femme. »

Brighthouse a commencé à se tortiller. Crowley a posé une main sur son avant-bras et a dit : « Faire des recherches sur Internet n'est pas un crime. »

J'ai attrapé le dossier et brandi un document. « Pas en soi, mais il a aussi consulté des sites qui détaillaient la quantité nécessaire pour tuer un être humain. Et cet historique prouve qu'il a recherché et s'est procuré des poisons mortels en quantité plus que suffisante pour tuer sa femme. »

Crowley a jeté un bref regard au reçu et a dit : « C'est une belle histoire, mais Marilyn Boggs est morte de coups de couteau. »

J'ai jeté les papiers dans leur direction. « Cela montre une intention préméditée de tuer. »

Crowley a dit : « Si vous comptez inculper mon client pour la mort de sa femme, j'aimerais vous rappeler que planifier un meurtre sans passer à l'acte n'est pas un crime. »

« Bien noté, Maître, mais ne diriez-vous pas, étant

donné que nous avons le cadavre de Marilyn Boggs, que son plan a été mis à exécution ? »

« Si vous avez des preuves reliant Gideon Brighthouse au meurtre par arme blanche de sa femme bien-aimée, Marilyn, je vous suggère de les révéler. Sinon, je crois qu'il est temps pour nous de partir. »

J'ai dit : « Je suis sûre que vous aimeriez savoir qu'en plus de chercher un moyen de brûler vive sa femme, votre client a fait des recherches sur divers poisons, y compris celui du poisson-globe, allant même jusqu'à se renseigner sur les restaurants japonais pour mettre en scène le crime. Je dirais que cela constitue certainement une preuve qu'il cherchait un moyen de tuer sa femme sans se compromettre. »

« Vous brodez une belle histoire, inspectrice. Mais sans preuves, il n'y a rien pour impliquer mon client, juste une jolie petite histoire. »

Crowley s'est levé et Gerey a bondi sur ses pieds si vite qu'il a sorti Brighthouse de son apathie. La dernière fois qu'il était venu, il avait pris ses jambes à son cou ; cette fois, il avait l'air prêt pour une sieste. Crowley a attrapé Brighthouse par le coude et l'a soulevé de sa chaise.

32

GIDEON BRIGHTHOUSE

CROWLEY ÉTAIT UN HOMME GRAND AUX MAINS RUGUEUSES. JE n'aimais pas quand il me donnait une tape dans le dos ou me saisissait le bras pour me dire quelque chose. Il était si différent de Peter Gerey qu'il était difficile de croire qu'ils étaient tous les deux avocats. Je ne voulais pas d'un avocat pénaliste. Ça me donnait l'air d'avoir quelque chose à cacher. J'ai dit à Gerey ce que j'en pensais, mais il m'a répondu que pour me protéger de poursuites abusives, nous avions besoin d'un avocat avec son expérience. Et c'est comme ça que je me suis retrouvé avec Crowley.

Ce n'était plus une impression ; c'était bien réel. Je perdais le contrôle de ma vie. Tout le monde me disait de ne pas prendre de médicaments supplémentaires, mais je n'avais pas le choix. Je ne pouvais pas risquer une autre crise de nerfs au poste de police, alors dix minutes avant de quitter Keewaydin, j'ai commencé à siroter une bouteille d'eau dans laquelle j'avais écrasé deux Valium.

C'était difficile de me concentrer. J'ai essayé de me

souvenir de ce que mes avocats m'avaient dit hier. Ça n'a pas été facile de me confier, surtout avec Gerey. Sa loyauté allait clairement à la famille, alors j'étais sur mes gardes, me demandant s'ils allaient se liguer contre moi. Pourtant, j'ai dû être honnête et admettre que notre mariage était un désastre et que j'avais fantasmé sur sa mort. J'ai nuancé mes propos, en soulignant que je n'aurais jamais pu passer à l'acte.

Je croyais qu'ils m'avaient vraiment cru. Quand ils m'ont interrogé sur ce qui pouvait se trouver sur mon ordinateur portable, je leur ai dit que j'avais fait des recherches sur les poisons, mais que c'était à des moments où j'étais déprimé et que je songeais à en finir. Ils n'ont rien dit, mais je savais qu'ils ne gobaient pas ça. Le bon côté, c'est quand Crowley a dit que ce n'était pas un crime de prévoir de tuer quelqu'un. Il a dit qu'à moins d'une preuve me reliant directement au meurtre, nous n'avions rien à craindre.

C'est à ça que je pensais en entrant dans la salle d'interrogatoire. Elle était d'un blanc austère, comme une toile vierge. Je me suis demandé ce que Keith Haring ferait d'une pièce comme celle-ci. Ce serait quelque chose à voir. Cela ferait une sacrée pièce à conviction : une salle peinte par Haring vous plongerait dans la créativité. Crowley m'a poussé vers une chaise poussiéreuse.

Après l'avoir époussetée, je me suis assis et j'ai réalisé que l'interrogatoire avait commencé. J'avais du mal à me concentrer et mon esprit a dérivé vers le moment où Crowley m'avait demandé si j'avais de la pornographie infantile sur mon ordinateur portable ou mon téléphone. Me prenait-il pour un pervers tordu ? Crowley m'a donné un coup de coude et a répété la question de l'inspecteur.

Comme si je pouvais oublier la perquisition ! Ma tête était lourde. Je me suis pincé la cuisse et j'ai gratté un nœud sur mon pantalon en lin. J'ai repris une gorgée. Combien de temps cela allait-il durer ?

L'inspecteur voulait des renseignements sur mon ordinateur portable. J'ai répondu, mais Crowley est revenu à la charge. Il m'a semblé plutôt bon, mais ensuite ils ont commencé à poser des questions sur les poisons que j'avais recherchés. Ça sentait mauvais. Je ne savais pas quoi dire. Puis Crowley m'a tapoté le bras et a dit à la police que faire des recherches sur le Web n'était pas un crime.

L'inspectrice Luca commençait à s'énerver, et elle et Crowley se sont affrontés verbalement. Quel soulagement. C'était comme si je n'étais pas là. Crowley était si vif que j'avais du mal à suivre ce qu'il disait. Il était incroyable et maîtrisait la situation. J'ai pris une autre gorgée quand je l'ai entendu dire qu'il était temps de partir.

Est-ce que ça allait être tout ? Autant je voulais que ce soit terminé, autant j'étais mort de fatigue et j'avais besoin de me reposer. Une poigne ferme sur mon coude m'a tiré de ma torpeur et, soudain, j'étais sur pied, me dirigeant vers la porte. Je n'arrivais pas à y croire ; c'était fini.

Je suis monté dans le VUS et j'ai observé mes avocats parler à travers la vitre. Ils se sont serré la main. Crowley s'est éloigné, tandis que Gerey s'installait sur le siège à côté de moi.

J'ai dit : « Merci de l'avoir engagé. Il a été magnifique aujourd'hui. »

En attachant sa ceinture de sécurité, Gerey a dit : « On est loin d'en avoir fini, Gideon. »

Que voulait-il dire par « loin » ?

Puis Gerey m'a regardé droit dans les yeux et a dit : « Je comprends que ces situations sont stressantes pour vous, Gideon. Cependant, vous ne vous rendez pas service en étant surmédicamenté. »

33

LUCA

En route pour interroger Raul Sanchez, alias Sandez, je commençais à me dire que je n'achèterais jamais de maison à Naples. Une autre offre, cette fois pour un trois-pièces à Kensington, venait encore d'être rejetée, car jugée trop basse. Les vendeurs n'avaient même pas fait de contre-proposition, ce que je ne comprenais pas. Au lieu de se vexer, ils auraient simplement dû faire une contre-offre. L'emplacement à Kensington était super, mais la maison nécessitait une rénovation complète. Je n'avais ni le courage, ni probablement l'argent pour une rénovation totale.

Comment les vendeurs ne pouvaient-ils pas voir à quel point leur maison vieille de vingt-cinq ans avait besoin d'être modernisée ? Probablement parce que dans d'autres régions du pays, le cycle de rénovation était plus long de plusieurs décennies. Les gens à New York tolèrent des cuisines et des salles de bain vieilles de quarante ans, mais pas ici. Je n'avais que quelques mois pour trouver une maison et signer l'acte de vente. Sinon, je devrais trouver une autre location, car la sœur de mon propriétaire allait reprendre ma dépendance.

Vargas m'avait dit que si j'étais dans le pétrin, je pourrais loger dans la suite qu'elle avait près de la piscine. Avec une entrée séparée et sa propre salle de bain, c'était l'arrangement parfait pour un séjour de courte durée. Mais ce serait bizarre de vivre chez elle et, même si je ne cuisinais pas beaucoup, il n'y avait qu'un évier et un petit frigo.

Mon portable a vibré. Punaise, Vargas avait un sixième sens.

« Où es-tu, Frank ? »

« J'arrive, Maman. »

« Tu es en retard. »

« J'ai fait un saut jusqu'à Bonita pour voir deux ou trois maisons. »

« Quelque chose d'intéressant ? »

« Je ne suis pas entré. Je voulais juste voir les quartiers et la distance. C'est pour ça que je suis à la bourre. Et la mauvaise nouvelle, c'est que c'est trop loin au nord pour faire le trajet tous les jours. Je commence à sentir la pression monter. »

« Mon offre pour la dépendance tient toujours. Ce n'est pas un problème. »

« Merci. J'apprécie, mais j'aimerais m'éviter un autre déménagement, si tu vois ce que je veux dire ? »

« Crois-moi, je comprends. »

« Comment va notre voleur de bijoux ? »

« Ce n'est pas de lui dont il faut s'inquiéter. Son avocat commence à s'impatienter, il menace d'annuler l'interrogatoire. Il a dit qu'il devait être bientôt au tribunal. »

« Je suis à dix minutes. Propose-leur quelque chose à boire. S'ils s'énervent, commence sans moi. »

Ma vessie a tiré la sonnette d'alarme alors que je trottinais dans le couloir vers la salle d'interrogatoire numéro trois. Pouvais-je risquer de m'asseoir sur les toilettes pour essayer d'uriner ? Ça prenait toujours au moins dix à quinze minutes, un temps que je n'avais pas.

J'ai regardé le flux de la caméra ; Vargas était en train de parler. J'ai rentré ma chemise et mon envie pressante, puis je suis entré. Raul Sanchez était au milieu d'une phrase.

« … Ils ont fait une erreur, c'est tout. Sanchez est le nom de jeune fille de ma mère. Mon père, que je n'ai jamais connu, avait un nom de famille comme le sien, Sandez. Vérifiez les actes de naissance, vous verrez bien. »

Vargas a dit : « L'inspecteur Luca se joint à l'interrogatoire. »

J'ai fait un signe de tête à Raul et à Joe Girona, un jeune avocat du bureau de l'aide juridictionnelle. Vargas a dit : « Vous avez continué à utiliser les deux noms pendant que vous étiez au Mexique ? »

« Écoutez, j'étais gamin et je ne savais pas quoi faire. »

Son avocat a dit : « La loi mexicaine exige l'utilisation à la fois du nom de jeune fille de la mère et du nom de famille du père. Le nom officiel de Raul au Mexique est Raul Sanchez Sandez. »

Deux noms de famille ? Comment était-ce possible ? J'ai regardé Vargas. Elle a répondu : « Je suis parfaitement consciente qu'en raison du grand nombre d'Hispaniques portant des noms de famille tels que Perez, Martinez et autres, le Mexique exige les noms de famille des deux parents pour distinguer les identités. »

Vraiment ? Comment se faisait-il que je n'aie jamais su ça ?

Vargas a poursuivi : « Peut-être que votre client peut

nous dire pourquoi il avait deux permis de conduire mexicains. Un délivré à Raul Sandez Sanchez, et l'autre à Raul Sanchez Sandez. »

Raul a pris la parole : « Au Mexique, les amendes augmentent à chaque infraction. Alors, pour éviter de payer trop cher, j'avais deux permis. »

« Je vois, ce n'était donc qu'une histoire de contraventions pour stationnement. Rien à voir avec toutes les arrestations que vous accumuliez ? »

« Mon client a déjà répondu à votre question. »

J'ai dit : « Vous étiez membre du gang des Latin Kings. C'est une bande de durs. »

« Y a-t-il une question là-dedans, inspecteur ? »

J'ai dit : « Vous voulez passer aux aveux ? Qu'est-ce qui s'est passé chez les Boggs sur Keewaydin ? »

« Je vous l'ai dit, mec. Je nettoyais le siphon de la douche et j'ai vu tous ces bijoux. Je sais que je n'aurais pas dû les prendre, mais j'étais en retard sur mon loyer. Vous voyez, ma mère est tombée malade et j'avais besoin d'argent. »

Une fois de plus, la vieille excuse de « ma mère était malade » était déballée. J'ai dit : « Vous savez, Raul, votre crédibilité serait bien plus grande si vous n'aviez pas ça. » J'ai pris son casier judiciaire mexicain.

« Ça, c'était avant. Je ne fais plus ces choses-là. C'est pour ça que j'ai quitté le Mexique, pour prendre un nouveau départ, pour rester clean. »

« Mais vous êtes retombé dans vos vieilles habitudes criminelles, n'est-ce pas ? »

« Ma mère… »

L'avocat de Raul a dit : « Je suis conscient que ce n'est pas une excuse, mais sa mère se bat, en effet, contre un cancer du rein. »

« Vous avez raison, Maître, ce n'est pas une excuse pour avoir tué Marilyn Boggs. »

« Je n'ai tué personne. »

Vargas a dit : « Votre casier judiciaire indique que vous avez été arrêté pour suspicion de meurtre. »

Sanchez a secoué la tête. « Mais ça, c'était il y a presque dix ans. »

J'ai dit : « Ça établit un schéma. Une fois qu'on a tué une première fois, on ne sait pas où ça s'arrête. »

« Mon client a admis avoir pris les bijoux. Ce que nous avons ici, ce sont des accusations de vol, rien de plus. »

« Votre client a fait ses soi-disant aveux après avoir été pris en flagrant délit de mensonge. Comment peut-on faire confiance à ce qu'il dit ? Vous voulez savoir ce que je pense ? Je pense que Raul Sanchez Sandez a réalisé à quel point les Boggs étaient confiants, et quand ils lui ont donné un travail qui le plaçait dans l'intimité de leur chambre à coucher, il a trahi la confiance qu'on lui avait accordée. Il a fouillé dans leurs affaires et a concocté un plan pour revenir voler leurs bijoux, et quand il l'a fait, Marilyn Boggs l'a confronté et il l'a poignardée à mort. »

L'avocat a regardé sa montre. « Mon client nie toute implication dans la mort de Marilyn Boggs. »

J'ai dit : « Raul, comme l'a déclaré l'inspectrice Vargas, vous avez été arrêté et êtes détenu pour suspicion de meurtre. Je trouve intéressant que, selon la police fédérale mexicaine, la victime ait été tuée avec un couteau. »

« Je n'ai rien à dire. Ces accusations ont été abandonnées. »

« Abandonnées ? Pas tout à fait. Vous avez plaidé coupable de recel de malfaiteurs, un vaurien de votre gang. »

« Je ne vois pas la pertinence d'une vieille affaire mexicaine. »

« Vraiment, Maître ? Votre client a été accusé d'un meurtre au Mexique, et la femme dont il admet avoir volé les bijoux est morte. Toutes deux ont été poignardées à mort. Pour moi, c'est sacrément pertinent. »

« Il me semble que vous pêchez à la ligne, inspecteur. Si vous avez quoi que ce soit qui prouve vos allégations, écoutons-le. » Il s'est levé. « Je dois être au tribunal dans vingt minutes. »

Ce jeune avocat était tenace. J'espérais qu'il quitterait le bureau de l'aide juridictionnelle pour gagner de l'argent, du vrai, sinon je le verrais bien me hanter jusqu'à ma retraite.

34

LUCA

« Monsieur Pena, merci d'être venu nous parler. »

« Je ferai tout ce qui est en mon pouvoir pour aider à attraper la personne qui a fait ça à Mme Boggs. »

J'ai vérifié mes notes, et son visage parcheminé correspondait bien aux soixante-deux ans qu'on lui donnait Eduardo Pena était solidement bâti, pas particulièrement musclé, mais c'était un vrai roc et il ne paraissait pas avoir plus de quarante-cinq ans.

« Vous travaillez pour les Boggs depuis longtemps. »

« Oui, depuis presque vingt ans maintenant. »

Il ne me regardait jamais dans les yeux plus d'une seconde ou deux. Normalement, ça m'aurait rendu méfiant, mais avec Pena, je savais que c'était une marque de déférence.

« C'est vous qui avez engagé Raul Sanchez ? »

Il a froncé les sourcils. « Oui, mais il m'a été recommandé par Frank Perez, un entrepreneur que je connais depuis longtemps. Perez s'en veut presque autant que moi de toute cette histoire. »

« Ne vous en voulez pas, Eduardo. Sanchez n'avait pas de casier judiciaire, du moins pas aux États-Unis. »

« Vous voulez dire qu'il en avait un au Mexique ? »

« J'en ai bien peur. »

« Mais il a dit qu'il était arrivé ici il y a une dizaine d'années. »

« Huit, en fait, et soit il s'est tenu à carreau, soit il ne s'est simplement jamais fait prendre. »

Pena a secoué la tête. « Il m'a bien eu. J'aurais dû me méfier. »

« Sanchez ne vous a donné aucune raison de vous inquiéter ? Aucun indice qu'il préparait un mauvais coup ? »

« Non, il faisait son travail et restait discret. Je suis presque sûr que même Mme Boggs l'appréciait. Je l'ai vu lui parler quelques jours avant qu'elle… qu'elle soit assassinée. »

« Vraiment ? Est-ce qu'il lui parlait régulièrement ? »

« Non. Je dis toujours à mes hommes de ne pas se mettre en travers du chemin, d'être invisibles. »

« Avez-vous une idée de ce dont ils auraient pu parler ? »

Il a secoué la tête. « Ça aurait pu être à propos de n'importe quoi. »

Je lui ai tendu ma carte. « Rendez-moi un service et demandez au reste de votre équipe s'ils savaient pourquoi il parlait à Mme Boggs. Si vous découvrez quoi que ce soit, prévenez-moi… »

« Bien sûr, pas de problème. »

« Connaissiez-vous ses amis ? Est-ce qu'il a fait venir quelqu'un sur l'île ? »

« Non. Il est interdit de faire venir sur l'île quiconque n'est pas invité par la famille. »

« Savez-vous quelque chose sur la famille de Sanchez ? »

« Juste que sa mère était assez malade. Je crois qu'elle avait des problèmes de reins. »

« Est-ce que quelque chose d'inhabituel vous revient à l'esprit, qui sorte de l'ordinaire, aussi insignifiant soit-il, impliquant Raul Sanchez ? »

« J'aimerais bien, mais rien ne me vient à l'esprit. »

« Si quelque chose vous revient, n'importe quoi, faites-le-moi savoir. »

« D'accord. Dites, vous ne pensez pas qu'il ait quelque chose à voir avec son meurtre, n'est-ce pas ? »

« Désolé, Eduardo, mais je ne peux pas faire de commentaire à ce sujet. »

————

VARGAS et moi avons fini de recueillir les dépositions du personnel de Paradise Granite. Une plaque de pierre grise était tombée sur un ouvrier, lui sectionnant presque le bas de la jambe. Bien que le conducteur du chariot élévateur ait déclaré que la plaque avait glissé, deux autres ouvriers ont soutenu l'affirmation du blessé selon laquelle il s'agissait d'un acte intentionnel.

Le visionnage des images d'une caméra trop éloignée de la scène, dans un entrepôt mal éclairé, ne nous a pas aidés à déterminer qui avait raison. Nous avons pris la vidéo, convaincus que le laboratoire pourrait nous dire si nous avions affaire à une tentative de meurtre, et nous sommes partis.

Au volant de notre Crown Victoria noire sur Shirley Street, la conversation a rapidement glissé de l'incident au travail au meurtre de Marilyn Boggs.

« Qu'est-ce que ton instinct te dit, Vargas ? Ce Sanchez

ne m'inspire pas du tout confiance, mais le mari avait clairement un mobile et prévoyait de la liquider. »

« Si nous n'avions pas découvert l'implication du gang
mexicain, j'aurais dit que Sanchez n'était qu'un voleur.
Maintenant, je n'en suis plus si sûre. »

« Je vois ce que tu veux dire. »

Arrêtés à un feu rouge au coin de Pine Ridge, Vargas a
dit : « Mais comme tu le dis, la plupart des meurtres sont
commis par un proche de la victime. Le mariage battait de
l'aile, et le mari, quoi qu'il en dise, a été humilié, on l'a fait
passer pour un idiot. »

« Il les a confrontés le jour où elle a été tuée. »

« Et il a cherché des moyens de la tuer. »

J'ai ajouté : « Et le bon vieux fonds en fiducie contenait
vingt millions de raisons de le faire. »

« Il nous faut quelque chose qui le relie au coup de
couteau. Une avancée, n'importe quoi. »

« Combien de fois on s'est dit ça ces deux dernières
années ? Chaque affaire se heurte à un mur. Peu importe
laquelle, elles le font toutes. On fait comme d'habitude, on
ne lâche rien et on provoquera notre propre chance. »

« J'entends de la fausse bravade, là ? »

Elle avait raison, mais parfois, il faut faire semblant pour
y arriver. « Non, je le crois vraiment. »

Nous avons roulé en silence pendant cinq minutes, puis
j'ai dit : « Pour en revenir à Sanchez, un truc me chiffonne :
pourquoi n'a-t-il pas volé tout un tas de bijoux, sans parler
des, quoi, cinquante mille dollars qui traînaient dans la
chambre ? »

« Peut-être qu'il essayait de garder son travail, de ne
prendre que quelques objets, sans que ça vire au carnage. »

« Si c'était le cas, ça n'aurait pas duré. Sa cupidité l'aurait poussé à faire monter les enchères. »

« Je ne sais pas, Luca. Peut-être qu'il a commis pas mal de petits délits discrets pendant tout le temps où il a été aux États-Unis. »

« Eh bien, il serait bien le premier à maîtriser sa cupidité pour ne pas se faire pincer. »

« Mais il n'y est pas parvenu, il s'est fait prendre. »

« Il y a quelque chose qui me tracasse. Les cinquante mille dollars en liquide. Je sais que ces gens-là ne jouent pas dans la même catégorie, mais j'ai lu quelque part que même Warren Buffett ne se promène pas avec un portefeuille. Pourquoi quelqu'un, dans le monde actuel des distributeurs automatiques, de PayPal et des virements bancaires, aurait-il besoin d'autant d'argent liquide ? »

« Peut-être comme assurance contre une catastrophe ? »

« Je n'y crois pas. Ils ne seraient pas seuls en cas de désastre ; le family office a probablement plusieurs bunkers bien approvisionnés prévus en cas de catastrophe. »

« On ne peut pas dire qu'ils ne sont pas prévoyants. »

Je me suis engagé dans une voie de changement de direction et elle a demandé : « Qu'est-ce que tu fais ? »

« Je viens de penser à un truc. Il faut qu'on parle à Sanchez. »

« Tu vas me mettre dans la confidence, Luca ? »

35

GIDEON BRIGHTHOUSE

J'AI PENCHÉ MA BOUTEILLE VIDE ET EN AI FAIT TOMBER LES dernières gouttes dans ma bouche dès que Gerey est sorti du SUV. Que voulait-il bien dire par « le chemin est encore long » ?

Le temps de regagner la 41, le mirage que Crowley avait créé s'est dissipé. J'avais de gros ennuis. Dès mon arrivée sur l'île, je devrais détruire les champignons. Les brûler serait la meilleure solution ; rien que des cendres que je pourrais déverser dans le golfe. Il faudrait que je fasse attention à ne pas inhaler les fumées ; ça pourrait être fatal. Quelle ironie du sort ce serait.

Je devais m'en débarrasser avant que la police ne les trouve. C'était hors de question. Ça leur donnerait une preuve matérielle, et je serais foutu. Je ne survivrais jamais dans une petite cellule ; je mourrais d'une crise cardiaque dès la première nuit. M'occuper des champignons était dangereux, mais il fallait qu'ils disparaissent.

Quand le chauffeur a répété qu'il conduisait aussi vite que possible, l'idée de demander à Gerey l'ampleur des ennuis que les champignons pourraient m'attirer m'a traversé l'esprit. Peut-être que je n'aurais pas à prendre le risque de m'en débarrasser, mais est-ce que Gerey me dénoncerait à la famille ? Le secret professionnel l'en empêchait, mais comme son gagne-pain dépendait des Boggs, il trouverait un moyen de les mettre au courant.

Et Crowley ? C'était un avocat pénaliste, qui défendait toutes sortes de gens, dont la plupart avaient probably fait ce dont on les accusait. Il avait l'habitude de garder les informations confidentielles. Je pourrais le lui demander, à lui. Voilà ce que j'allais faire.

En arrivant au quai, j'ai réalisé que c'était Gerey qui avait fait venir Crowley et que ce dernier devrait donc rapporter à Gerey tout ce que je lui dirais. La perspective de devoir manipuler une substance aussi toxique a provoqué une crispation entre mes omoplates qui a empiré tandis que nous montions à bord du yacht. Pourquoi n'avais-je pas caché une deuxième bouteille d'eau au Valium à bord ?

Mon cœur s'est mis à battre la chamade en me rappelant que Gerey m'avait dit de laisser tomber mes médicaments. Comment étais-je censé traverser tout ça ? J'étais malade. Tout le monde savait que je ne pouvais pas gérer ça. Combien de temps avant d'arriver à Keewaydin ? J'ai penché la tête par-dessus bord, mais l'île n'était visible nulle part.

Alors que nous contournions le cap après Galleon, j'ai pu apercevoir Nelsons Walk et la pointe nord-est de Keewaydin. Jamais elle ne m'avait paru aussi belle.

36

LUCA

J'AI PARCOURU LE RAPPORT ET J'AI SENTI QUE NOUS TENIONS enfin la piste que nous attendions.

Les cracks de la police scientifique avaient identifié une transaction que Brighthouse avait effectuée avec une entité russe nommée Beatrice Solutions. La Russie ? Encore ? Comme l'entreprise ne répondait pas au labo, ils ont demandé de l'aide à la Politsiya russe. J'ai été surpris que les Russes aient répondu si vite, confirmant que Beatrice avait vendu et expédié une quantité mortelle d'amanites phalloïdes à Brighthouse.

Ce n'était plus un vœu pieux de la part de Brighthouse. Il était passé à l'acte et avait acheté un poison mortel pour tuer sa femme. Une fois que nous aurions trouvé les champignons, cela nous fournirait une preuve matérielle de son intention. On avait de quoi travailler, grâce aux cracks et, figurez-vous, aux Russes.

En cherchant « amanites phalloïdes » sur Google, j'ai compris pourquoi Gideon les avait choisies ; ce sont les champignons les plus mortels et ils ressemblent à des espèces comestibles. L'amanite phalloïde pousse à l'état sauvage dans toute l'Europe et ses amatoxines vénéneuses résistent aux températures de cuisson.

Ces champignons étaient de la vraie saloperie. Quelques heures après l'ingestion, la personne ressent de violentes douleurs abdominales, des vomissements et des diarrhées sanglantes. Puis le foie, les reins et le système nerveux central commencent à lâcher, entraînant le coma et la mort. Quelle façon horrible de mourir. Gideon devait vraiment détester sa femme.

Je n'ai pas pu m'empêcher de penser que c'était le père qui avait tout déclenché avec ses clauses pénales sur le divorce. Comment se sentirait le vieil homme s'il savait que c'était ainsi que son gendre prévoyait de tuer sa petite-fille ?

J'étais au téléphone quand Vargas est entrée dans le bureau d'un pas léger. Elle portait un pantalon en velours côtelé qui mettait vraiment sa silhouette en valeur. Elle s'apprêtait à décrocher le téléphone, mais je lui ai fait signe que non et j'ai terminé mon appel.

Agitant le rapport, j'ai dit : « Devine ce que les cracks de l'informatique judiciaire ont déniché ? »

« Brighthouse ? »

« Ouaip. Gideon, le serpent, a acheté des champignons mortels sur un site web russe. »

« Il est passé à l'acte ? »

« Et pas qu'un peu. Ces champignons, on les appelle les amanites phalloïdes, sont mortels. Il en faut une quantité minuscule, et ils ressemblent à des champignons ordinaires. »

« Je parie qu'il allait en mettre avec les autres légumes qu'elle passait à l'extracteur. »

Je détestais l'admettre, mais j'avais oublié l'extracteur de jus posé sur le plan de travail.

« C'est ça. La pauvre femme n'aurait jamais su qu'elle se préparait son propre cocktail mortel. Il y a eu un tas de gens, même des célébrités, comme le pape Clément et un empereur romain, qui en ont mangé accidentellement et qui ont cassé leur pipe. »

« Vraiment ? »

« C'est une façon vraiment ignoble de mourir. Ça me donne encore plus envie de coincer ce type. »

« C'est une substance illégale ? »

« Non, ça pousse à l'état sauvage dans toute l'Europe. Ce n'est pas modifié, comme l'est la ricine. »

« Ça vient de la plante de ricin, c'est ça ? »

« Ouais, de ses graines. Mec, j'aimerais tellement que ces champignons soient illégaux. S'ils l'étaient, on pourrait traîner Brighthouse ici et lui mettre la pression. »

« Tu penses qu'on peut élaborer un plan pour lui faire croire qu'il a enfreint la loi ? »

« L'idée me plaît, mais je ne vois pas comment ça pourrait passer avec Crowley et Gerey. »

LUCA

En longeant les fontaines aux jets dansants, j'ai tourné au coin, dépassé la boutique Louis Vuitton, et il était là. Assis, le bras nonchalamment posé sur le dossier d'un banc, se tenait Barnet. Une rayure jaune de ses chaussettes dépassait de son pantalon chino blanc, assortie à sa chemise. Les yeux fermés, le visage tourné vers le soleil. Cherchait-il à compenser sa nature louche par un bain de soleil ?

Je l'ai étudié un instant avant de remarquer la bannière rouge des soldes visible par-dessus son épaule. Cinquante pour cent de réduction sur les vins ? C'était une remise conséquente ; peut-être que je pourrais essayer un de ces vins qu'il aimait tant.

« Monsieur Barnet ? »

Retirant brusquement son bras du dossier du banc, il a dit : « Quoi ? Oh, euh, bonjour. »

« Vous profitez du soleil ? »

« Je fais une petite pause. Vous êtes de sortie pour faire du shopping ? »

« Pas exactement. Vous avez deux minutes ? »

Barnet a regardé sa montre. « Hum, je ne sais pas. J'ai un rendez-vous. »

« Ce sera rapide. »

Barnet s'est levé. « On peut parler en marchant ? Rien contre la police, mais ce n'est pas bon pour les affaires. »

« Je comprends. »

Nous nous sommes dirigés vers Saks, nos regards suivant les derrières de deux femmes croulant sous les paquets.

« Il ne manque pas de femmes pour acheter des sacs à main à deux mille dollars. »

« J'adorerais les convertir en collectionneuses de bordeaux. »

« Je vois que vous faites de grosses soldes. Les affaires ne marchent pas si bien ? »

« Ce n'est pas si mal. Nous devons liquider une partie du stock. »

« Est-ce que Marilyn avait beaucoup d'argent liquide sur elle ? »

Barnet a marqué une hésitation dans sa démarche. « De l'argent liquide ? Non, je ne crois pas. Mais ce n'est pas comme si j'avais fouillé dans son sac. »

« Vous faisiez beaucoup d'affaires avec elle, n'est-ce pas ? »

« Je ne qualifierais pas ça de "beaucoup". Mais, oui, Barnet's s'est occupé de pas mal de réceptions pour Marilyn. »

« Ne vous êtes-vous pas occupé de toutes ses réceptions ? »

« J'aime à le penser. Barnet's a toujours été à la hauteur pour elle, mais on ne sait jamais. »

Ça m'a toujours agacé quand les gens parlaient d'eux-mêmes à la troisième personne. C'était quoi leur problème ? Une façon d'essayer de se donner de l'importance ? Mais bon, je pouvais jouer le jeu.

« On nous a dit qu'à plusieurs reprises, Barnet's a surfacturé ses services. »

« Malgré tous nos efforts, nous ne sommes pas à l'abri d'une petite erreur. »

« Si je comprends bien, l'erreur était plus conséquente que "petite". »

« Il faudrait que je vérifie les détails. »

« Barnet's a-t-il surfacturé d'autres clients que Marilyn Boggs ? »

Barnet s'est arrêté, a regardé des deux côtés, et a dit : « Inspecteur Luca, je n'aime pas du tout que vous insinuiez que ma relation avec Marilyn ait quoi que ce soit à voir avec autre chose qu'une simple erreur de notre part. »

« Si je comprends bien, il y a eu plus d'une erreur. En fait, les personnes qui connaissent la situation pensent que les surfacturations ont été sciemment orchestrées par Barnet's. »

« Vraiment ? S'ils ont des preuves, alors pourquoi ne portent-ils pas plainte ? »

« Vous savez très bien que les œuvres de charité se mettraient en danger si elles révélaient s'être fait avoir. Elles perdraient la confiance de leurs donateurs. »

« Inspecteur, je dois vous arrêter. Vous utilisez des termes qui sont diffamatoires envers Barnet's et je n'apprécie pas ça. »

C'était de l'indignation feinte, mais inutile de le rendre trop sur la défensive.

« Entendu. Y a-t-il une raison pour laquelle Marilyn

aurait eu cinquante mille dollars en liquide dans sa table de nuit ? »

Il a fait une pause, puis s'est caressé le bouc. La question était de savoir s'il feignait la réflexion ou si elle était sincère.

« Comme vous le savez, ils sont extrêmement riches. Je ne vois pas pourquoi elle aurait fait ça, mais je ne sais vraiment pas. »

« Quelque chose d'illicite, comme de la drogue, qui aurait nécessité de l'argent liquide ? »

Il a souri. « Non, pas avec Marilyn. Peut-être qu'elle payait le personnel en liquide. Dieu sait qu'ils en ont assez. »

« Vous a-t-elle dit qu'on lui avait volé une partie de ses bijoux ? »

« Oui. Elle avait le cœur brisé, surtout pour la bague que son père lui avait offerte. »

« Vous a-t-elle donné une raison de penser qu'elle se faisait chanter ? »

« Euh, chanter ? Non, pourquoi dites-vous ça ? »

« J'explore juste les mobiles possibles. »

« Ça me paraît tiré par les cheveux. Peut-être que l'argent appartenait à son mari. Vous y avez pensé ? »

Non, bien sûr. Qui aurait pu y penser ? Il me prenait pour qui, ce Barnet ? Pour un débutant ?

38

LUCA

Après m'être signé, j'ai retenu mon souffle jusqu'à ce que les roues touchent le sol. Le simple fait de rentrer à la maison m'a tout de suite requinqué. Je ne sais pas comment ça marche, mais rester assis pendant six heures, ça vous pompe. Et pour en rajouter une couche, ces six heures de vol, plus les trois heures de décalage horaire, m'ont bouffé une journée entière. Anxieux de prendre connaissance de ce que l'inspecteur Alonzo du LAPD avait déterré, je me demandais si ce n'était pas l'élément qui allait faire basculer l'affaire.

Alonzo, qui semblait avoir la quarantaine bien sonnée, m'a surpris. Dès que nous nous sommes rencontrés, je l'avais catalogué comme étrange et distant. Mais il m'a prouvé le contraire et s'est avéré un type bien, et un flic encore meilleur. Alonzo se sentait concerné, et on ne pouvait pas demander mieux.

Les informations qu'il avait découvertes contribueraient grandement à calmer Morgan. Étonnamment, il n'avait pas fait d'histoires quand j'avais mentionné mon départ pour

Los Angeles. En débarquant de l'avion, je me suis dit que ce devait être parce qu'il espérait faire porter le chapeau du meurtre à quelqu'un de l'extérieur.

Vargas venait me chercher. *Bon sang, quelle différence avec LAX*, ai-je pensé en traversant le terminal. Le Regional Southwest était lumineux, aéré et dégageait une atmosphère détendue. Ce n'est pas comme si j'avais voyagé partout, mais l'aéroport de L.A. avait une forte odeur de kérosène qui s'ajoutait à une structure vieillissante. Qui sait, l'odeur avait peut-être un rapport avec leur manque d'humidité et de pluie.

Vargas est arrivée dans un Explorer bleu foncé. J'ai balancé mon sac de voyage sur la banquette arrière et je suis monté. Elle a dit : « Bon voyage, hein ? »

Hochant la tête, j'ai répondu : « Content de rentrer, cependant. On a une tonne de gens qui viennent s'installer ici, mais la plupart n'arrivent pas avec leurs problèmes. Mais à L.A. ? Là-bas, tout le monde a une histoire sur la raison pour laquelle il est venu. Je peux te dire qu'ils ont peut-être un meilleur climat que là d'où ils viennent, mais ces clowns ont toujours les mêmes problèmes. »

« Ce n'est pas pour rien qu'on l'appelle La La Land. »

J'ai réalisé que ce n'était pas seulement la maison qui m'avait manqué, c'était Vargas aussi. « Tu m'étonnes, Mary Ann. »

« Au téléphone, tu as dit que tu avais une nouvelle piste sur Barnet. »

« Figure-toi qu'Alonzo a une sœur qui s'est fait arnaquer par un Brésilien sur Match.com. Ce type a fait semblant de s'intéresser à elle et a dit qu'il venait la voir. Puis, au dernier moment, il lui a baratiné une histoire de visa et a dit qu'il avait besoin de vingt mille dollars, sinon il ne pourrait pas quitter le Brésil. »

« Ne me dis pas qu'elle les a envoyés. »

J'ai hoché la tête. « Difficile de croire que ce genre de conneries arrive vraiment. »

« Je sais, mais on dirait qu'Alonzo avait une motivation toute particulière pour aider à creuser cette piste. »

« Sans aucun doute. Il est allé bien plus loin qu'aucun officier d'un autre service ne l'a jamais fait depuis que j'ai mon insigne. Cet inspecteur Alonzo, il était un peu bizarre, mais il a saisi ce qu'on cherchait à déterrer. Bref, comme je te le disais, Barnet a été amené au poste pour avoir filmé au moins deux femmes avec qui il avait eu des liaisons. »

« Arrêté deux fois ? »

« Ouais, mais les femmes ont retiré leurs plaintes. »

« Toutes les deux ? »

« Ouais, c'est ça qui a chiffonné Alonzo. Il aurait pu en rester là, mais à la place, il a creusé un peu plus. Il a retrouvé une femme, Nancy Grillo. Elle ne joue pas dans la même catégorie que Boggs, mais elle a quand même pas mal de pognon. »

« Elle a dit que Barnet avait essayé de la faire chanter ? »

« Non, mais Alonzo pense qu'il y a quelque chose. »

« Comment ça ? »

« Elle et Barnet sont sortis ensemble pendant quelques mois, un peu comme avec Boggs. Puis, selon une de ses amies, Barnet les a filmés pendant qu'ils faisaient l'amour, exactement comme il l'a fait avec Marilyn. »

« D'accord, mais ça ne me dit pas grand-chose. »

« Le truc, c'est que juste après qu'elle en a parlé à son amie, elle a disparu. »

« Disparu ? »

« Elle a tout plaqué et s'est tirée. Finalement, elle a vendu sa maison et tout le reste. Elle restait en contact avec ses amis, mais ne disait jamais où elle était. Après que Barnet a quitté Los Angeles, elle a fait savoir à ses amis qu'elle avait déménagé à Vail. »

« Tu lui as parlé ? »

« Non, elle est à Shanghai, elle ne rentre pas avant dix jours. Alonzo pense qu'elle se confiera peut-être à moi. »

« Et pourquoi donc ? »

« Hé, on peut dire que c'est ma méthode ? »

Elle a froncé les sourcils. « Si tu le dis. »

J'espérais qu'elle dirait quelque chose de gentil. « Je ne suis pas du LAPD. Elle n'a pas à s'inquiéter d'être impliquée dans quoi que ce soit là-bas ou sur son propre terrain à Vail. »

« Mais si on a besoin qu'elle témoigne ? »

« Je parie que si on obtient quelque chose d'elle, on fera craquer Barnet. »

LUCA

J'AI RETROUVÉ L'AVOCAT DE SANCHEZ, DONT L'ATTITUDE belliqueuse s'était adoucie. Débordé de dossiers, il a accepté que je voie son client, à condition que j'enregistre l'entretien et que je lui en envoie immédiatement une copie.

Sanchez portait une tenue de prisonnier zébrée et arborait une mine renfrognée. L'agent pénitentiaire l'a enchaîné à la table en acier gris avant de se retirer dans un coin de la pièce.

« Où est mon avocat ? »

J'ai desserré ma cravate et défait le premier bouton de ma chemise. « Coincé au tribunal. »

« Je n'ai rien à vous dire sans lui. »

« C'est lui qui a accepté cette entrevue. » J'ai sorti l'autorisation que son avocat avait signée et la lui ai tendue.

Sanchez l'a regardée. « Comment savoir que ce n'est pas un piège ? »

« Croyez-le ou non, vous voyez ces petites caméras là-haut ? Tout est enregistré, n'est-ce pas, monsieur l'agent ? »

L'agent pénitentiaire a confirmé, et nous avons pu commencer.

« Vous et Mme Boggs, vous vous entendiez bien ? »

« Je ne faisais que travailler là-bas. Je ne connaissais pas cette dame. »

« Vous n'avez volé que quelques bijoux. »

« Trois bagues et un collier, c'est tout. »

« Mais il y avait des centaines de bijoux là-bas. Tous extrêmement précieux, et vous voulez me faire croire que vous n'en avez volé que quatre. »

« C'est la vérité, c'est tout ce que j'ai pris. »

« Et pourquoi ça ? Pourquoi avoir ignoré un tel trésor ? Vous auriez pu être à l'abri pour le reste de vos jours en mettant tous ces bijoux au clou. »

« Je ne voulais pas me faire prendre. J'avais juste besoin d'un peu d'argent pour aider ma mère. »

« C'est très noble de votre part, mais il y a quelque chose qui m'intéresse. Avec autant de choix, comment avez-vous choisi les pièces à voler ? »

« Elles étaient sur une étagère. »

« Saviez-vous que la bague de cocktail rouge que vous avez prise était la préférée de Mme Boggs ? »

Il a secoué la tête.

« Que c'était une bague que son père lui aveva offerte et la seule à laquelle elle tenait vraiment ? »

« Je ne sais rien de tout ça. »

« Vous vous attendez à ce que je croie que le choix de sa bague préférée était une totale coïncidence ? »

« C'est la vérité, je vous le jure. »

« C'est touchant, que vous le juriez. Mais Mme Boggs était une personne aux ressources illimitées, avec plus de deux millions de dollars de bijoux, et la pièce que vous avez prise est la seule qu'elle considérait comme irremplaçable. Qu'est-ce que ça vous inspire ? »

« Mais c'est ce qui s'est passé. »

« Vous avez dit que vous ne connaissiez pas Mme Boggs. C'est bien ça ? »

« Ouais, je ne connaissais pas cette dame. »

« Mais on vous a vu lui parler. »

Il a marqué une microseconde d'hésitation. « Ce n'était rien. Juste un bonjour, comment ça va. »

« Vraiment ? Juste les banalités d'usage ? »

Il a hoché la tête. « C'est ça. »

« Vous savez ce que je pense ? Je pense que vous avez essayé d'extorquer cinquante mille dollars bien frais à votre employeuse. »

« Qu'est-ce que vous racontez ? »

« Vous saviez que Mme Boggs tenait à une bague que son papa lui avait offerte, et vous l'avez volée. Votre cupidité vous a emporté et vous avez pris quelques autres pièces au passage. Une fois la bague disparue, vous êtes allé la voir, peut-être en essayant de jouer les héros, et vous lui avez dit que vous pouviez récupérer la bague si elle vous payait cinquante mille dollars en liquide. »

Il a secoué la tête. « Non, c'est de la folie. »

« Vous croyez ? Alors pourquoi Marilyn Boggs avait-elle cinquante mille dollars dans la chambre même que vous avez cambriolée ? L'argent a dû y être mis après le vol, sinon vous l'auriez pris. Dites-moi, pour quelle autre raison Mme Boggs aurait-elle eu une telle somme dans sa chambre ? »

« Je ne sais pas. Je vous le jure. »

« Raul, je veux bien croire que vous ne saviez rien de tout ça. Mais il y a un petit problème. »

« Quel problème ? C'est la vérité. »

« Ce serait plus crédible si vous n'aviez pas un casier pour extorsion et chantage. Voyez, » j'ai brandi son casier judiciaire, « vous avez déjà l'expérience de ce petit jeu, et comme la dernière fois, vous allez vous faire pincer. »

« J'ai fini de parler. Ramenez-moi dans ma cellule. »

LUCA

C'ÉTAIT LA DEUXIÈME FOIS EN QUELQUES SEMAINES QUE JE ME
rendais dans l'Ouest. J'avais vérifié la météo pour Vail avant
de partir : maximale de 5 °C et minimale de -3 °C annon-
cées, mais le thermomètre de la voiture de location indiquait 23 °C. En quittant l'aéroport international de Denver
par la longue route d'accès, je me suis retrouvé plongé dans
une carte postale ; des montagnes aux sommets enneigés
renvoyaient le soleil sur un ciel d'un bleu éclatant, sans
nuages. Pas un palmier à l'horizon, mais le paysage était joli
et il faisait chaud.

En montant sur la Route 70, les montagnes couvertes de
pins et de trembles devenaient de plus en plus imposantes à
mesure que la vallée et son autoroute se rétrécissaient, et la
température est tombée sous les 16 °C. En traversant la
première de plusieurs anciennes villes minières, mes
oreilles se sont bouchées. Une légère neige qui avait
commencé à tomber a cessé alors que je sortais du tunnel
Eisenhower.

Le soleil a commencé à jouer à cache-cache avec les

Rocheuses et j'ai monté le chauffage. La température est passée sous les 10 °C et les bancs de neige sur les bas-côtés ont grossi. Les maisons semblaient perchées dans des endroits inaccessibles en voiture. Comment les atteignait-on avec toute cette neige ? Ces demeures étaient immenses et avaient des murs de verre, tout comme en Floride. Il faudrait que je pense à prendre un magazine immobilier pour voir comment se portait le marché par ici.

Dépassant la sortie pour Vail, j'ai mis le cap sur le Holiday Inn situé à Avon, où les chambres coûtaient le quart des prix de Vail Village. La veste la plus épaisse que je possédais était une vieille parka que je gardais pour mes déplacements dans le New Jersey. J'ai enfilé un sweatshirt frappé du logo du Naples Surf Club et j'ai mis la parka par-dessus.

Le soleil avait disparu et j'ai avancé lentement sur les routes glissantes. Je pouvais voir des milliers de lumières scintillantes à l'approche de Vail Village. Après m'être garé, je me suis dirigé vers ce qui semblait être le centre du village. L'endroit ressemblait à la ville du Père Noël. En traversant un pont couvert, je m'attendais presque à être accueilli par des elfes.

Les rues étaient bondées de skieurs et de snowboarders dans divers états de liesse. Il a été facile de trouver le Pepi's Bar and Restaurant. Le bâtiment de couleur orange semblait être l'épicentre de Vail Village. La terrasse extérieure du Pepi's était bondée, avec une file d'optimistes sirotant des bières en attendant une table. J'étais plus optimiste que tout le monde réuni et je n'ai pas eu à attendre, car Nancy Grillo avait réservé une table à mon nom.

L'hôtesse m'a conduit à la salle Antler, qui semblait tout droit sortie de *La Mélodie du bonheur*. Étais-je au Colorado ou en Autriche ? Des chaises en pin brut sculpté étaient disposées autour de tables recouvertes de nappes à carreaux. Des chopes de bière, se comptant par centaines, s'alignaient sur les étagères et les serveurs étaient vêtus de lederhosen. La musique était soit allemande, soit autrichienne et l'atmosphère était à la fête.

Après avoir commandé une bière, j'ai observé la foule. Les serveurs livraient des plats qui semblaient trop sophistiqués pour le décor. J'ai parcouru le menu. Il y avait une tonne de plats de gibier et c'était cher, mais avec le décalage horaire, j'étais affamé. Nancy Grillo ne devait pas arriver avant quarante-cinq minutes. D'ici là, je serais ivre si je ne mangeais pas.

Je n'ai pas été assez courageux pour commander le goulash hongrois, alors j'ai opté pour un bol de soupe aux pois avec des saucisses de Francfort. C'était excellent et ça a fait l'affaire. Au moment où je commandais ma troisième bière, une femme menue comme un oiseau s'est dirigée dans ma direction. Elle portait un chapeau de fourrure qui s'accordait avec ses bottes et son manteau en daim noir.

Je me suis levé, mais elle m'a fait signe de m'asseoir et a retiré sa veste. Elle faisait presque la même taille que Marilyn Boggs. Alors qu'elle enlevait son chapeau, je m'attendais à une coupe à la garçonne, mais elle avait les cheveux dorés coiffés en un chignon haut sur la tête.

« Merci d'avoir accepté de me rencontrer. Je comprends votre scepticisme, mais vous pouvez me faire confiance. »

Elle était impassible. « Ma vie privée est importante pour moi. Je n'aime pas être sous les feux des projecteurs. »

Eh bien, si c'était le cas, elle avait choisi une sacrée ville pour y vivre. « Croyez-moi, vous n'avez aucun souci à vous faire. Comme je vous l'ai dit, tout ce que je cherche, ce sont des informations générales sur John Barnet. »

Je l'ai vue tressaillir au son de son nom.

Un serveur s'est arrêté à notre table et a pris sa commande pour un verre de riesling.

Nancy a baissé la voix. « J'ai une belle vie ici. Il a fallu s'adapter, mais vous seriez surpris de voir à quel point les résidents permanents de la vallée sont authentiques. Il y a pas mal de tape-à-l'œil pendant la saison de ski, mais les gens du coin sont terre à terre et m'ont accueillie comme l'une des leurs. » Elle a esquissé un rapide sourire avant qu'il ne se change en froncement de sourcils en disant : « Je ne peux pas tout recommencer. »

Je me suis penché en avant. « Je vous assure, Nancy, que tout ce que vous partagerez avec moi restera entre nous. Cela ne servira qu'à orienter mon enquête dans la bonne direction. »

« Qu'est-ce qu'*il* a encore fait cette fois ? »

« C'est bien là le problème, nous n'en sommes pas vraiment sûrs. »

« C'est une personne très trompeuse et dangereuse. Je l'avais chassée de mon esprit jusqu'à ce que cet inspecteur de Los Angeles commence à m'appeler. »

« Je suis désolé de devoir remuer tout ça, mais c'est important. »

Une serveuse s'est approchée de notre table et a récité les plats du jour, mais personne ne s'est laissé tenter. Nancy a commandé le sashimi de thon et j'ai suivi sa suggestion en commandant le carré d'agneau.

« Je ne veux pas vous brusquer. Croyez-moi, je suis reconnaissant d'être ici. Mais pourriez-vous m'en dire un peu plus sur vous ? Que faites-vous dans la vie ? »

Elle a expliqué que son grand-père était pilote et avait possédé une école de pilotage dans le comté d'Orange, à seulement cinquante-six kilomètres de Los Angeles. L'emplacement et les pistes en avaient fait un choix parfait pour un aéroport secondaire et le comté d'Orange l'avait racheté, le rebaptisant aéroport John Wayne. Elle a dit que son grand-père et son père avaient investi l'argent dans l'immobilier et qu'elle était l'unique bénéficiaire du trust qu'ils avaient créé.

C'était clair, même si je ne voulais pas remuer le couteau dans la plaie, que Barnet l'avait ciblée. « Je suppose que Bar… »

Elle a secoué la tête.

« Pardon, je suppose qu'il connaissait la situation financière de votre famille ? »

Elle a hoché la tête.

« Comment l'avez-vous rencontré ? »

Alors que je digérais le fait qu'ils s'étaient rencontrés lors d'un événement caritatif, un serveur enjoué a déposé nos assiettes et nous, ou plutôt moi, avons attaqué. Soit j'étais très affamé, soit c'était le meilleur carré d'agneau que j'aie jamais mangé. J'ai regardé autour de moi et j'ai vu au moins deux personnes les tenir comme des sucettes, ce qui m'a donné la permission que je cherchais pour les saisir et les ronger.

Une milliseconde après que j'ai reposé le dernier os, un serveur est apparu et a débarrassé la table.

« Cet agneau était excellent. Merci de me l'avoir suggéré. »

Nancy a souri. Cela a contribué à adoucir son visage aux proportions maladroites.

« Je déteste devoir en revenir à tout ça, mais… » J'ai levé les mains en signe d'impuissance.

« Ce n'est rien. »

Je me suis penché en avant et j'ai parlé sur le ton feutré d'un croque-mort. « Une de vos amies a mentionné qu'il avait pris des photos de vous sans votre consentement. »

Elle a pincé les lèvres. « Incroyable. »

« Vous auriez pu porter plainte. »

« Et me faire traîner dans la boue par la presse ? Non, merci. »

« Alors, vous avez décidé de prendre le large ? Même si on ne peut pas vraiment qualifier un départ pour Vail de fuite. »

Elle a haussé les épaules et a examiné ses mains.

Il y avait quelque chose. « Je comprends, mais la chronologie me trouble. L'histoire de l'appareil photo s'est produite environ trois mois avant que vous ne quittiez Los Angeles. »

Nancy s'est agitée sur sa chaise. « Je... je devais prendre des dispositions. »

« Lui avez-vous déjà prêté ou donné de l'argent ? »

Elle s'est mordu la lèvre, mais a été sauvée par le serveur qui apportait les cartes des desserts. Nous avons commandé des cafés et elle m'a suggéré d'essayer le strudel. Franchement, comment y résister dans un endroit pareil ?

« Vous a-t-il demandé un prêt ? »

« Je n'arrive toujours pas à croire à quel point j'ai été crédule. »

« Combien ? »

Elle a secoué la tête. « La première fois, c'était dix mille dollars, mais la fois suivante, vingt mille. »

« Vous les lui avez donnés ? »

« Oui, mais je lui ai dit que c'était tout. Il a demandé encore et encore, mais j'ai tenu bon. »

« Comment allaient les choses dans votre relation quand vous avez refusé de céder ? »

Elle a gloussé. « C'était ça, le pire ; il compartimentait totalement les choses, comme si de rien n'était. Mais moi, ça me perturbait beaucoup et j'ai essayé de mettre de la distance entre nous. »

Nos cafés et mon strudel sont arrivés et j'ai eu du mal à ne pas me jeter dessus. Je devais rester dans mon rôle et je me suis dit que le strudel serait ma récompense. J'ai pris une gorgée de café, je me suis penché en avant et j'ai tenté le coup.

« Je suis sûr que vous n'êtes pas au courant, mais c'était son modus operandi. Et quand une femme refusait de jouer le jeu, il la filmait et la faisait chanter. C'est ce qui s'est passé ? »

Elle a hoché la tête en la baissant. J'ai prié pour qu'elle ne se mette pas à pleurer. « J'avais peur de lui. Il ne l'a jamais dit directement, mais il a toujours insinué qu'il avait fait du mal à des gens par le passé, et il parlait de violence physique. J'aurais probablement dû le signaler, mais j'avais peur et je suis partie. »

« Il n'y a absolument pas de quoi avoir honte. Franche-ment, je suis fier de vous. La plupart des femmes auraient cédé, mais vous avez fait ce qu'il fallait. »

« Vous croyez ? »

« J'en suis certain. Vous l'avez envoyé paître et regardez où vous vivez. À mon avis, Vail est un million de fois mieux que L.A. Et puis, regardez-moi ce strudel, un peu ! »

Strudel mis à part, quand je suis sorti dans l'air glacial de la nuit, les poils de mes narines ont picoté. Ils étaient en train de geler ! Ça m'a forcé à reconsidérer ma remarque sur Vail par rapport à Los Angeles.

41

Luca

Après avoir fait appel à deux tribunaux distincts pour invalider notre assignation, Verizon a finalement cédé et accédé à notre demande d'accès au compte cloud de Barnet. Marilyn étant morte, la vidéo d'elle avait beaucoup moins de valeur, et j'ai supposé qu'il l'aurait probablement supprimée de son téléphone. De plus, demander ou obtenir une assignation pour examiner son téléphone personnel l'aurait alerté.

Les cracks de la police scientifique ont récupéré huit vidéos. Barnet aurait dû aller travailler pour ce salaud qui possédait le magazine *Hustler*. Je n'avais aucun intérêt pour cette pornographie et je suis allé directement à la plus récente. J'ai dû y regarder à deux fois. Il était indiqué qu'elle durait plus de douze minutes. Même si cela faisait légitimement partie de l'enquête, je me suis levé et j'ai fermé la porte de mon bureau avant d'appuyer sur Lecture.

Plus que mal à l'aise, je l'ai arrêtée au bout d'une minute et vingt secondes. C'était indéniablement Marilyn Boggs, et si elle n'y avait pas consenti, la vidéo violerait clairement la loi sur le « revenge porn », à condition qu'elle ait été publiée sur Internet. Je me suis demandé si le fait de l'envoyer sur son compte cloud pouvait être considéré comme une publication, car la recherche effectuée par les cracks n'avait rien donné.

Ce n'était pas surprenant. Barnet ne cherchait pas à embarrasser ces femmes ; pour autant que je puisse en juger, il voulait leur argent. Néanmoins, si nous étions à New York ou dans le New Jersey et que nous arrivions à convaincre l'une des autres femmes de porter plainte pour tournage non consenti, on pourrait lui mettre son cul bronzé au frais.

C'était une piste à creuser, car cela amènerait Barnet à regretter ses penchants pervers, qu'il ait tué Boggs ou non.

———

LES WATERSIDE SHOPS bourdonnaient de clients et de badauds, mais c'était calme à l'intérieur de la boutique Barnet's Wine & Spirits. Une vendeuse rousse m'a souri quand je suis entré.

« Je peux vous aider à trouver quelque chose cet après-midi ? »

J'ai répondu : « Pas pour l'instant, merci. »

« Prenez votre temps, dites-moi si je peux vous aider. Je m'appelle Carla ; je suis la directrice adjointe. »

En me dirigeant vers le rayon italien, j'ai remarqué que les étagères n'étaient pas pleines. Il y avait une douzaine d'emplacements par rangée, mais seule la moitié était occupée. Elles étaient pleines la dernière fois que je suis venu.

En passant aux rayons français et californien, j'ai noté qu'ils étaient également peu fournis. Était-ce normal ? Les vins étaient saisonniers, et il venait juste d'y avoir de grosses promotions. Peut-être que les nouveaux millésimes n'étaient pas encore arrivés.

En faisant le tour du magasin, je suis repassé devant la vendeuse et elle a dit : « Vous êtes sûr que je ne peux pas vous aider ? »

« En fait, je cherchais un vin que John, je crois que c'est le propriétaire, m'avait suggéré. »

« Quel était le nom de ce vin ? »

« C'est bien le problème, je ne m'en souviens plus. »

« Rouge, blanc ? »

J'ai levé les mains en l'air. « Je sais que ça paraît fou, mais il m'avait fait quelques suggestions qui semblaient excellentes. »

« John est un grand amateur de bordeaux. Était-ce un bordeaux ? »

« Non. Ça, je m'en souviendrais. Est-ce qu'il est là, par hasard ? »

Elle a hoché la tête. « Il est dans son bureau. Laissez-moi voir s'il est libre. »

Me tenant sur la gauche, j'ai regardé Barnet rentrer sa chemise dans son pantalon en sortant précipitamment de son bureau. Balayant le magasin du regard pendant qu'il marchait, il m'a vu et a marqué une pause avant de forcer un sourire.

« Content de vous revoir. Carla m'a dit que vous cherchiez un vin que j'avais mentionné. La dernière fois que vous êtes venu, est-ce que je vous avais recommandé un barolo ? »

« Je ne crois pas. Vous faisiez une dégustation dans l'arrière-salle avec deux femmes. »

Il a souri. « Juste deux ? »

« Oui, je me souviens que la bouteille coûtait quatre-vingt-dix dollars, et j'avais dit que c'était trop cher pour moi, que je ne verrais jamais la différence. »

« Ah oui, je me souviens maintenant. Nous dégustions un bourgogne. Et ne sous-estimez pas votre palais. Plus vous boirez de vins, plus vous percevrez facilement les différences entre eux. »

J'ai ricané. « Si ça veut dire que je dois dépenser plus pour une bouteille, je ne suis pas sûr de vouloir ce genre de sens. »

« Allons au rayon des bourgognes. »

Il a désigné une carte multicolore au-dessus d'un rayonnage de vin.

« Il est important de comprendre qu'il y a diverses régions en Bourgogne. Les vins sont très différents les uns des autres, même au sein des sous-régions elles-mêmes. »

Il y avait beaucoup de noms, commençant par Côte, mais le seul que je reconnaissais était chablis. Ce type s'y connaissait vraiment. Il a parlé sans arrêt pendant quinze minutes jusqu'à ce que je sorte une bouteille de l'un des casiers.

« Désolé, je peux parfois m'emporter, mais c'est parce que je crois en l'importance du terroir. C'est une excellente bouteille que vous avez là, mais pour vous, elle est peut-être un peu chère à soixante-dix-neuf quatre-vingt-quinze. »

J'ai remis la bouteille en place.

« Regardez plutôt celle-ci. » Barnet a sorti une bouteille d'un casier. « Elle est d'un producteur bien connu, Louis Jadot, dont les vins sont faciles à trouver. Je pense que nous avons au moins quinze de leurs vins. C'est un Côte de Nuits. » Barnet a montré la carte. « C'est la région des rouges, en haut. C'est ce qu'on appelle un vin de village. Celui-ci a de jolis arômes de cerises noires avec une pointe de fraise. Il est moyennement corsé avec une bonne profondeur. Il n'est pas terriblement complexe, mais je crois que c'est une excellente introduction, surtout à moins de trente dollars. »

En entendant la description, j'ai eu envie de faire sauter le bouchon sur-le-champ. « Ça a l'air très intéressant. J'apprécie que vous respectiez mon budget. On ne gagne pas beaucoup d'argent dans mon secteur. »

« Tout le plaisir est pour moi. Tenez, prenez aussi une bouteille de celui-ci. C'est un volnay de Beaune, qui se trouve au sud de l'appellation du Jadot. »

Alors que je prenais les deux bouteilles de ses mains, Barnet a dit : « Dites-moi ce que vous en pensez. Nous avons plein de vins abordables, alors parlez de nous à vos amis. Il faut que j'y aille. Merci encore d'être passé. »

« Vous pouvez attendre une minute ? J'ai quelques questions. »

« Je n'ai vraiment pas le temps aujourd'hui. »

« Ce sera rapide. »

Barnet a repris les bouteilles et s'est dirigé vers le comptoir. « Encaissez-lui ça. Nous allons dans mon bureau une minute. Je veux lui montrer une vue aérienne de la Bourgogne. »

Alors que nous entrions dans son bureau, Barnet a fait référence à une photographie accrochée au mur derrière son bureau. C'était une photo prise en biais d'un vignoble de Bourgogne où les rangs de vigne suivaient les courbes des collines vallonnées. Il n'y avait pas âme qui vive et l'image dégageait une beauté naturelle.

Barnet était assis derrière un bureau sur lequel une douzaine de bouteilles de vin au moins formaient un demi-cercle. Trois verres et un tire-bouchon étaient prêts à être utilisés.

« Vous faites une dégustation ? »

Il a hoché la tête. « J'étais sur le point de commencer quand vous êtes entré. »

« Ça fait beaucoup de vin. »

Barnet s'est penché sous le bureau et en a ressorti un seau. « C'est à ça qu'il sert. Je goûte et je recrache. »

« Et que faites-vous du reste de la bouteille ? »

Il a haussé les épaules. « Si c'est un vin que j'envisage de vendre, je m'assure que le personnel y goûte. Comme ça, ils ont une bonne connaissance du produit ; sinon, ça part dans l'évier. »

Hochant la tête, j'ai réalisé qu'il y avait vraiment un monde entre un endroit comme celui-ci et acheter son vin chez Publix, comme je le faisais d'habitude. Ça aurait été sympa de continuer à parler de vin, mais il était temps de passer à autre chose.

« Au fait, j'ai remarqué des emplacements vides sur les étagères. On dirait qu'il y a beaucoup moins de stock. »

« On attend une énorme livraison de vin. Franchement, je ne sais pas où je vais mettre tout ça. »

« Très bien. Écoutez, je voulais revoir quelques points avec vous concernant Marilyn Boggs. »

Barnet s'est raidi et a retiré ses mains de la table.

« Vous aviez dit que son vin préféré était le sauvignon blanc. »

« Oui, elle appréciait celui-là ainsi que les vins blancs de Bordeaux, qui sont un assemblage de sémillon et de sauvignon blanc. »

« Mais le jour de son meurtre, nous avons trouvé une bouteille de pinot noir entamée sur le comptoir de la cuisine. »

« Peut-être qu'elle en buvait avec la personne qui a fait ça. »

L'expression « qui a fait ça » m'a fait tiquer. Était-ce son attachement pour Marilyn qui l'empêchait d'affronter la réalité, à savoir qu'elle avait été poignardée à mort ? Ou était-ce une esquive inconsciente pour adoucir la violence de l'acte ? Avant que je puisse dire quoi que ce soit, il a ajouté : « C'était probablement Gideon. »

« Il aime le pinot noir ? »

« Je crois, oui. »

« La dernière fois que vous étiez avec Marilyn, avez-vous eu un rapport sexuel ? »

« Allons, inspecteur, n'est-ce pas un peu personnel ? »

« Répondez à la question, je vous prie. »

Barnet a eu un mouvement de tête las. « Oui. »

D'après l'autopsie, il mentait. J'ai classé cette tromperie dans un coin de ma tête et je suis passé à autre chose.

« Gideon Brighthouse a dit que vous vous disputiez quand il est entré dans la maison l'après-midi du meurtre. »

« Nous disputer ? Non, il a dû mal comprendre. »

« Qu'est-ce que c'était, alors ? »

« Je ne me souviens plus de quoi nous parlions quand il est arrivé, mais nous n'étions certainement pas en train de nous disputer. »

« Vous en êtes sûr ? »

« Inspecteur, j'espère que vous n'essayez pas d'insinuer que nous nous disputions et que… enfin, vous voyez. »

« Je ne fais pas dans l'insinuation ; mon univers est celui des preuves. »

42

Luca

JE BAVARDAIS AVEC UNE AGENTE DE POLICE QUI VENAIT DE rejoindre le service quand Vargas a passé la tête par la porte de notre bureau.

« Hé, Frank ! Viens voir. »

La nouvelle recrue était mignonne. Est-ce que Vargas était jalouse ?

« Qu'est-ce qui se passe ? »

« Je viens d'avoir des nouvelles de George King. »

« Qui ça ? »

« Il a travaillé avec Brighthouse pour la réélection du sénateur White. Il a enfin répondu à, genre, mon dixième appel. »

« Et ? »

« Il prétend que Brighthouse a des problèmes de colère. Il a dit qu'il était parfois imprévisible et qu'il l'a même vu frapper sa femme. »

« Quoi ? Qu'a-t-il dit exactement ? »

« C'était juste au moment où l'affaire de corruption au sujet de White a éclaté. Il y avait une petite réunion pour les collecteurs de fonds... »

« Les collecteurs de fonds ? »

Vargas a hoché la tête. « Ce sont des gens qui non seulement font des dons importants à une campagne, mais qui vont aussi chercher d'autres donateurs pour la soutenir. Bref, ça se passait chez Fleming's Steak, et juste avant qu'ils ne s'y rendent, Marilyn Boggs a eu vent de l'affaire White. King a dit qu'il ne restait plus qu'eux trois au bureau et que Marilyn ne voulait pas aller au dîner. Brighthouse a insisté pour qu'elle y aille et ils ont commencé à se disputer. King était là, il s'est senti mal à l'aise et il est allé dans son bureau. Quelques minutes plus tard, King est ressorti et a vu Marilyn se diriger vers la porte quand Gideon l'a attrapée par le bras, la faisant pivoter. Marilyn a perdu l'équilibre et s'est écrasée contre une photocopieuse. Mais au lieu de calmer le jeu, Gideon lui est rentré dedans. King s'est interposé et a mis fin à la dispute, en disant qu'il pensait que Marilyn était en danger et que Gideon avait totalement perdu le contrôle. »

J'étais sous le choc. Brighthouse semblait réservé, presque effacé. « Il a été violent avec elle ? »

« D'après King. Il a aussi dit que Brighthouse était sujet à la colère quand la campagne a commencé à mal tourner. Il m'a dit que Brighthouse avait déclaré, à plusieurs reprises, qu'il voulait tuer le type de Fox qui avait sorti l'affaire. »

« Les paroles peuvent établir des schémas, mais si on enfermait tous ceux qui disent sous le coup de la colère qu'ils veulent tuer quelqu'un, on patrouillerait dans des rues vides. Ce qu'il faut creuser, c'est l'aspect de la violence physique. Mais n'oublie pas qu'il n'a pas d'antécédents de violence. »

« C'est une famille très puissante. Qui sait s'il y a eu des tentatives d'étouffer l'affaire ? Ils auraient pu payer quelqu'un ou plusieurs personnes pour garder le silence. Ces accords sont scellés. »

« Je sais que l'argent peut acheter le silence, mais il y a toujours un murmure, une tendance à fermer les yeux qui finit par fuiter. Dans ce cas, on n'a absolument rien qui indique qu'il était violent. »

Vargas a dit : « N'oublie pas, ces accords sont secrets, scellés par un tribunal. »

« Et la seule façon de garder un secret entre deux personnes, c'est quand l'une d'elles est morte. »

Vargas a souri. « Dès que le mot "secret" est sorti de ma bouche, je savais que tu allais invoquer ce lucaïsme. »

« Lucaïsme, ça me plaît. Je vais peut-être créer un blog avec ce nom. »

« Sérieusement, il faut qu'on interroge Brighthouse à ce sujet. Je vais contacter Gerey pour organiser ça. »

« D'accord. Tu sais, ça vaudrait peut-être le coup de réexaminer les contacts de la campagne, voir si ce King avait une dent contre Brighthouse. »

« Bien sûr. On doit vérifier les médicaments qu'il prend. Peut-être qu'ils sont liés à ça. Pourquoi ne demandes-tu pas au département de pharmacologie de l'université de Gulf Coast ? Ils sauront s'ils peuvent rendre violent. »

Encore une perle de Vargas. « Bonne idée, mais l'histoire de la campagne s'est passée avant que Brighthouse ne commence à avoir ses crises de panique. »

« Ça vaut quand même le coup de vérifier. »

« Je m'en occupe. »

———

J'AI FERMÉ un e-mail et j'ai dit : « Il se fiche de moi, ce type ? Gerey veut qu'on soumette nos questions par écrit. Il dit que ce serait trop dur pour son client de venir. Gerey prétend que Brighthouse est trop stressé. »

« Il a de quoi, il est suspect dans le meurtre de sa femme. »

« Je ne sais pas, Vargas. Ces saletés d'avocats pensent qu'ils dirigent le monde. Mais tu sais quoi ? Ils ne peuvent pas mener Luca par le bout du nez. Gerey veut jouer à des jeux ? Très bien, maintenant je vais envoyer deux agents à Keewaydin et traîner le cul sophistiqué de Gideon jusqu'ici. »

« Calme-toi, Frank. Ce serait peut-être une bonne idée d'en parler à Morgan. On n'a pas besoin que Gerey aille se plaindre à lui. »

Elle avait raison, encore une fois. « Ces conneries administratives me tuent. »

« Veux-tu que j'aille voir Morgan ? »

J'ai hoché la tête. « Il t'aime certainement beaucoup plus que moi. »

———

« QU'A-T-IL DIT ? »

« C'est un bon compromis, en quelque sorte, on coupe la poire en deux. Il a appelé Gerey, qui a dit qu'il faudrait deux semaines pour que Crowley et lui puissent venir. »

« Mais qui diable mène la danse ? »

« Attends, Frank. L'interrogatoire est prévu à l'appartement des Boggs sur la Cinquième Avenue, et Crowley ne sera pas là. »

« C'est quoi, Morgan ? Salomon, maintenant ? »

« C'est une bonne solution, Frank. Brighthouse ne sera pas sur son île et sera en dehors de sa zone de confort. »

« On verra bien. Je parie qu'il viendra soit défoncé, soit qu'il fera une autre crise de panique. »

« Espérons que non. Hé, tu as eu des nouvelles de l'université pour les médicaments ? »

« Désolé, c'est arrivé ce matin. J'ai été distrait par ces conneries de Gerey. »

« Ce n'est pas grave. Qu'ont-ils dit ? »

« En gros, qu'on devient rarement violent lors d'une crise de panique, à moins d'être sur le chemin de celui qui veut s'échapper, mais le psy a aussi dit que chez certains patients, l'interaction des médicaments peut provoquer des accès de violence. »

43

Un vendeur a frappé à la porte du bureau de Barnet et a dit : « John, il y a un M. Farnham sur la ligne une. Il est contrarié à propos d'une commande de vins en primeur. »

« Tu ne peux pas la passer à Bridgette ? »

« Euh, tu l'as renvoyée. »

« Passe-moi ce satané appel ! »

« Monsieur Farnham. Comment allez-vous ? ... Je comprends, monsieur, j'ai dû me séparer de ma directrice de magasin. ... Oui, Bridgette. Elle a mis un bazar monstre dans le programme des primeurs, et il va me falloir un peu de temps pour tout remettre en ordre. Vous n'imaginez pas à quel point elle a mélangé toutes les commandes. ... Je vous promets de vous recontacter dans dix jours, maximum. ... Dix jours, c'est une estimation large. Je dois contacter tous les châteaux. Je ne peux tout simplement pas me fier aux registres qu'elle tenait. ... Merci de votre compréhension, monsieur. J'aurais dû me douter qu'il ne fallait pas laisser quelqu'un d'autre gérer les commandes, mais je peux vous assurer que cela n'arrivera plus jamais. »

Barnet a ouvert la feuille de calcul des primeurs. La colonne C affichait le nombre total de caisses : près de quatre-vingts caisses du prochain millésime de Bordeaux avaient été vendues. En faisant défiler jusqu'à la colonne E, il a noté que le total des ventes s'élevait à 113 450,00 $, et dans la colonne F, que l'acompte de soixante-quinze pour cent perçu était de 85 087,50 $.

Le vin devait commencer à arriver dans cinq mois. Son problème était double : il n'avait commandé qu'un peu plus de la moitié du vin qu'il avait vendu en primeur, et tout l'argent avait disparu. Si l'affaire éclatait, il perdrait le magasin, ainsi que tout ce qu'il possédait.

Barnet savait qu'il devrait aussi déménager, mais où ? Chicago était une ville où le vin avait sa place, mais le temps y était épouvantable. Et Scottsdale ? Le temps était beau, mais ce n'était ni une ville de vin ni près de l'eau. La perspective d'un déménagement l'a incité à appeler un copain pour sortir le soir même. Barnet allait partir en quête d'une nouvelle bouée de sauvetage et avait quelques pumas en tête.

———

C'ÉTAIT la première fois que Bridgette se trouvait dans les bureaux du shérif. La sécurité l'avait effrayée, mais une fois à l'intérieur, elle a été surprise par le calme qui y régnait. Le mur extérieur du deuxième étage était bordé de bureaux. Reflétant celui dans lequel elle se trouvait, chacun avait une grande baie vitrée donnant sur l'espace ouvert, qui était jalonné d'îlots de bureaux se faisant face. Beaucoup de bureaux étaient vides, mais ceux qui ne l'étaient pas étaient occupés par un mélange d'officiers en uniforme et en civil.

L'inspecteur Wiley a dit : « Bien, madame. Et si vous me disiez pourquoi vous êtes ici ? »

« John Barnet est en train d'arnaquer ses clients. Il devrait être en prison. Il fait comme si... »

« Allez-y doucement, madame. Parlons-nous bien du John Barnet de Barnet's Liquors ? »

« Oui, celui qui possède le magasin de Waterside. Comment le connaissez-vous ? »

« Que lui reprochez-vous de faire ? »

« Ce n'est pas un reproche, il le fait. Il encaisse de l'argent pour des commandes de primeurs, mais n'achète pas le vin pour honorer ces commandes. »

« Des primeurs ? »

« Dans le commerce du vin, on a la possibilité d'acheter un nouveau millésime avant sa sortie. Voyez-vous, le vin reste longtemps en barriques avant d'être mis en bouteille et commercialisé. Donc, si on achète à l'avance, on obtient un meilleur prix et la garantie d'avoir ces vins très contingentés. »

« Et comment savez-vous que Barnet ne va pas livrer les vins qui ont été commandés ? »

« J'ai travaillé comme directrice de son magasin pendant près de trois ans. »

Après avoir pris une note, Wiley a dit : « Allez-y lentement et expliquez-moi ce qui, selon vous, est en train de se passer. »

« Nous ne nous étions jamais lancés dans les primeurs auparavant. Bleu Cellar avait le monopole du marché, mais comme l'activité était faible cet été, John est venu me voir pour lancer une campagne de primeurs afin de générer du trafic. Nous avons eu des commandes, mais il n'était pas satisfait et en voulait plus. Bref, nous avions plus de cent mille dollars de commandes, mais je sais qu'il n'a pas commandé tout le vin. »

« Comment le savez-vous ? »

« C'est moi qui passais les commandes et, pour ne rien arranger, il a vendu des vins en primeur de producteurs qui l'avaient mis sur liste noire parce qu'il avait beaucoup de retard dans ses paiements. »

« N'est-il pas possible qu'il puisse acheter le vin auprès d'une source secondaire ? »

« C'est possible, mais il y perdrait de l'argent, si tant est qu'il puisse le trouver. »

« Qu'a-t-il fait de l'argent, à votre avis, s'il n'a pas commandé tout le vin ? »

« Il a surtout servi à payer les factures. Le magasin n'a jamais vraiment eu le succès qu'il espérait. À mon avis, il était mal situé et le loyer est exorbitant. Waterside est rempli de boutiques de créateurs de luxe. C'est une clientèle différente. »

« Vous pensez que Barnet était sous pression financière et a utilisé une partie de l'argent qu'il a encaissé pour couvrir ses frais de fonctionnement ? »

« Oui, comme une chaîne de Ponzi. Alors, est-ce que je dois déposer une plainte ou quelque chose comme ça ? »

« Ce n'est pas si simple. D'abord, si vous n'avez pas participé à l'achat des primeurs, vous n'avez pas qualité pour déposer une plainte. Il nous faut la plainte d'un des clients. »

« Pas de problème, combien en voulez-vous ? »

« En temps voulu, car l'autre problème est que personne n'a encore été escroqué. »

« Mais ils vont l'être. »

« Peut-être, mais Barnet pourrait acheter le vin dont il a

besoin pour livrer ou même simplement rembourser l'argent aux clients. »

« Où va-t-il trouver l'argent pour ça ? »

« C'est son problème. Quand les acheteurs sont-ils censés recevoir le vin qu'ils ont commandé ? »

« Une partie doit arriver aux États-Unis d'ici cinq mois environ. »

« Il va falloir attendre de voir comment cela évolue et si Barnet est capable de satisfaire les acheteurs, d'une manière ou d'une autre. À ce stade, il est trop tôt pour faire quoi que ce soit. Aucun crime n'a été commis. »

« C'est insensé. Je vous le dis, John Barnet est un homme très dangereux. Il m'a dit qu'il avait tellement tabassé un type qu'il avait fini en soins intensifs. »

« C'était quand ? »

« Je ne suis pas sûre, mais c'était quand il était à Los Angeles. »

« Cela ne relève absolument pas de notre juridiction, madame. »

« Ouais, eh bien, il a fait la même chose à un agent de recouvrement ici même, à Naples. »

« Parlez-moi de ça. »

« Il y avait ce type, je crois qu'il s'appelait Vincent Ropo ou quelque chose comme ça, et il venait tout le temps au magasin pour essayer de recouvrer l'argent que Barnet devait à une cave chilienne. John ne payait pas, prétextant que le vin était bouchonné, mais je savais qu'il mentait. Il n'avait pas l'argent. Bref, ce Vincent venait au moins deux fois par semaine. Puis, tout d'un coup, il a cessé de venir. »

« Peut-être que Barnet a payé la facture ou que la cave a passé la perte par profits et pertes. »

Bridgette a secoué la tête. « J'ai demandé à John ce qui s'était passé, et il a souri, d'un air si mauvais que j'ai su qu'il avait attaqué ce pauvre type. »

44

LUCA

Je venais de raccrocher quand Vargas a déferlé dans le bureau et a dit : « Je crois qu'il serait temps de faire venir Barnet pour une petite discussion. »

« Pourquoi ? Qu'est-ce qui a changé ? »

« C'était l'ancienne directrice du magasin de Barnet. Elle a dit que Barnet n'a pas l'argent pour renouveler son stock. Il a de grosses dettes envers deux distributeurs pour du bois, et il est en retard sur son loyer. »

« C'est elle qui voulait déposer une plainte pour fraude ? »

« Ouais, elle ne comprend toujours pas pourquoi on laisse toute cette affaire de fraude sur les ventes de vin en primeur suivre son cours. Je lui ai dit la même chose que Wiley : Barnet a peut-être un projet, mais il n'a encore rien fait. »

« Tout comme Brighthouse ? »

« Je te répondrai dès que je le pourrai. Pour l'instant, on sait que Barnet a besoin d'argent : un mobile parfait pour un chantage, tu ne crois pas ? »

« Désolé, je ne comprends tout simplement pas pourquoi Marilyn ne se serait pas défendue, surtout avec les moyens dont disposent les Boggs. »

« Tout est une question de réputation. Qui sait ce que Barnet pouvait avoir d'autre sur elle ? »

« Mais il n'avait rien d'autre. On sait, d'après les relevés de Verizon, qu'il n'avait qu'une seule vidéo d'elle. »

« Il aurait pu l'avoir stockée sur un disque dur, une clé USB ou quelque chose du genre. »

« Écoute, je trouve que toute cette histoire de tournage est dégoûtante, avec ou sans consentement, mais de nos jours, ça pourrait à peine faire les gros titres un jour où il ne se passe rien. »

« On n'a pas affaire à des gens normaux. Tu as peut-être raison, mais ce qui compte, c'est ce qu'elle pensait, elle, pas ce que nous ou les autres en pensons. Qui sait, le vieux a probablement une clause à ce sujet dans le fidéicommis. »

« Tu tiens peut-être quelque chose, Frank. Il y a peut-être une sorte de clause concernant le fait de nuire à la réputation de la famille ou un truc du genre. »

« Si c'est le cas, le vieux devait être une sorte de narcissique. Tu crois vraiment qu'il pensait que tout le monde était focalisé sur les Boggs et leurs faits et gestes ? »

« Je suis sûr que ça avait un rapport avec le fait de gérer l'argent des gens et d'avoir une réputation irréprochable, sinon ça aurait été difficile pour les gens de leur confier leur argent. »

« Les gens devraient vraimentarrêter de se soucier de ce que les autres pensent d'eux. »

« Je sais. Dis, avant que j'oublie, le substitut du procureur Lindsey a appelé au sujet de Sanchez. Il veut savoir ce qui se passe. Il voulait contacter l'Immigration pour le faire expulser plutôt que de le juger si on ne l'inculpe pas de meurtre. »

« Bon sang, mais qu'est-ce qui leur prend ? Ils savent que Sanchez est l'un de nos principaux suspects dans l'affaire Boggs. »

« C'est ce que je leur ai dit. Ils cherchent probablement à liquider des affaires, à réduire leur arriéré. Pour améliorer leurs statistiques. »

45

LUCA

Posant un café sur mon bureau, j'ai pris un marqueur et me suis dirigé vers le tableau blanc. J'ai dessiné trois cercles et y ai inscrit G, B ou S.

« Commençons par Gideon. » J'ai écrit sous le G encerclé : Proche de la victime, a trouvé le corps, Mobile - Argent, Avait prévu de tuer, Pas de casier judiciaire.

« Autre chose ? »

Vargas dit : « Il est sous traitement, et ce sont des médicaments qui peuvent rendre certaines personnes violentes. Ça aurait pu être un accès de violence dû aux médicaments. »

Ajoutant *Sous médocs* à la liste, j'ai pris une gorgée de café et j'ai dit : « Passons à Barnet pour le moment. »

Sous le B, j'ai écrit : Proche de la victime, présent le jour du meurtre, mobile - vengeance ? - pas de casier mais preuve de tentative d'extorsion.

Vargas dit : « Je ne crois pas à la thèse de la vengeance. Au contraire, ça pourrait être une dispute qui a mal tourné.

Peut-être que Barnet menaçait Marilyn pour qu'elle paie et que les choses ont dégénéré. »

« Ils se disputaient, d'après Brighthouse, et bien que Barnet ait dit qu'ils avaient couché ensemble cet après-midi-là, l'autopsie n'a révélé aucune preuve de cela. »

Barrant vengeance, j'ai inséré *dispute/rixe* à la place. « Il n'y a rien de concret, mais Grillo et son directeur de magasin pensent tous les deux que Barnet a un côté violent. »

« Tant que nous n'aurons pas de preuve, ce ne sont que des ouï-dire. »

J'ai dit : « Je sais. N'oublions pas que le pinot noir est le vin préféré de Barnet. »

« Rien ne prouve que c'est lui qui buvait la bouteille trouvée sur la scène de crime. »

« Vous ne le voyez pas sur le tableau, n'est-ce pas ? Maintenant, passons à Sanchez. » J'ai écrit en parlant. « Il était sur l'île le jour du meurtre. A admis être entré dans la maison pour voler ses bijoux. Vu en train de parler à Mme Boggs. Mobile, s'il y en avait un, c'était de dissimuler son chantage, tout comme Barnet. »

« Et Sanchez a un lourd casier judiciaire avant son arrivée aux États-Unis. »

Saisissant mon café, je me suis assis. « Pour rester sur Sanchez, il est clair que ce n'est pas un enfant de chœur. Je ne sais juste pas s'il avait l'intelligence ou le cran de monter une affaire de chantage. »

« Mais n'oubliez pas que ça aurait été une affaire ponctuelle. Une fois qu'elle aurait payé ce qu'il demandait pour récupérer la bague, il n'aurait plus eu de moyen de la faire chanter. C'est beaucoup plus simple qu'une affaire qui dure. »

« Probablement, mais à qui aurait-il pu dire qu'il l'avait volée et qu'il l'avait approché ? »

« Il aurait pu dire que quelqu'un, peut-être un membre de gang, savait qu'il travaillait sur l'île et l'avait approché. »

« Comment le voleur aurait-il su quoi voler ? Avec tous ces bijoux dans la chambre, il ressort avec quelques pièces et l'une d'elles est la préférée de la victime ? Je n'y crois pas. »

« Qui savait que c'était sa préférée ? Barnet et Brighthouse devaient le savoir. Vous pensez qu'il pourrait y avoir un lien entre Sanchez et l'un d'eux ? »

C'était une chose que je n'avais jamais envisagée. Vargas était en train de devenir une meilleure détective que moi.

« Nous allons devoir examiner ça. Mais si ça s'avère être Sanchez, je pense qu'il l'a surprise pendant le vol et qu'il a paniqué. Revenons à Gideon pour l'instant. Le fait qu'il ait prévu de tuer sa femme est irréfutable, bien que non illégal. L'a-t-il poignardée à mort ? Il était sur l'île et a trouvé, ou plutôt a signalé, son corps. Son mobile ? Éviter un divorce qui l'aurait laissé sur la paille comme le commun des mortels. Mais il aurait touché des millions si elle mourait. »

« On dirait notre suspect numéro un. »

« C'est possible. Ce Barnet me plaît autant que j'aime aller chez le dentiste. C'est un salaud vénal et cupide. Nous savons qu'il a au moins essayé de faire chanter une femme avec le même profil que Mme Boggs. »

« Et nous savons qu'il était avec elle quelques heures seulement avant qu'elle ne soit retrouvée morte. Le capitaine du yacht qui l'a ramené sur le continent a dit qu'ils étaient partis vers trois heures, ce qui était plus tôt que d'habitude. »

« La question est pourquoi. Était-ce juste une dispute anodine ? Pourquoi ne l'aurait-il pas simplement dit ? »

« Ça aurait pu être à propos de l'argent qu'il lui soutirait et il voulait garder ça secret. »

« Sans doute, mais il y a un grand pas entre le chantage et le meurtre. Ça n'arrive pas normalement. »

« Rien dans cette affaire n'est normal. »

« Je ne laisserai pas cette affaire s'ajouter aux deux cent mille meurtres non résolus de ces soixante dernières années. »

———

POUR LA PREMIÈRE fois depuis des mois, un cauchemar sur l'affaire Barrow m'a réveillé, anéantissant un autre de mes espoirs. À quoi m'attendais-je ? Un gamin s'était suicidé parce que je n'avais pas arrêté les manœuvres pour le faire accuser à tort. Être un bleu n'était pas une excuse. Je devrais apprendre à vivre avec, comme l'avait dit Vargas. Je savais qu'elle avait raison et j'ai fait pivoter mes jambes hors du lit. Le réveil affichait 5 h 12, et ma gorge me piquait. Je suis allé aux toilettes et, en attendant que l'envie d'uriner se manifeste, j'ai repensé à l'affaire Boggs. Après m'être soulagé, j'ai décidé de me faire une tasse de thé et de relire l'intégralité du dossier.

Après avoir coupé un citron et en avoir pressé la moitié dans mon thé, j'ai saisi le dossier Boggs de quinze centimètres d'épaisseur et me suis assis. Le premier document qu'il contenait était le rapport de la police scientifique de la scène de crime : une longue liste identifiant la nature et l'emplacement d'une collection de cheveux, de fibres, d'empreintes latentes, d'une empreinte de chaussure, et de sang, tout cela provenant de la victime.

L'identité des échantillons de cheveux et des empreintes

n'était pas surprenante. Outre la victime, la plupart des cheveux et des empreintes digitales appartenaient à Gideon Brighthouse, John Barnet et trois femmes de ménage. Je me suis souvenu de mon intérêt initial pour un cheveu non identifié, mais les analyses l'avaient relié à un homme qui livrait les compositions florales chaque semaine.

Le rapport sur les fibres était une longue liste, mais rien d'inhabituel ne ressortait. Si nous avions un suspect sérieux, nous espérerions pouvoir l'utiliser pour lier sa présence à la scène. Ce ne serait pas une preuve irréfutable, juste un élément à charge.

Buvant la dernière gorgée de mon thé, je me suis tourné vers les preuves matérielles recueillies sur les lieux : le verre de vin vide et une bouteille presque vide de Kistler Pinot Noir. Qui avait bu le vin ? C'était encore indéterminé. La seule chose intéressante à propos de l'extracteur de jus Omega était l'intention de Gideon de l'utiliser comme moyen d'administration du poison aux champignons.

La preuve matérielle la plus importante que nous avions était le couteau qui avait servi à tuer Marilyn Boggs. D'après le rapport, il était fabriqué par Zwilling en Allemagne et, sans surprise, il était cher. Son manche en bois noir avait été essuyé pour effacer les empreintes, et sa lame crantée mesurait trente-cinq centimètres de long. Pas étonnant qu'il ait traversé la pauvre femme de part en part. Le sang retrouvé sur le couteau appartenait à Marilyn Boggs. J'ai décroché la photo du couteau et l'ai suppliée de me parler.

C'est en raccrochant la photo que ça m'a frappé. J'ai bondi de ma chaise et je suis allé jusqu'au comptoir où se trouvaient mon citron et mon couteau. Effectivement, il y avait une goutte de jus de citron qui avait coulé de la lame sur le comptoir. J'ai attrapé le dossier de l'affaire et je l'ai feuilleté pour revenir au rapport de la police scientifique.

Aucune goutte de sang n'a été retrouvée nulle part, y compris à l'endroit où le couteau a été découvert. Le tueur avait soit essuyé le manche, soit il portait des gants. Mais la lame n'avait pas été essuyée. Il ou elle ne l'avait pas rincée non plus, puisqu'aucune trace de sang n'a été décelée dans l'évier.

J'ai vérifié l'heure ; il n'était que 18 h 18. Bon sang, il me restait deux heures entières à attendre avant de pouvoir calmer cette démangeaison.

46

Luca

LE MÉDECIN LÉGISTE SHIELDS A LEVÉ LES YEUX DE SON ÉCRAN et a secoué la tête.

« Je n'ai pas le temps, Frank. »

« Ce sera rapide, promis. »

« Tu sais, tu dis toujours ça, et ça ne l'est jamais. »

« C'est important, Doc. »

Regardant sa montre, il a dit : « Tu as cinq minutes. »

« Merci. Les couteaux à lame crantée ont tous ces petits bords, alors si on en utilisait un pour poignarder quelqu'un, en le retirant, est-ce qu'il emporterait du sang avec lui ? »

« Il y a de nombreux facteurs, à commencer par l'arc de l'arme lors du coup de poignard. Si la victime était au sol ou très inclinée, la gravité jouerait un rôle. »

« D'accord. Et entre une lame lisse normale et une lame crantée lors d'un coup de couteau ? Quelle est la différence pour les écoulements de sang ? »

« Debout, assise ? Perforation profonde ou pas ? »

« Debout. L'agresseur est plus grand que la victime, et c'est une blessure aussi profonde que possible, en plein dans la poitrine, comme dans l'affaire Boggs. »

« Une longue lame crantée a été utilisée dans cette affaire. C'est de ce meurtre dont on parle ? »

« Oui. »

« Je généralise, Frank, car même les vêtements que porte la victime jouent un rôle… »

« Mais elle portait un chemisier léger, vous l'avez bien vu. »

Il a hoché la tête. « C'était assez inhabituel de ne trouver aucune trace de sang sur la scène de crime. Une lame plate aurait tendance à laisser le sang s'écouler le long de la lame, générant une goutte plus grosse, en forme de tache. Une lame crantée a de nombreux points de contact. Elle a en fait une surface de contact inférieure à celle d'une lame lisse, et les points de contact sont plus fins, ce qui signifie que moins de sang s'accumulerait sur chaque point de contact. »

« Et pour ce qui est des gouttes ? »

« Elle a tendance à produire de plus petites gouttelettes de sang. »

« Et où ces gouttelettes tomberaient-elles ? »

« Ce n'est pas une science exacte, Frank. La force et la vitesse du coup et du retrait joueraient un rôle majeur dans la chute éventuelle du sang. Et nous n'avons pas mentionné l'angle du coup de poignard. »

« Vous pouvez vous lever, Doc ? »

« Quoi ? »

« Faites-moi plaisir une seconde et contournez votre bureau. »

Alors que Shields contournait son bureau, j'ai attrapé un crayon qui s'y trouvait.

« Doc, vous êtes un peu plus grand que moi, alors prenez ce crayon et faites comme si c'était un couteau à lame crantée. Marilyn Boggs a été poignardée à peu près ici, ce qui a sectionné son aorte. Je suppose que ça a dû générer beaucoup de sang. »

« Naturellement. »

J'ai un peu fléchi les genoux. « Tenez le crayon près de la gomme. »

Saisissant le crayon, j'ai guidé sa main à l'endroit où Marilyn avait été poignardée.

« Bon, maintenant, imaginez que vous retirez la lame et faites-le avec le crayon. »

Le légiste a vivement retiré la fausse lame, et quand elle a été près de son oreille, j'ai dit : « Stop ! Vous voyez où vous en êtes ? »

Le légiste s'est détendu et a laissé tomber sa main le long de son corps. « Maintenant, vous voulez savoir où une goutte de sang aurait pu tomber ? En supposant qu'il y en ait eu une. »

« Exactement. »

« Eh bien, il n'y avait aucune trace de sang sur le sol ou les meubles. Il est possible que lorsque le couteau a été retiré d'un coup sec, a-t-il dit en portant son poing à son oreille, une ou plusieurs gouttes de sang aient giclé du couteau sur l'agresseur. »

« Sur sa chemise ? »

« Non, je ne pense pas. Alors qu'il retirait le couteau vers lui, durant cet arc, si quelque chose tombait de la lame, la gravité jouerait un rôle. Je pense que si cela s'est produit, et c'est peu probable, la goutte aurait fini sur son pantalon, ou sa jambe s'il portait un short. »

« Merci, Doc, vous me sauvez la vie. »

« Quand vous dites ça, vous voulez dire "encore" ? »

Dès que je suis arrivé sur le parking, un texto de Vargas est arrivé. Elle était allée voir Sanchez pour lui proposer un marché sur les accusations de cambriolage s'il pouvait nous donner quelque chose de tangible contre Barnet ou Brighthouse. Le plan était bon, mais ça n'a rien donné, car Sanchez a nié avoir jamais rencontré Barnet et a dit qu'il n'avait jamais parlé à Gideon à part pour le saluer. Vargas l'a cru. Il n'y avait aucun lien, et adieu la théorie du complot.

———————

LE SHÉRIF MORGAN grommelait tandis que Vargas et moi entrions dans son bureau, ce qui m'a fait remercier le ciel qu'elle soit avec moi.

« Bonjour, Shérif », a dit Vargas.

« Madame, Luca. Vous avez quelque chose pour égayer ma journée ? »

J'ai répondu : « Nous explorons un moyen de conclure l'affaire Boggs, monsieur. »

« Il était temps. » Faisant un signe de la main, il a ajouté : « Racontez-moi ça, et faites vite. J'ai un truc de relations publiques au lycée de Barron. »

J'ai dit : « Sur la scène de crime, il n'y avait pas de sang à part ce qui se trouvait au sol sous la victime et sur l'arme du crime elle-même. C'est assez inhabituel. »

« Vous ne vous en rendez compte que maintenant ? »

« Non, non. Ce n'est pas que c'est inhabituel, mais nous devons explorer la possibilité que du sang soit tombé sur les vêtements du tueur. »

Vargas a pris la parole : « C'est possible, Shérif, mais le couteau avait une lame crantée, et elles ont tendance à produire de minuscules gouttelettes de sang. Peut-être que le tueur n'a même pas remarqué qu'une petite goutte de sang était tombée sur lui. »

Morgan a passé une main sur sa coupe en brosse. « Alors, on mise tout sur le fait que, primo, une goutte de sang est tombée sur l'agresseur, et secundo, qu'il ou elle ne s'en est pas rendu compte ? Ça me semble un peu léger. »

« C'est peut-être un pari risqué, mais le légiste pense que c'est non seulement possible, mais probable. »

Morgan a appuyé un coude sur son bureau. « Shields a dit ça ? »

J'ai dit : « Oui. » Puis j'ai nuancé un tout petit peu mes propos. « En fait, nous avons reconstitué le coup de couteau plusieurs fois, et il est d'avis que c'est tout à fait dans le domaine du possible. »

« Alors, vous êtes venu ici pour demander une assignation ? »

Vargas a dit : « Oui, nous aimerions en demander trois. »

« Trois ? Ça me semble un peu gourmand. »

« Nous ne le pensons pas, monsieur. Nous avons trois suspects possibles : John Barnet, il était là le jour du meurtre ; Raul Sanchez, le voleur de bijoux, qui est en garde à vue ; et Gideon Brighthouse. »

« Si j'accepte, quelle sera la portée de la demande ? »

J'ai dit : « Nous allons demander que tous les articles vestimentaires soient saisis et analysés. »

« Vous allez laisser M. Brighthouse sans rien à vous mettre, même pas son slip ? »

Vargas a répondu : « Monsieur, nous nous limiterions aux vêtements de dessus : chemises et pantalons. »

« Qu'est-ce qu'ils vont porter pendant que vous ferez vos analyses ? »

Vargas a dit : « L'inspecteur Luca et moi en avons longuement discuté, chef. Notre plan est d'emporter du luminol avec nous lorsque nous exécuterons le mandat, si vous êtes d'accord, bien sûr. Ensuite, nous vaporiserons le produit sur cinq ou six tenues, et si le test est négatif, nous ne les prendrons pas. Après quoi, nous procéderons rapidement à l'analyse du reste des vêtements. »

« J'apprécie votre prévenance, Mary Ann, mais est-ce qu'il vous est venu à l'esprit que quelqu'un comme Gideon Brighthouse possède probablement plus de vêtements que nous trois réunis ? Comment comptez-vous analyser un tel volume de vêtements, sans parler de ceux des autres, rapidement ? »

J'ai dit : « Nous pouvons commencer par les tenues de M. Brighthouse. »

« Je vais avoir Gerey sur le dos. Qui sait, ils pourraient même raconter à la presse des sornettes comme quoi on lui a pris tous ses vêtements. Il doit bien y avoir une autre façon de procéder. Occupez-vous d'abord des deux autres pour voir si vous trouvez quelque chose, et gardez Brighthouse pour la fin. »

« Nous y avons pensé, mais nous craignons que si Brighthouse a vent de l'analyse, il ne détruise les preuves éventuelles. »

Morgan a dit : « Si ce n'est pas déjà fait. »

« On pourrait mettre en place un barrage autour de Keewaydin, vous savez, contrôler tout ce qui entre et qui sort, s'assurer qu'il n'y a pas de feux sur l'île… »

« Bon sang, Luca, vous vous croyez au Venezuela ou quoi ? »

Proposer une idée folle rend toujours l'alternative plus

attrayante. « Désolé, chef, mais il n'y a pas de solution de facilité. »

Vargas a dit : « Je crains que l'inspecteur Luca n'ait raison, chef. Nous sommes navrés de vous mettre dans une position délicate, mais nous pensons que c'est une mesure nécessaire qui peut nous aider à boucler l'affaire rapidement. »

Morgan s'est adossé à son fauteuil et a posé une de ses santiags sur le coin de son bureau. « Il faut que je réfléchisse à tout ça. »

47

LUCA

Personne dans l'équipe n'était en uniforme. Nous venions de débarquer du bateau quand j'ai vu Gideon se lever d'une chaise longue. Il a regardé dans notre direction et a couru vers le pool house.

« On y va ! Je ne veux pas lui laisser la moindre chance de détruire des preuves. »

Nous avons couru tous les six vers le pool house. Ouvrant une baie vitrée coulissante, nous avons envahi le bâtiment comme une équipe du SWAT. Gideon n'était pas au rez-de-chaussée. J'ai monté les escaliers quatre à quatre et j'ai frappé vivement à une porte avant de l'ouvrir à la volée.

Gideon était sous les couvertures de son lit. Les yeux fermés, il prenait de grandes inspirations, enfonçant sa tête dans l'oreiller en inspirant et la penchant en avant en expirant. Vargas s'est glissée dans l'encadrement de la porte et a dit : « Tout va bien, monsieur Brighthouse. Allez-y doucement. Personne ne va vous faire de mal. Vous n'êtes même pas obligé de répondre à des questions aujourd'hui. »

Nous nous sommes approchés de son lit. Gideon a ouvert les yeux, nous a regardés, puis les a refermés brusquement. Sur la table de chevet étaient éparpillés trois flacons de médicaments, sans leur bouchon, et un verre d'eau. Je les ai ramassés : Valium, Xanax et Ativan. Les tendant à Vargas pour qu'elle les voie, je lui ai fait signe de parler.

« Gideon, combien de médicaments avez-vous pris ? »

Il continuait de respirer profondément, ce qui était bon signe, car ces médicaments détraquent le système respiratoire.

« Dois-je appeler un médecin ? »

Il est resté allongé là, inspirant et expirant comme un moine bouddhiste.

« Si vous ne me dites pas ce que vous avez pris, je vais devoir vous emmener à l'hôpital pour m'assurer que vous allez bien. »

« Laissez-moi tranquille, j'essaie de méditer. »

« En avez-vous pris plus que la dose prescrite ? »

« Pourquoi ne pouvez-vous pas simplement... me laisser tranquille ? »

« Combien de comprimés avez-vous pris ? »

Tandis qu'il tendait deux doigts, j'ai ordonné au reste de l'équipe de chercher des vêtements au rez-de-chaussée.

« Vous en êtes sûr ? »

Il a hoché la tête. « Que me voulez-vous ? »

J'ai donné le mandat à Vargas, qui a dit : « Nous avons une ordonnance du tribunal pour examiner vos vêtements. »

Il a ouvert les yeux. « Mes... mes vêtements ? Pourquoi ? »

Vargas s'est assise sur le lit et lui a expliqué ce qui se passait, et je suis allé dans le placard. C'était comme entrer dans le monde merveilleux des pastels. Presque tout ce que ce type possédait était d'une couleur pastel. C'était bizarre.

Écartant les bras autant que je le pouvais, je me suis frayé un chemin dans une penderie, j'ai attrapé une brassée de vêtements et je suis descendu. Pas question que je mêle Gideon au choix de ce qu'il allait porter.

J'ai dit aux experts scientifiques de tester les vêtements. Ils ont ouvert leurs trousses de luminol, et j'ai emmené les deux autres agents avec moi dans la maison principale. Je leur ai rappelé de laisser toutes les vestes et tous les costumes et de mettre tout ce qui correspondait dans des sacs en plastique noirs.

Il n'a fallu que quarante-cinq minutes aux scientifiques pour examiner le premier lot de vêtements que j'avais descendus. Je leur ai demandé de continuer les tests jusqu'à ce que nous soyons prêts à partir.

Une heure plus tard, nous avons quitté l'île avec moins de choses que prévu. Gideon était peut-être le roi des pastels, mais il n'était pas un accro du shopping. En fait, il possédait plus de shorts que de pantalons et, curieusement, très peu de chaussettes.

———

UNE FOIS que nous avons atteint le continent, les gars de la scientifique ont pris les sacs de Keewaydin. Vargas et moi, ainsi que les deux agents, nous sommes partis à toute vitesse vers la résidence de Barnet. Un appel est arrivé juste avant que nous n'arrivions devant la tour où vivait Barnet : le groupe qui était allé chez Sanchez avait déjà fini d'inventorier ce qu'ils avaient pris chez lui.

Situé sur Gulf Shore Drive, l'immeuble avait une bonne adresse, mais il n'était pas tout à fait de première classe. Barnet louait un trois-pièces au deuxième étage. Nous sommes entrés dans le hall en brandissant nos badges et en expliquant au portier la raison de notre présence. Vargas lui a montré le mandat et il a appelé son patron. Le portier a déverrouillé un tiroir et en a sorti un trousseau de clés. Il a essayé de nous les donner, mais je lui ai demandé de nous accompagner en tant que témoin.

Nous avons pris les escaliers, et quand le portier a ouvert la porte, je me suis dirigé droit vers la chambre principale. Passant devant un lit défait et un slip, je suis allé au placard. C'était un dressing. Parcourant le placard à moitié rempli, je cherchais le pantalon bleu et la chemise blanche que Gideon se souvenait avoir vu porter à Barnet. Plusieurs pouvaient correspondre. J'en ai sorti quelques-uns et les ai examinés, mais aucun ne correspondait parfaitement. Je les ai raccrochés et j'ai inspecté le reste, la majorité des vêtements étant une forme de lin. J'ai vérifié quelques étiquettes : « made in China » était imprimé sur toutes. J'aurais parié sur-le-champ qu'il n'y en avait pas un seul de cher venant de Capri dans tout le placard.

Avant de quitter la suite parentale, je suis allé dans la salle de bain, où une serviette effilochée était suspendue au-dessus de la baignoire. Une brosse à cheveux et un tube de dentifrice étaient tout ce qu'il y avait sur le comptoir. J'ai ouvert le tiroir du meuble-lavabo et, parmi le bric-à-brac, se trouvait une bouteille de Just for Men. Trouver ça m'a fait du bien.

L'endroit avait beaucoup de fenêtres mais aucune vue, à

moins que l'on aime regarder droit dans une haie de mangroves. J'avais voulu chercher une annonce pour l'immeuble, mais j'avais oublié. J'aurais aimé savoir à quel prix un appartement comme celui-ci se négociait. La pièce principale avait un canapé à l'allure élégante qui criait l'inconfort. Une table basse en Lucite portait un bol de coquillages et un sous-verre avec un motif de vigne. Il n'y avait qu'une seule table d'appoint, et sa partie inférieure était empilée de copies du *Wine Spectator*.

Une demi-cloison séparait une salle à manger, où une table en laque noire supportait une grande bouteille de vin. Elle était plus grande qu'un magnum, vide, et avait été signée par de nombreuses personnes.

Dans la cuisine en couloir, l'évier contenait la vaisselle sale de plusieurs jours. Sur le comptoir se trouvait un verre à vin qui ressemblait à celui que nous avions trouvé chez les Boggs. J'en ai pris une photo avec mon téléphone.

En regardant autour de moi, je n'ai trouvé aucune cave à vin autre qu'une petite cave de service encastrable qui se trouvait dans un placard. Je ne sais pas pourquoi, mais je l'ai ouverte et j'en ai sorti deux bouteilles avant de réaliser que je ne savais pas ce que je regardais. Le portier me suivait comme mon ombre, en tapotant sur son téléphone.

Pendant que les agents chargeaient les sacs, je suis allé dans la deuxième chambre. C'était un vrai bazar. Je savais que quand on n'a pas de garage, il faut bien un endroit pour ranger ses affaires, mais là, c'était ridicule. En déplaçant quelques boîtes, j'ai atteint le placard. Rien dedans, à part d'autres boîtes. Aurait-il mis un pantalon taché de sang dans l'une de ces boîtes ?

Nous aurions eu le droit de les fouiller, mais la pensée de passer au crible toutes ces boîtes me faisait grincer des dents. J'ai passé un doigt sur quelques-unes des boîtes et l'ai retiré tout sale à chaque fois. Toujours incertain de ce qu'il fallait faire, j'ai demandé à Vargas, et elle a convenu que cela n'avait pas de sens.

J'ai fait un dernier tour de l'appartement avant que nous ne partions avec trois sacs de vêtements.

48

Luca

LE LABORATOIRE DE LA POLICE SCIENTIFIQUE RESSEMBLAIT À un centre de collecte de vêtements pour l'Armée du Salut. Deux douzaines de sacs en plastique noir, étiquetés au nom de leur propriétaire respectif, longeaient tout un mur. Deux techniciens travaillaient méthodiquement sur un sac portant la mention « Brighthouse ». Ils en sortaient un vêtement, notaient les informations d'identification sur une tablette et le pulvérisaient de luminol. Puis ils passaient lentement une lampe à lumière noire sur le vêtement, à la recherche d'une lueur bleue, signe de la présence de sang.

C'était un processus fastidieux et j'ai envisagé de demander à Morgan de mettre une autre équipe dessus. Je commençais à m'impatienter, alors j'ai retiré ma charlotte et mes surchaussures et je suis parti prendre un café. La caféteria était calme, et j'ai parcouru la rubrique immobilière que quelqu'un avait laissée. Alors que je notais les détails d'une annonce à Pelican Marsh, un agent de patrouille s'est approché de ma table.

« Inspecteur, on vous demande au laboratoire de la police scientifique. »

« Qu'est-ce qui se passe ? »

« Je ne sais rien, on m'a juste dit de vous trouver. »

Laissant mon café, j'ai filé devant l'agent vers les escaliers. En trébuchant, j'ai commencé à descendre. Juste avant le palier, j'ai fait un faux pas et j'ai failli me ramasser. J'ai tendu la main, attrapant la rampe, me rattrapant mais en me distendant l'épaule.

Je me suis massé l'épaule en poussant la porte du labo qui donnait sur un petit hall desservant les différents laboratoires de la police scientifique. J'ai toqué à la vitre pour qu'on m'ouvre, mais la femme derrière la cloison a pointé sa tête. Ouvrant un tiroir d'une armoire en acier inoxydable, j'ai enfilé une charlotte et des surchaussures et on m'a ouvert la porte du laboratoire d'analyse des fluides corporels.

« Qu'est-ce qui se passe ? »

« On a deux résultats positifs. »

« Deux ? Sur Brighthouse ? »

« Ouais. » Le technicien a attrapé une lampe. « C'est par ici. »

Je l'ai suivi jusqu'à une table en acier où un short rose pastel et un pantalon vert anis étaient étalés. Deux cercles à la craie avaient été dessinés sur la jambe droite de chaque vêtement. Il a allumé la lampe et l'a tenue au-dessus du cercle sur le short rose.

« Vous voyez la lueur. »

« C'est à peine visible. »

« Je sais, mais c'est ce qui fait de cet outil un instrument précieux. Par ici, on détecte un résidu plus important. »

Il a tenu la lampe au-dessus d'une marque sur le pantalon.

« On dirait presque une tache. »

« C'est peut-être une goutte qui a coulé un peu avant d'être absorbée. »

« Ou du sang qu'il aurait essayé d'essuyer ? »

« Nous le saurons bien assez tôt. »

« À quel point ? »

« Le test pour déterminer si c'est du sang humain est rapide. Si c'est le cas, nous devrons faire une correspondance ADN pour voir si ça correspond à votre victime. »

———

LA DÉFINITION DE « RAFIDE » du technicien était très différente de la mienne. Était-il originaire du Sud profond ? Pendant que nous attendions, Vargas et moi avons tenté d'établir si une série de vols nocturnes était le fait du même gang. Au cours du dernier mois, huit supérettes du comté avaient été braquées, cinq avec une arme à feu et les autres avec des couteaux.

Nous avons étudié les enregistrements de vidéosurveillance. Leurs visages étant dissimulés par des passe-montagnes, il était impossible de discerner le moindre trait, bien que l'un d'eux semblât indiquer que le voleur avait une moustache.

Vargas a dit : « On dirait qu'on a affaire à deux ou peut-être trois auteurs différents. »

Je n'étais pas de cet avis, mais Vargas était sur sa lancée et pas moi, ce qui me rendait hésitant à la contredire. Les criminels qui portaient des armes à feu étaient dans une catégorie à part, et ceux qui maniaient le couteau ne passaient presque jamais de l'un à l'autre. « C'est possible. »

« J'aimerais qu'on ait un autre écran pour les comparer les uns aux autres. »

« Pourquoi on ne demanderait pas au labo d'imprimer quelques images, et de les agrandir ? »

« Bonne idée. »

Un point pour Luca.

Nous avons revu la vidéo et noté les codes temporels qui offraient les meilleures possibilités de comparaison. Vargas a descendu les informations et la vidéo au labo et j'ai feuilleté une longue note de service sur la crise des opioïdes. Le comté de Collier avait son lot de toxicos, et même si ça peut paraître étrange, nous avions la chance que la plupart des accros soient aisés et n'aient pas besoin de recourir au vol pour financer leur dépendance.

Deux médecins, qui se faisaient passer pour les gérants de cliniques antidouleur à East Naples, avaient été arrêtés, ce qui avait entamé l'approvisionnement, mais un réseau en provenance de Miami avait comblé le vide. La note identifiait le gang qui, selon eux, était derrière ce trafic de pilules, expliquant qu'ils utilisaient une combinaison de voitures et de bateaux pour livrer les drogues.

Ces types étaient malins, ai-je pensé, quand mon téléphone de bureau a sonné. L'appel du labo était prometteur, me redonnant le moral. Grattant une cuticule tout en réfléchissant et en extrapolant les nouvelles, Vargas est revenue. J'ai jeté un œil à l'horloge.

« Ça a pris quatre heures et on a un résultat mitigé. L'une des taches n'était rien de plus que du raifort. »

« Du raifort ? Comment ça a pu apparaître comme du sang ? »

« Je me suis dit la même chose, mais le labo a dit que ça déclenche un faux positif. Bref, il semblerait que l'autre tache soit du sang humain. Maintenant, tout ce dont nous avons besoin, c'est de voir si c'est celui de Marilyn Boggs. »

———

MORGAN VOULAIT ME VOIR, et j'aurais préféré qu'il le fasse avant que je reçoive l'appel disant que nous avions deux pistes sur Brighthouse.

Affichant une mine renfrognée et l'une de ses cravates en lacet, Morgan a grogné en direction d'une chaise.

Avant que mes fesses n'atteignent le siège, il a demandé : « Gerey menace de déposer une plainte, qualifiant cela de harcèlement. »

« Peut-être devrions-nous lui dire que nous avons détecté la présence de sang sur deux des pantalons de son client. »

« Du sang ? »

« Je n'aurais pas dû parler si vite. Désolé, chef. L'équipe de la police scientifique a identifié deux vêtements avec ce qu'ils pensent être du sang humain. »

« Bordel, combien de temps il leur faut pour savoir ? »

Je priais pour qu'il ne passe pas un coup de fil pour mettre la pression et révéler mon mensonge. « D'une minute à l'autre, nous devrions savoir. Je suis sûr que l'une des deux sera positive et c'est tout ce qu'il nous faut. »

« Pas si vite, Luca. Ils devront effectuer une analyse ADN pour déterminer de qui il provient. Ça pourrait être son propre sang, et c'est probablement le cas. » Il a tapoté le bureau de l'index. « J'ai un mauvais pressentiment. Je n'aurais pas dû vous laisser me convaincre. »

Je voulais lui rappeler que c'était Vargas qui l'avait persuadé, pas moi. « Je ne sais pas si ça peut aider, mais il nous reste encore une vingtaine de vêtements de M. Brighthouse à vérifier, ainsi que ceux de Barnet et Sanchez. »

« Ça traîne beaucoup trop, Luca. Je veux que cette affaire soit résolue. Je ne laisserai pas une affaire non classée à mon successeur. »

49

Luca

L'ANGOISSE ME GAGNAIT. J'AI ENVISAGÉ DE ME FAUFILER DANS
le labo de la police scientifique pour avancer les aiguilles de
l'horloge. Ça aurait été l'acte le plus insensé que je puisse
imaginer, bien que sans commune mesure avec ce que
Gideon aurait pu faire.

La réunion était fixée à quatorze heures, mais à treize
heures et quelques minutes, je tournais déjà en rond. Le
message de John Forman disait qu'il avait les résultats
concernant Brighthouse et quelques autres points à discuter. J'ai réécouté son message une poignée de fois, mais je
n'arrivais pas à lire entre les lignes. Pourquoi le temps ne
passait-il jamais assez vite quand on le voulait ?

À quatorze heures moins dix, je suis sorti, j'ai marché
d'un bout à l'autre du parking et je suis revenu. La grande
aiguille était encore à un cheveu du douze. La réception-
niste avait commencé à m'ignorer une demi-heure aupara-

vant, alors j'ai frappé à la vitre. Elle a jeté un œil à l'horloge et a froncé les sourcils avant de m'ouvrir la porte de la salle de conférence grâce au buzzer.

Je tournais sans cesse autour de la table ronde qui trônait au centre de la pièce sans fenêtres, m'agrippant au dossier d'une chaise quand un vertige s'insinuait en moi. La porte s'est ouverte et Forman est entré, chassant mon étourdissement.

Il m'a dit bonjour, a tiré une chaise et a posé un dossier sur la table laquée. « Vous ne vous assoyez pas, Frank ? »

Je me suis laissé tomber sur une chaise et j'ai posé les coudes sur la table. « Votre message... il m'a laissé sur ma faim. »

« Sur votre faim ? Je ne me souviens pas d'avoir dit quoi que ce soit de mystérieux. Cette affaire doit commencer à vous monter à la tête, Frank. Et au shérif aussi, apparemment. Il ne lâche pas l'affaire. »

Alors, Morgan furetait, ou plutôt, aboyait de tous côtés, finalement. Le tout sans en informer son inspecteur principal. Ça a sapé le peu de confiance que j'avais.

« C'est une affaire importante, John. C'est tout. Qu'est-ce que vous avez ? »

« On a un total de six correspondances. »

« Impressionnant. Six taches ? »

« Ce n'est pas inhabituel, vu le nombre de vêtements testés. »

« Et la tache de sang trouvée sur le pantalon de Brighthouse ? »

« Les résultats ADN correspondent à la victime, Marilyn Boggs. »

« Alors ça y est, on tient Brighthouse. »

« Pas encore. On est en train de faire un test pour dater la tache. Ce sang pourrait être là depuis deux ans. »

« J'en doute. Ça va prendre combien de temps ? »

« Une semaine environ. »

« Vous plaisantez, j'espère. »

« J'ai l'air de plaisanter ? »

J'ai haussé les épaules. La réponse était non ; Forman n'avait probablement jamais raconté une blague de toute sa vie.

« En attendant, on va se pencher sur les autres taches. »

« Quelles sont les probabilités, John ? Je veux dire, on a son sang sur les vêtements d'un suspect principal. »

« Ils étaient mariés, n'est-ce pas ? Qui sait comment ou quand la tache est arrivée là. On est déjà passé par là au moins une douzaine de fois depuis que je suis ici. C'est pour ça qu'on fait ce qu'on fait. »

Il avait raison. Je le savais, mais j'avais l'impression que l'affaire traînait en longueur. Je voyais la ligne d'arrivée, et maintenant on me disait qu'il fallait que je fasse un arrêt au stand ?

« C'est juste. Vous avez dit que vous aviez d'autres correspondances. »

« Oui. Toutes confirmées comme étant du sang humain. » Il a ouvert le dossier. « On a trouvé trois taches sur trois pantalons identifiés como appartenant à Sanchez. Deux pantalons de travail de type chino, une sur la cuisse droite et une autre sur le revers gauche. Le troisième emplacement était sur la zone du tibia gauche d'un jean. »

Essayant de calculer rapidement les chances que l'une d'elles provienne de Boggs, j'ai abandonné et demandé : « Et pour Barnet ? »

« Il y avait deux taches de sang humain identifiées dans l'inventaire de Barnet. » Il a soulevé une feuille de papier. « Une sur la ceinture, côté droit d'une chemise, et une autre sur la cuisse droite d'un pantalon. »

Je me suis penché en avant. « De quelle couleur ? »

« Couleur ? »

« La chemise et le pantalon de Barnet. »

————

Je suis arrivé à mon bureau une heure et quelques plus tôt que d'habitude. Je m'étais dit qu'avec les résultats de l'affaire Boggs qui devaient tomber aujourd'hui, je ferais mieux de mettre de l'ordre dans la paperasse d'autres affaires. Telle une ombre, Vargas est arrivée cinq minutes après moi.

En posant lourdement son sac à main, elle a dit : « Pas réussi à dormir cette nuit. »

« Qui le pourrait ? »

« Qu'est-ce que te dit ton fameux instinct ? »

J'ai haussé les épaules et elle a dit : « Appelle les journaux. Luca n'a pas d'opinion. »

J'ai souri. « Si, j'en ai une, mais je suis partagé. Écoutons la tienne. »

« Ça doit être Gideon Brighthouse. Le, entre guillemets, "mari aimant" qui a comploté pour tuer sa femme. Ça pourrait être Sanchez, s'il était revenu pour voler plus de bijoux, qu'elle l'avait surpris et que les choses avaient dérapé. Mais plus j'y pense, plus je reviens à Brighthouse. »

« Moi, j'hésite entre Barnet et Brighthouse. Je ne pense pas que ce soit Sanchez, mais je ne peux pas l'innocenter à cause de son affiliation à un gang mexicain. »

« Mais Barnet, c'est un crétin, qui s'en prend aux femmes comme il le fait. Mais il y a un grand pas entre être un Roméo minable et un tueur. Au moins avec Sanchez, il a ce passé violent au sein d'un gang. »

« C'est vrai. »

50

LUCA

J'UCHÉ SUR LA MARCHE LA PLUS HAUTE DE L'ABRI DES JOUEURS, j'étais on ne peut plus prêt. L'affaire Boggs était un véritable sac de nœuds. Cette dernière péripétie avec les taches de sang relevait du jeu de tape-taupe.

Quoi qu'ait pu dire Vargas, je n'allais prendre aucun risque avec notre interrogatoire. J'étais convaincu que mon rituel d'avant-interrogatoire fonctionnait, mais que ce soit dans ma tête ou non, là n'était pas la question. Si je ne laissais pas le suspect mariner et se tortiller un peu, ça mettrait à mal ma confiance en moi. Pour cet entretien, j'avais décidé qu'au lieu d'y aller en finesse pour lui tirer les vers du nez, j'allais plutôt lui rentrer dans le lard.

Vargas est arrivée dans le couloir, vêtue d'un chemisier blanc à froufrous que je ne lui avais jamais vu. Je n'étais pas sûr que ce fût approprié pour ce qui nous attendait. Et puis, j'ai percuté. Ne me dis pas qu'elle a encore un rencard ce soir ! J'avais l'impression que les choses allaient trop vite avec ce Damien. Il était irlandais ?

« Tu es très élégante. »

Vargas a souri. « Venant de toi, c'est un sacré compliment. »

« Qu'est-ce que tu racontes ? Je te dis tout le temps des choses gentilles. »

« C'est bon, Frank. Je plaisante. Détends-toi. »

Je ne sais pas pourquoi, mais les mots sont sortis tout seuls de ma grande gueule. « Tu as encore un rencard avec ce Damien ? »

Elle a tourné la tête d'un coup sec. « Ce Damien ne te regarde pas. »

Je me suis senti tout petit, j'aurais pu jouer à la pelote basque contre le trottoir. « Je suis désolé. Je ne voulais pas que ça sorte comme ça. »

« Excuses acceptées. Tu es prêt ? »

En vérité, je n'étais pas prêt. J'avais besoin de quelques minutes pour me ressaisir. « Si ça ne te dérange pas, il faut que j'aille aux toilettes. »

Elle a souri. « Prends ton temps, Frank. Je vais me chercher un café ou un truc du genre. »

En me dirigeant vers les toilettes, je me suis demandé ce que ça voulait dire. Elle connaissait mon problème pour pisser ; j'avais besoin de beaucoup de temps. Elle ne pouvait pas se moquer de moi, si ? Vargas était la personne la plus compréhensive que j'aie jamais rencontrée. Et c'était facile de se confier à elle, elle ne me jugeait jamais. Elle ne pouvait que vouloir dire de ne pas me presser.

Assis, en attendant que ça vienne, j'ai pensé surprendre Vargas avec un bon dîner au Bleu Provence pour fêter la résolution de l'affaire Boggs. Je l'avais entendue dire qu'elle aimait cet endroit où Damien l'avait emmenée. Ah ouais ? Qu'elle attende un peu de voir le Bleu Provence.

———

En tenant la porte à Vargas pour entrer dans la salle d'interrogatoire numéro deux, j'ai réprimé un sourire. La pièce était parfaite : sans fenêtre et le plus petit local que nous avions. Tandis que nous nous asseyions, j'ai fait un signe de tête de l'autre côté de la table. Vargas a affiché son sourire désarmant et a appuyé sur le bouton d'enregistrement. Elle a récité les formalités d'usage et a tourné son regard vers moi.

J'ai dit : « À quand remonte votre dernier rapport sexuel avec Marilyn Boggs ? »

Le choc s'est peint sur son visage hâlé. « C'est quoi cette question ? »

« Répondez à la question. »

« Ça ne vous regarde pas. »

« C'est là que vous vous trompez. Dans une déposition précédente, vous avez dit avoir eu un rapport sexuel avec Marilyn Boggs le jour de son meurtre. Maintenez-vous cette déclaration ? »

Le bronzage de Barnet a pâli de quelques tons. « Euh, eh bien, je… je ne crois pas. »

« Monsieur Barnet, laissez-moi vous rappeler que votre précédente déclaration est recevable devant un tribunal. »

« Je ne pense pas que nous l'ayons fait. »

« Mentez-vous maintenant ou avez-vous menti avant ? Laquelle des deux, monsieur Barnet ? »

« Je ne mens pas. C'est difficile de se souvenir, c'est tout. Ça fait un moment. »

Vargas a dit : « Je me souviendrais de la dernière fois que j'ai eu une relation sexuelle avec quelqu'un, surtout si cette personne finissait morte le même jour. »

C'était bien dit, mais je n'aimais pas entendre ma coéquipière dire ça.

Barnet a fermé les yeux et a caressé son bouc avant de dire : « Je pense que nous avons bien eu, euh, un rapport cet après-midi-là. La mort de Marilyn a été très dure pour moi. Peut-être que mon cerveau essaie d'occulter certaines choses. »

« Donc, vous avez bien eu un rapport sexuel avec Marilyn Boggs le jour où elle a été retrouvée morte ? »

« Oui. »

« C'est intéressant, monsieur Barnet. Vous savez pourquoi ? »

Une mouche aurait haussé les épaules de façon plus visible que lui.

« Parce que l'autopsie n'a montré aucune preuve de rapport sexuel. »

« C'est impossible. »

« Non, pas de sperme, pas d'abrasions, pas d'inflammation, rien. »

« Je ne vois pas comment c'est possible. »

Je me suis tourné vers Vargas. « Qu'est-ce que tu en penses ? Peut-être qu'il a un tout petit zizi. »

Barnet a secoué la tête.

Vargas a dit : « Est-ce que la raison pour laquelle vous n'avez pas eu de relations cet après-midi-là est que vous vous disputiez ? »

« Marilyn et moi ne nous disputions pas. »

« Nous avons un témoin qui a fait une déposition affirmant que si. »

« Un témoin ? Gideon n'est pas un témoin. C'est lui qui a fait ça, si vous voulez mon avis. »

« Nous ne vous demandons pas votre avis, monsieur Barnet. »

« Je vous dis juste ce que je pense. »

« Vous savez ce que je pense, moi ? Je pense que vous avez essayé de soutirer plus d'argent à Mme Boggs et qu'une dispute a éclaté. Elle en avait marre de vous donner de l'argent. »

« Me donner de l'argent ? »

« Arrêtez votre char, Barnet. On sait que vous lui avez déjà demandé de l'argent. »

« Et qu'est-ce qui vous fait croire ça ? »

Je me suis aventuré en terrain miné. « Marilyn s'est confiée à une amie. En fait, à deux d'entre elles. »

« C'était un prêt, c'est tout. Il n'y a rien de mal à ça. »

« Et rien de mal non plus quand vous l'avez surfacturée ? »

« Je vous l'ai déjà dit, c'était une erreur de quelqu'un au magasin et ça a été remboursé. Quant au prêt, Marilyn essayait de m'aider à traverser une mauvaise passe. »

« Et quand elle a refusé de continuer à financer votre style de vie et votre commerce en faillite, vous l'avez menacée, n'est-ce pas ? »

La lèvre supérieure de Barnet s'est mise à luire. « Ce n'est pas vrai. »

« Vous l'avez filmée dans une situation sexuellement compromettante et vous avez menacé de la mettre dans l'embarras, elle et sa famille, n'est-ce pas ? Vous avez essayé de la faire chanter. »

La peur a traversé le visage de Barnet. « Je ne ferais jamais une chose pareille. »

« Vous voulez dire que vous ne feriez plus jamais une chose pareille ? »

Une pause infime avant qu'il ne dise : « Plus jamais ? »

« Oui, plus jamais. Nous avons deux femmes prêtes à témoigner que vous l'avez fait. »

« Ce n'était pas deux… »

Barnet s'est tu net, réalisant qu'il venait d'admettre avoir eu recours au chantage au moins une fois.

« Vous pensiez pouvoir forcer Marilyn à vous donner de l'argent. Vous vous êtes dit qu'elle avait tellement de fric qu'elle ne risquerait pas la honte à cause de ce film, que vous aviez tourné illégalement. »

Barnet est resté silencieux.

Vargas a dit : « Vous connaissiez la clause de réputation dans le fidéicommis, n'est-ce pas ? »

« Je n'ai aucune idée de ce dont vous parlez. »

J'ai demandé : « Quand Marilyn Boggs a résisté à votre tentative de chantage, vous vous êtes disputé avec elle. Quand elle a refusé de céder, vous l'avez menacée avec un couteau de cuisine, n'est-ce pas ? »

« Non. Je n'ai jamais fait ça. »

« Si vous n'avez jamais fait ça, comment expliquez-vous le sang retrouvé sur le pantalon et la chemise que vous portiez le jour de sa mort ? »

« Il n'y avait pas de sang sur mes vêtements. »

« Ce n'est pas l'avis du laboratoire de la police scientifique. »

« Hein ? »

« C'est exact, John. Le labo a identifié le sang de Marilyn Boggs sur votre pantalon et votre chemise. »

« Mais c'est impossible. »

J'ai fait glisser deux photos annotées par le labo sur la table. « De nos jours, ils peuvent détecter une trace de sang microscopique. C'est vraiment incroyable. »

Les oreilles de Barnet se sont aplaties contre son crâne et il a secoué les photos.

« C'est cette gamine qui m'est tombée dessus avec un couteau. Je n'ai fait que réagir. Je n'avais pas le choix. Je... je ne voulais pas la poignarder, c'était un accident. » Il a rejeté les photos. « Elle aurait juste dû me donner l'argent dont j'avais besoin. Je ne pouvais pas perdre le magasin. Marilyn le savait. »

« Pourquoi ne nous racontez-vous pas ce qui s'est passé ? »

Barnet a pris une profonde inspiration, puis a expiré. « J'étais dans le pétrin pendant cette saison creuse. C'était terrible. J'avais besoin d'argent pour tenir le coup, vous savez, pour gagner un peu de temps jusqu'à ce que ça reparte. Mais cette gamine pourrie gâtée n'a pas voulu m'aider, alors que pour elle, ce n'était rien du tout. »

« Quand elle a refusé, vous l'avez menacée avec les vidéos de ses ébats ? »

Barnet a haussé les épaules. « Je n'allais rien en faire. C'était juste pour lui faire peur. Mais Marilyn a complètement pété les plombs. Au lieu de me donner l'argent qu'il me fallait, elle a fait sa Wonder Woman et a attrapé un couteau sur le comptoir. » Il a secoué la tête. « Vous auriez dû la voir, debout, là, à tenir ce couteau. Je me suis moqué d'elle. Et là, elle, elle a juste craqué, elle s'est mise à hurler et elle m'est tombée dessus comme ça. » Barnet a placé sa main à la hauteur de son oreille. « Alors, je lui ai attrapé le poignet pour détourner le couteau, mais c'est là qu'elle m'a mis un coup de genou en plein dans les valseuses. »

« C'est à ce moment-là que vous l'avez poignardée ? »

« C'était de la légitime défense. Je vous le dis. Jamais,

même dans mes rêves les plus fous, je n'aurais cru qu'elle l'utiliserait. Je n'arrive toujours pas à y croire. »

51

Vargas habitait dans une jolie résidence appelée Marbella Lakes, près de Livingston. Alors que je me garais dans son allée, la sensation de légèreté dans mon ventre s'est intensifiée. La dernière fois que j'avais ressenti ça, c'était avec Kayla, chez Baleens. Ça, c'était un vrai rendez-vous amoureux ; ce n'était qu'un dîner pour fêter ça, n'est-ce pas ?

Mary Ann a souri en montant dans la voiture. Elle portait ce pantalon style velours côtelé que j'aimais bien. Le savait-elle et l'avait-elle mis exprès ? Son parfum était une sorte de fragrance florale qui m'a fait penser à du nectar.

J'ai demandé : « À quelle heure as-tu fini ? »

« Je suis partie vers quatre heures. Le bureau du procureur voulait que je revoie le dossier Sanchez avec l'ICE. »

« Ils vont l'expulser ? »

« Ouais. Ça ne sert à rien de dépenser de l'argent et du temps pour le poursuivre, sans parler du coût de son incarcération en prison pendant dix ans. »

« Peut-être. Je comprends, mais je n'y adhère pas totalement. Si tu commets un crime, tu dois purger ta peine. »

« Le monde est imparfait, Frank. »

« À qui le dis-tu. Et Brighthouse ? Il complote pour tuer sa femme, et à la fin de tout ça, il touche vingt millions. »

Mary Ann a dit : « Je n'arrive toujours pas à croire qu'on a failli lui mettre le meurtre sur le dos. Sans la technologie d'aujourd'hui, on n'aurait jamais su que le sang sur son pantalon datait de deux ans. Tu imagines le faire condamner pour quelque chose qu'il n'a pas fait ? »

Je n'avais pas besoin de l'imaginer. L'affaire Barrow m'avait hanté pendant près de dix ans et a de nouveau envahi mes pensées.

« Je suis désolée, Frank. J'avais oublié pour Barrow. »

Elle savait même lire dans les pensées ?

« Ce n'est rien. Je ne pense plus beaucoup à cette affaire. Tu m'as aidé à voir que je devais la laisser derrière moi. »

« Je suis contente que tu aies eu le courage de tourner la page. »

Le courage ? Moi ?

« Je ne sais pas si c'est du courage, mais changeons de sujet, d'accord ? Ce soir, on fête ça ! Je n'arrive toujours pas à croire que tu n'es jamais allée au Bleu Provence. »

Elle a souri. « C'est excitant d'aller dans un nouvel endroit. Merci d'avoir organisé ça. »

« Tu vas adorer. »

« J'en suis sûre. »

« Tu sais, Mary Ann, tu es très jolie ce soir. »

———

J'ESPÈRE que vous avez eu autant de plaisir à lire *Le Meurtre à Serenity* que j'en ai eu à l'écrire. Si c'est le cas, je vous serais reconnaissant de bien vouloir laisser un bref commentaire sur Amazon ou votre site de lecture préféré. Les commentaires sont le meilleur ami d'un auteur, et même une ou deux lignes sont utiles. Merci. Dan

LIVRES DE DAN PETROSINI

La série Mystère Luca

Suis-je le tueur ?

Disparus

Le Meurtre de Serenity

Troisièmes Chances

Une affaire bien froide

Flic ou Tueur ?

Faire taire Salter

Le Faux Pas d'un tueur

Enjeux incertains

Le Tueur de grand-père

Vengeance dangereuse

Où sont-ils ?

Enterré au lac

Le Tueur de la réserve

Personne n'est en sécurité

Meurtre, Argent et Chaos

Vendre son âme à l'or

Secrets à suspense

Le Dilemme de Cory

La Fuite de Cory

La Transformation de Cory

ART OF PAYBACK

AUTRES ŒUVRES DE DAN PETROSINI

Dan est un auteur à succès figurant sur les listes de best-sellers de USA Today et d'Amazon. Il a écrit sa première histoire à l'âge de dix ans et aime raconter des histoires ou des blagues.

Dan trouve ses idées d'histoires en explorant la question : « Et si ? »

Dans presque toutes les situations où il se trouve, Dan se demande : « Et si ceci ou cela se produisait ? Et si cette personne mourait ou faisait quelque chose d'inhabituel ou d'illégal ? »

Le tourbillon incessant de son esprit lui fournit une matière abondante pour tisser des histoires intéressantes.

Passionné de livres et de films aux rebondissements imprévisibles, Dan façonne ses histoires pour empêcher les lecteurs d'en deviner l'issue. Il écrit tous les jours, force les mots à sortir si nécessaire, et a écrit plus de vingt-cinq romans à ce jour.

Ce n'est pas une question de vouloir écrire, pour Dan, c'est une nécessité.

Dan est convaincu que les gens peuvent réaliser leurs rêves s'ils se concentrent et agissent, et il les y encourage.

Son dicton préféré est : « Le prix de la discipline est toujours inférieur au coût du regret ».

Dan rappelle aux gens de chasser la négativité de leur vie. Il la croit contagieuse et conseille d'éviter les personnes négatives. Il sait qu'adopter un état d'esprit véritablement positif donne l'impression que la vie est truquée en votre faveur. Quand il s'en écarte, il se dit : « On ne peut pas passer une bonne journée avec une mauvaise attitude. »

Marié, père de deux filles et propriétaire d'un bichon maltais capricieux, Dan vit dans le sud-ouest de la Floride. Originaire de New York, Dan a enseigné dans des universités locales, écrit des romans et joue du saxophone ténor dans plusieurs groupes de jazz. Il boit aussi beaucoup trop de vin et ne se prend jamais, au grand jamais, au sérieux.

Il publie une newsletter bimensuelle présentant des articles, ses écrits, ainsi que des offres spéciales et de bonnes affaires.

www.danpetrosini.com

www.ingramcontent.com/pod-product-compliance
Lightning Source LLC
Chambersburg PA
CBHW070829250626
47159CB00003B/709

* 9 7 8 1 9 6 0 2 8 6 6 9 7 *